प्रतिभा कटियार

प्रतिभा कटियार का जन्म 21 जुलाई, 1975 को कानपुर, उत्तर प्रदेश में हुआ। उन्होंने लखनऊ विश्वविद्यालय से विधि में स्नातक और राजनीति शास्त्र में स्नातकोत्तर की उपाधि ली। पत्रकारिता में डिप्लोमा भी किया। 'स्वतंत्र भारत', 'पायनियर', 'हिन्दुस्तान', 'जनसत्ता एक्सप्रेस' और 'दैनिक जागरण' में काम किया। पिछले 12 वर्षों से अज़ीम प्रेमजी फाउंडेशन के साथ जुड़कर शिक्षा के क्षेत्र में काम कर रही हैं। उन्होंने रूसी कवि मारीना त्स्वेतायेवा की जीवनी 'मारीना' लिखी है। पत्र-संकलन 'वह चिड़िया क्या गाती होगी', 'ख़्वाब जो बरस रहा है' और 'चयनित कविताएँ' प्रकाशित हो चुके हैं। 'कबिरा सोई पीर है' उनका पहला उपन्यास है। अंडमान यात्रा पर लिखा यात्रा-संस्मरण और कविता 'ओ अच्छी लड़कियो' कर्नाटक की रानी चेनम्मा विश्वविद्यालय के पाठ्यक्रम में शामिल हैं। दो कहानियों पर शॉर्ट फ़िल्म का निर्माण हुआ है। कविताएँ गुजराती, मराठी और अंग्रेजी में अनूदित हुई हैं।

वर्तमान में अज़ीम प्रेमजी विश्वविद्यालय द्वारा प्रकाशित पत्रिका 'पाठशाला भीतर और बाहर' में बतौर मुख्य सम्पादक कार्यरत हैं।

ई-मेल : kpratibha.katiyar@gmail.com

कबिरा सोई पीर है

प्रतिभा कटियार

लोकभारती पेपरबैक्स

लोकभारती पेपरबैक्स में
पहला संस्करण : 2025

लोकभारती पेपरबैक्स : उत्कृष्ट साहित्य के जनसुलभ संस्करण

लोकभारती प्रकाशन
पहली मंजिल, दरबारी बिल्डिंग, महात्मा गांधी मार्ग
प्रयागराज-211 001
द्वारा प्रकाशित

शाखाएँ : 1-बी, नेताजी सुभाष मार्ग, दरियागंज, नई दिल्ली-110 002
अशोक राजपथ, साइंस कॉलेज के सामने, पटना-800 006
1, अनमोल सोराबजी सन्तुक लेन, धोबी तलाव, मरीन लाइंस, मुम्बई-400 002

वेबसाइट : www.lokbhartiprakashan.com
ई-मेल : info@lokbhartiprakashan.com

विकास कम्प्यूटर एंड प्रिंटर्स
ट्रॉनिका सिटी-201 102
द्वारा मुद्रित

मूल्य : ₹299

KABIRA SOI PEER HAI
Novel by Pratibha Katiyar

ISBN : 978-93-49180-99-4

जो अपनी राख से हर बार जन्म लेती रहीं
और लगातार संघर्ष में हैं
ऐसी तमाम अस्मिताओं के नाम

क्रम

ये जो हिज्र है ये नसीब है	9
उल्टी हो गईं सब तदबीरें	20
चाक जिगर के सी लेते हैं	27
अगर हम कहें और वो मुस्करा दें	34
हर एक बात पे कहते हो...	41
कबिरा सोई पीर है	52
अजब ठहराव पैदा हो रहा है रोज़ ओ शब में	61
तेरे इश्क़ की इन्तिहा चाहता हूँ	69
तंग आ चुके हैं कश्मकश-ए-ज़िन्दगी से हम	77
दुराय नैनाँ बनाए बतियाँ	91
दामन में आँसुओं का ज़ख़ीरा न कर अभी	95
दस्तक पे अब घरों से कोई बोलता नहीं	103
जान-लेवा थीं ख़्वाहिशें वर्ना...	108
मरने के थे लाख बहाने...	118
...उम्र बस उस पे ग़ौर करने में कट रही है	124
रोएँगे हम हज़ार बार कोई हमें सताए क्यों...	129
फ़र्ज़ करो तुम्हें ख़ुश करने के ढूँढ़े हमने बहाने हों	134
वो तो ख़ुशबू है हवाओं में बिखर जाएगा...	138
कर रहा था ग़म-ए-जहाँ का हिसाब...	148
माना कि तेरी दीद के क़ाबिल नहीं हूँ मैं	156
ज़िन्दगी तूने मुझे क़ब्र से कम दी है ज़मीं	159
ज़ब्त लाज़िम है मगर दुख है क़यामत का	163
मगर शाम ही तो है	166

ये जो हिज्र है ये नसीब है

अरे रे...रे...क्या कर रहे हो। मत करो न, प्लीज मत करो न...कहते हुए लड़की की आवाज़ में इठलाने का रंग इस कदर घुला था कि लड़का मान नहीं रहा था। वो अपनी अँजुरियों से भर-भर के पानी लड़की पर उछाल रहा था। लड़की जो अब तक गंगा में पाँव डाले बैठी थी, लड़के की शरारत से बचने के लिए उठकर भागने लगी थी। इन दोनों ने अभी-अभी किशोरपन की दहलीज़ पर क़दम रखा है। दोनों के कच्ची उमर के दूधिया से प्रेम की ख़ुशबू गंगा के किनारों को महका रही थी।

नदी की लहरों पर गिरती सूरज की किरनें पीपल की ठंडी हवा के साथ मिलकर इस मासूम प्रेम का कोलाज रच रही थीं। शफ़्फ़ाक़ पानी में सुनहरी किरनों का हिलता हुआ-सा जाल इस कदर लुभावना लग रहा था कि किसी का भी उसमें फँस जाने का जी चाहे।

अनुभव, इस जाल में बचपन से ही जकड़ा हुआ है। जब भी उसके भीतर धँसी कोई फाँस ज़्यादा चुभने लगती है, तब वह गंगा की लहरों से राहत का मरहम लेने आता है। उसके भीतर का तमाम सूखा गंगा किनारे बैठते ही जाने कैसे नदी बन जाता है। उस नदी को पलकों के बाँध में रोक पाना आसान तो नहीं होता उसके लिए लेकिन फिर भी इसमें उसे जो राहत मिलती है, वह तसल्ली के उस सिक्के जैसी होती है, जिसे वो कभी खर्च न करने का निश्चय ले चुका है।

हमेशा कोई उलझन, कोई परेशानी ही उसे यहाँ लाती हो ऐसा भी नहीं। कभी किसी खोए हुए सुख की स्मृति भी उसे यहाँ ले आती है। यह बात अनुभव भी जानता है कि यहाँ गंगा के किनारे वह जैसा आता है, वैसा वह

वापस नहीं जाता। गंगा आरती के वैभव, घंटों और घड़ियालों की आवाज़ से परे होता है यह एहसास। भीतर की तमाम उठापटक का सैलाब लेकर गंगा आगे निकल जाती और अनुभव अपने भीतर एक खाली जगह बनती हुई महसूस करता, इसी खाली जगह में इन दिनों कोई नई ख़ुशबू दाखिल हुई है। जबसे इस ख़ुशबू को अनुभव ने महसूसना शुरू किया है, उसे लगता है गंगा में पानी थोड़ा बढ़ गया है। जब भी वो तट पर आता गंगा भी उसे उस ख़ुशबू में डूबा देखकर मुस्करा देती। एक नरम-सी मुस्कराहट, एक मीठा-सा एहसास इन दिनों अनुभव को घेरे रहता है। हालाँकि अनुभव ख़ुद भी इस नावाक़िफ़ से एहसास को ठीक से समझ नहीं पा रहा है। वो पूरी कोशिश करता है कि अपने भीतर उग रही इस ख़ुशबू को भीतर ही समेटे रहे। लेकिन जो बिखरे नहीं वो ख़ुशबू ही कैसी। ये नई कोपलों की आहट है, ये पहली बारिश के बाद मिट्टी से उठती ख़ुशबू है, ये लम्बे रियाज़ के बाद अचानक कोई ठीक-सा सुर लग जाने की ख़ुशबू है। इस ख़ुशबू ने अनुभव की ज़िन्दगी में रंग भर दिए हैं।

जबसे अनुभव इस ख़ुशबू में डूबा रहने लगा है, उसकी खिड़की पर आनेवाली नीली गर्दनवाली छोटी-सी चिड़िया की आवक बढ़ गई है। अनुभव ने उस चिड़िया का नाम आरल रखा है। उसी की खिड़की से भीतर झाँकने को उचकती रातरानी आरल की उस ख़ुशबू से होनेवाली गप्पें सुनने का मन इतना ज़्यादा होने लगा था कि उसकी बेल रोज़ दो इंच बढ़ी हुई-सी मालूम होने लगी थी। अक्सर यूँ होता कि आरल और रातरानी की ख़ुशबू आपस में देर तक बातें करते और अनुभव पढ़ाई में डूबा रहता। आजकल पढ़ने में उसकी एकाग्रता काफी बढ़ गई है।

ऋषिकेश में जन्मा, यहीं पला-बढ़ा अनुभव इस शहर के मोह में इस कदर बँधा हुआ है कि जब भी यहाँ से बाहर जाने का अवसर मिला हर बार उसने यहीं रहने का विकल्प चुना। स्कूल से कॉलेज की ज़िन्दगी जीते हुए सिविल सर्विस की तैयारी तक का सफ़र ऋषिकेश की जमीन पर ही।

अनुभव मिश्रा भविष्य का होनेवाला प्रशासनिक अधिकारी। यूँ वो फिलहाल आई.ए.एस. की तैयारी करनेवालो देश के लाखों चेहरों की भीड़ में से एक

चेहरा भर है लेकिन उसको और उसके दोस्तों को, परिवार को, सबको पक्का यक़ीन है कि अनुभव का आई.ए.एस. बनना एकदम तय है।

अनुभव हमेशा से पढ़ने में तेज था और उससे भी बड़ी बात यह थी कि उसका ध्यान लक्ष्य पर एकदम केन्द्रित था। न ज़्यादा घूमना-फिरना, न यारबाजियाँ। यही वजह है कि पहली ही बार में प्रिलिम निकाल लिया। प्रिलिम निकाल लेने के बाद अनुभव का आत्मविश्वास और बढ़ गया। हालाँकि बढ़े हुए आत्मविश्वास के बावजूद अहंकार उसे छू भी न गया था। वो ऋषिकेश शहर में एक मिसाल बना हुआ था और जो बच्चे मिसाल बन जाते हैं, वो बड़ा ही स्यापा खड़ा कर देते हैं। सारे दोस्तों का सरदर्द था वो। हर घर में बस अनुभव की मिसालें दी जातीं और उन पर दबाव बनाया जाता। दोस्त जब अनुभव को घर के किस्से सुनाते तो वो धीरे से मुस्करा देता। वो इतना ही कहता, 'सालों पढ़ लोगे तो कुछ घट न जाएगा।'

'ओ भई पढ़कर भी अपना कुछ होना नहीं तो बिना पढ़े ही सही हैं कम-से-कम पढ़ने में टाइम तो वेस्ट नहीं कर रहे हैं और तू तो है ही अपना यार। तू तो क्रैक कर ही लेगा, बस फिर तेरे साथ हम सब ऐश करेंगे और क्या।' दोस्ती के अभिमान के साथ प्रशान्त ने अनुभव को धौल दी तो अनुभव मुस्करा दिया।

तीन बहनों के बाद जन्मा अनुभव परिवार की इकलौती आस था। मनमोहन मिश्रा यानी अनुभव के पापा की क़िस्मत अच्छी थी कि उनका लड़का एकदम गऊ था। गउ, सुशील, गृहकार्य में दक्ष। जब अनुभव की मम्मी पड़ोस की आंटियों पर बेटे के किस्से सुनाते हुए, इतराते हुए उसकी तारीफ़ के कसीदे काढ़तीं तो अन्दर कमरे में पढ़ रहा अनुभव झुँझला जाता।

अनुभव का विषय भले ही गणित हो लेकिन उसे साहित्य में भी खासी दिलचस्पी थी। फैज और फिराक की नज़्में उसकी पढ़ाई की टेबल पर सजी हुई थीं। वो बाबा साहब को अपना आदर्श मानता था, गोरख पांडे, दुष्यन्त को पढ़ते हुए अपनी ज़िन्दगी को मानी दिया करता। गंगा किनारे अक्सर अकेले घंटों बैठकर उसने आस्था में डूबे निरीह चेहरों को देखा है। उसे आस्था निरीहता का पर्याय लगती। घर में मम्मी हमेशा किसी व्रत में होती हैं

और पापा दिन का आधा वक़्त तो भगवान के आगे माथा टिकाने और घंटी बजाने में बिताते हैं। उन सबकी एक ही ख़्वाहिश थी कि तीन बहनों के बाद जन्मा अनुभव कलक्टर बन जाए तो उन सबके कष्ट कटें।

गरीबी की चादर की मिश्रा जी ने बड़ी मेहनत से सिलाई करके, रफू करके किसी तरह इज़्ज़त बचाई है। वो इज़्ज़त अब बेटे के हाथ है। तीनों बहनें जब रक्षाबन्धन में उसकी कलाई पर धागे बाँधतीं तो अनुभव को लगता ये सब अपनी बेचारगी को उम्मीद के धागों में पिरोकर उसकी कलाई पर बाँध रही हैं, जिसका बोझ उसके कन्धों पर बढ़ रहा है हालाँकि दरिद्रता के बावजूद ब्राह्मण होने का जो अलौकिक ग़ुरूर है, वो कभी किसी के चेहरे पर कम नहीं हुआ। मम्मी पापा, बहनें, तीनों जीजा और बाक़ी रिश्तेदार। ख़ुद के घर में खाने को नहीं लेकिन दूसरे को ज्ञान देने को हमेशा तैयार।

अनुभव के पापा सरकारी नौकरी में थे, अब रिटायर हो चुके हैं। शुरू के दिनों में ख़ूब कमाई भी की लेकिन बाद के दिनों में अधिकारी खड़ूस आ गया। उसने सबके खाने पर पाबन्दी लगा दी। पापा हमेशा बड़-बड़ करते, 'साला चमार कहीं का। आकर बैठ गया है सर पर। बड़ा आया दुनिया बदलनेवाला। क्या बदलेगा दुनिया में। चमार है चमार ही तो रहेगा।'

मम्मी भी उनकी हाँ में हाँ मिलातीं, 'आजकल बहुत मनबढ़ हो गए हैं छोटी जातवाले। कुसुम को देखो हमारे यहाँ झाड़ू पोंछा कर-करके बेटी को पढ़ाया और अब उसकी बेटी हमारे बच्चों को पढ़ा रही है, कोई बात है। चलती कैसे तन के है। कुसुम ने भी अब काम छोड़ दिया। ऐसे ये लोग नौकरी पर लगते जाएँगे तो हमारे यहाँ काम कौन करेगा भला। समझ में नहीं आता किस बात की बराबरी चाहिए इनको। बस हमारी खोपड़ी पर नाचना है। एक बार मेरा बेटा कलक्टर बन जाए फिर बताती हूँ सबको।'

'सही कह रही हो, अनुभव कलक्टर बन जाए तो सबसे पहले मिठाई तो उसके मुँह पर ही मार के आऊँगा। भला बताओ कि मुझे उसे 'सर' बोलना पड़ रहा है। उम्र में बड़ा उससे, जात में ब्राह्मण लेकिन सर झुकाऊँ उसके सामने। क्या नाम है उसका अविनाश कुमार। अबे काहे नहीं लगाते जात नाम के आगे कुमार लगा लेते हैं। हुँह...' मनोहर मिश्र ने पिच्च से थूक

दिया। मानो उन्होंने अविनाश को 'सर' बोलने का जितना कसैलापन था वो सब थूक दिया हो।

घर में जब इस तरह का कसैला माहौल बनता खिड़की से झाँकती रातरानी उदास होने लगती। अनुभव परिवार के लोगों के मन में बसी कड़वाहट को देखता तो परेशान होता। वो दूर टहनी पर बैठी आरल को देखता रहता। उसे लगता वह दूर डाल पर बैठी चिड़िया और खिड़की से झाँकती रातरानी उसके मन की दशा को शायद समझ पाती हैं।

पहले अनुभव बहस किया करता था लोगों से, अब नहीं करता। असल में उसे यह बात समझ में आ गई है कि किसी पोजीशन पर पहुँचकर ही बदलाव के लिए कुछ किया जा सकता है। ब्राह्मण परिवार में जन्म लेना एक इत्तिफाक ही तो है, इसके लिए इतना भी क्या ग़ुरूर करना, यह बात अनुभव जब पापा-मम्मी या रिश्तेदारों को समझाना चाहता तो सब यही कहते, 'अच्छा, अच्छा तू रहने दे। तू नहीं समझेगा ब्राह्मण कुल में जन्म लेना पुराने जन्मों और कर्मों का फल है।' शुरुआत में अनुभव की बहसों में तल्खी आ जाती थी। धीरे-धीरे नरमी आने लगी और अब चुप्पी आ गई थी।

ब्राह्मण परिवार में जन्म लेने के बावजूद वह किसी क़िस्म के ब्राह्मणत्व में यक़ीन नहीं रखता था। उसका मानना था कि हर व्यक्ति, हर जाति को समान अधिकार और सम्मान मिलना चाहिए, ये उनका हक़ है लेकिन उसे अपनी जैसी सोच वाले न दोस्त मिले, न परिवार। तो वो अपनी इस सोच के साथ अपने आप में सिमट गया। यह सिमटना उसे पढ़ाई की ओर पहले से ज़्यादा केन्द्रित कर रहा था। जब दोस्त पूछते अधिकारी बनने की तैयारी कैसी चल रही है, वो मुस्कराकर कहता 'बदलाव की तैयारी है यह अधिकारी बनने की नहीं। बदलाव कई रास्तों से आता है, सड़कों पर उतरने से, नारे लगाने से, धरना देने से भी आता है लेकिन असल बदलाव आता है जब आप सिस्टम का हिस्सा बनकर उसे बेहतर बनाने का प्रयास करें।'

'देख भाई तू कतई ख़तरनाक बात कर रहा। कन्नन गोपीनाथन, शाह फैसल की तरफ़ तू भी इस्तीफा-विस्तीफा मत दे देना भाई।' वैभव उसकी बातों से डर जाता।

‘देना पड़ेगा तो दूँगा ही लेकिन इस्तीफा देने लायक बन तो जाऊँ।’ और अनुभव फिर से किताबों में घुस जाता।

कॉलेज में जब उसने एक डिबेट में आरक्षण के पक्ष में बात रखी थी तो कितनी नाराजगी सहनी पड़ी थी उसे।

‘ब्राह्मण होकर आरक्षण का पक्ष ले रहा है तू। एक दिन यही आरक्षण तेरे सामने खड़ा होगा भूत की तरह, तब तू कुछ नहीं कर पाएगा।’

‘कोई बात नहीं, मेरी जगह कोई ज़्यादा ज़रूरतमन्द ही तो आएगा न।’ अनुभव ने झल्लाकर कहा तो मम्मी रोने लगी थीं उस दिन।

‘ये लड़का पागल हो गया है। कैसी बातें कर रहा है देखो तो। तेरी माँ ने कितनी गरीबी देखी बेटा, तू नहीं जानता। अपने हिस्से की रोटी खिला के तुझे बड़ा किया कि बेटा एक दिन माँ को सुख देगा और तू ऐसी बातें कर रहा है।’

अनुभव के मन में आता कह दे, ‘क्यों बेटे की आस में तीन बेटियों को जन्म दिया। पहली दोनों दीदियों को ही ठीक से पाल लिया होता, पढ़ा लिया होता। वो भी अफसर बन सकती थीं न। लेकिन तीनों को बी.ए. पास कराकर ठेल दिया ससुराल में।’ यूँ अनुभव को ग़ुस्सा तो दीदियों पर भी आता था, जिन्होंने असल में गऊ बनकर उन खूँटों में बँध जाना स्वीकार कर लिया और अब सेवा, निन्दा और सीरियलों को ज़िन्दगी बनाकर ख़ुश हैं। ये क्या उसकी गलती है कि वो इकलौता लड़का है और तीन लड़कियों के बाद पैदा हुआ। झुँझलाते-झुँझलाते मुस्करा भी देता वो, यह सोचकर कि सामाजिक संरचना की बेड़ियों को काटना आसान कहाँ होता है, तब तो और जब उसमें कम्फर्ट भी हो। अनुभव की सबसे छोटी दीदी का मन ज़रूर था पढ़ने का, बाक़ी दोनों का तो मम्मी बताती हैं बी.ए. करना ही मुश्किल पड़ गया था। वो तो पापा की इज़्ज़त रखने को कि पंडित जी की बेटियाँ कम-से-कम कुछ तो पढ़ी-लिखी हों, घिस-घिस के बी.ए. किया दोनों ने। छोटी दीदी को पढ़ना अच्छा लगता था तो उन्होंने जैसे तैसे एम.ए. किया लेकिन उसके बाद वो भी सात फेरों के चक्कर में घूम गईं।

पहले अनुभव इन लोगों से काफी झगड़ा करता था। उसे लगता था कि किसी भी बदलाव की शुरुआत घर से ही होती है लेकिन धीरे-धीरे उसे

समझ में आ गया कि यह काम इतना भी आसान नहीं है। उसने अब कुछ भी कहने-सुनने में ऊर्जा लगाने की बजाय अपना ध्यान तैयारी पर केन्द्रित किया। उसे यक़ीन था कि बदलाव की एक राह ब्यूरोक्रेसी से होकर भी गुज़रती है। आसान नहीं है वो राह भी लेकिन अनुभव को भरोसा था कि कुछ तो हो ही सकता था। जहाँ अनुभव के दोस्त सिनेमा और पार्टियों में समय बिताते, वहीं अनुभव किताबों में घुसा रहता। वैसे किताबों के अलावा वाली भी उसकी एक दुनिया थी, जिसमें आरल और रातरानी शामिल थे।

कोचिंग में काफी सारे छात्र तो पावर का जो नशा होता है, उसके चक्कर में यहाँ आते थे। सिविल्स की तैयारी कर रहे हैं यह बताने का भी कम टशन नहीं होता वैसे। कुछ ने घर से बाहर निकलने के बहाने के रूप में कोचिंग ज्वाइन कर रखी थी। कुछ सिविल्स की तैयारी को नेशनल हॉबी के तौर पर अपना चुके थे, इसलिए यहाँ आते थे। जो भी हो विक्रम कोचिंग का रिकॉर्ड था कि यहाँ के काफी छात्र मेन्स तक तो पहुँच ही जाते थे। कोचिंग वाले साल की शुरुआत में ही प्रतिभावान उम्मीदवारों को तलाश कर साल भर उन्हें तराशते रहते कि बोर्ड पर चिपकाने को कोई चेहरा मिल सके। बाक़ी लड़के-लकड़ियों का उम्मीद में समय कटता रहता और कोचिंग की आमदनी बढ़ती रहती।

कोचिंग वालों के लिए इस साल की तलाश अनुभव था। सब कहते थे कि अनुभव में जन्मजात प्रतिभा है। बहुत होनहार है वो। मेहनती भी ख़ूब है। तो बस ऐसे ही जन्मजात प्रतिभावान और मेहनती लड़के पर कोचिंग का ठप्पा लगाने को बिलबिलाने वालों में से ही थे विक्रम त्रिपाठी सर। विक्रम सर कोचिंग चलाकर ख़ुद दो बार मेन्स में पहुँचकर क्वालीफाई न कर पाने की पीड़ा को कम करने का प्रयास कर रहे हैं। उनके पान-मसाले से भरे मुँह से हमेशा आत्ममुग्धता के किस्से टपकते रहते। 'मैंने ये किया, मैंने वो किया' के रूप में जो कुंठा निकलती है न वो भयंकर उबाऊ होती। कोचिंग में विद्यार्थियों समेत स्टाफ तक को उनका एक-एक किस्सा रट गया था। त्रिपाठी जी के किस्से घिस तो गए थे लेकिन चुके नहीं थे।

इस साल कोचिंग का सारा फोकस अनुभव पर था। इसी बीच कोचिंग में तृप्ति ने एडमिशन लिया। तृप्ति साँवली, छोटे कद की और सामान्य

दिखनेवाली लड़की थी। कोचिंग में कोई लड़की आती थी तो कई महीने तक पढ़ाई से ज़्यादा ध्यान लड़कों का उस लड़की पर ही होता था। लेकिन सामाजिक मानदंडों के हिसाब से तृप्ति ऐसी थी नहीं कि उस पर बात की जाए लेकिन वो लड़की तो थी। और चरित्र-चित्रण के लिए उसका लड़की होना काफी था।

तृप्ति को आए अभी हफ्ता-भर ही हुआ था कि एक दिन पार्किंग में गाड़ियों पर बैठकर चल रही लड़कों की ठठ्ठेबाजी अनुभव के कानों में पड़ी। 'अरे यार वो एकदम फ्लैट है फ्लैट, तभी दुपट्टा कसे रहती है।' नितिन ने बेहद अश्लील ढंग से कहा था और बाक़ी सब हँस पड़े थे। अनुभव को समझते देर न लगी कि बात तृप्ति की ही हो रही है। नख-शिख वर्णन करके मनोरंजन किया जा रहा है। अनुभव एकदम से झुँझला-सा गया। वो कई बार मना कर चुका है इन सबको लेकिन सब उसे उलटे ही धर लेते हैं 'भाई तू होगा जोगी, ऋषि, मुनि। हम साधारण मानव हैं। हमारी तो यही दुनिया है।' 'देखना एक दिन इनकी भी तपस्या भंग होगी। हाँ भाई मेनका चाहिए इनको कोई। फ्लैट नहीं घर चाहिए बड़ा-सा।' और सब बेहूदा तरह से हँस दिए थे। झेंप गया था अनुभव। जब बात स्तर में इतने नीचे चली जाए, तब रिएक्ट करने का भी मन कहाँ रह जाता है। लेकिन आज वो इनकी तरफ़ बढ़ ही गया। 'क्या भाई क्या बात चल रही है। बड़े ख़ुश नज़र आ रहे हो सब। प्रिलिम की तैयारी की बात चल रही है क्या।' जान-बूझकर अनुभव ने ऐसे जाहिर किया कि उसने कुछ सुना नहीं।

'यार तू दोस्त तो लगता ही नहीं कतई। लगता है बाप चले आ रहे हैं सामने से और अब सिगरेट छुपा ले भाई। मुँह में इलायची डालें।' सुरेश ने कहा तो बाक़ी सब दोस्त ठठ्ठा मारकर हँस दिए।

'सालों, लाख इलायची खा लो बाप फिर भी बाप ही होता है। बाप को गच्चा देना आसान नहीं होता।' अनुभव ने भी मसखरी में जवाब दिया।

'ओ बाप जी, प्रणाम।' वैभव ने अनुभव के आगे बढ़कर, झुककर पैर छूने की एक्टिंग करते हुए कहा। 'ओ पिताश्री, हो गया सम्मान अब आप यहाँ से कीजिए प्रस्थान।' हा हा हा। सब फिर से हँस दिए। अनुभव भी हँस दिया।

'सालों तुम नहीं सुधरोगे। वैसे मुद्दा-ए-चर्चा क्या था जरा हमें भी पता चले तो हम भी उसका रस लें।' अनुभव ने मन में कुछ सोचा हुआ था और वो मुद्दे पर आना चाहता था।

'अरे यार तुम्हारे मतलब की बात नहीं हो रही।' किशोर ने टाला।

'फिर भी?' अनुभव अड़ा हुआ था।

'अरे यार वो नई बहन जी आई हैं न कोचिंग में उन्हीं के सम्मान-पत्र का निर्माण चल रहा था। बहन जी या आंटी जी अभी तो चर्चा इसी पर अटकी थी।' सब हँस दिए, ठहाके गूँजते हुए दूर तक निकल गए। अनुभव ने देखा कि लड़कों के झुंड में रश्मि और सविता भी शामिल थीं और वो दोनों भी इस चर्चा का बराबर आनन्द ले रही थीं।

'यार, लड़कियों के सम्मान पत्र लिखने के अलावा कोई और भी बात हो सकती है न?' अनुभव पहले से ही चिढ़ा हुआ था।

'देखो बाप जी, आए हो तो मजा लो वरना निकल लो।' वरुण ने नितिन को ताली मारते हुए कहा। अनुभव ने कनखियों से रश्मि और सविता को देखा। उनके हँसते हुए चेहरे देख अनुभव उदास हो गया।

'देखो वो बहुत शालीन लड़की है और जहाँ तक मैं एक हफ्ते में समझ पाया हूँ काफी इंटेलिजेंट भी है इसलिए ऐसा न हो एक दिन वो क्वालीफाई करने के बाद तुम लोगों को सम्मान-पत्र टिकाए। लड़कियों के प्रति सम्मान करना सीख लो यार।' उसने रश्मि और सविता की तरफ़ देखते हुए कहा, 'तुम लोग तो कम-से-कम रोकती न इनको। तुम ख़ुद शामिल हो गईं इस फूहड़पन में।'

'अरे यार अनुभव, तुम बस भी करो। हमेशा फेमिनिज्म वाला एंगल काम नहीं करता। शी इज रियली बहन जी टाइप।' रश्मि ने कहा और वो फिस्स से हँस दी। उस हँसी में ख़ुद के रूप यौवन को लेकर एक इतराहट थी और तृप्ति का उपहास।

'मैं तुम लोगों से बहस नहीं करना चाहता, बस तुम लोग उसके बारे में कोई बकवास नहीं करोगे।' अनुभव ने दो टूक बात मजबूती से कही।

'क्यों भाई, वो तुम्हारी बहन है क्या?' वैभव अकड़ गया।

'नहीं बहन नहीं है। लेकिन किसी की तो बहन होगी।' अनुभव बहस में घिर ही गया था।

'भाई अगर हम सबकी बहनों का सम्मान करते रहेंगे तो जिएँगे कैसे।' नितिन ने आँख दबाते हुए कहा।

'अब ये बहुत घटिया हो रहा है। बहुत घटिया। मैं बता रहा हूँ नो मोर डिस्कशन ऑन तृप्ति।' अनुभव ने बात को खत्म करने के इरादे से कहा।

'भाई बता तो दे क्यों इत्ता भड़क रहा।' वैभव अनुभव के रिएक्शन की गम्भीरता समझ गया था।

'ज़रूरत नहीं बताने की। बस नो मोर डिस्कशन।' अनुभव की आवाज़ में तल्खी आ गई थी।

'हमारे लिए तो तुमने कभी नहीं स्टैंड लिया।' रश्मि ने ईर्ष्या में जलते हुए कहा। उसे अनुभव को तृप्ति के लिए स्टैंड लेते देख जलन हुई। रश्मि असल में अनुभव पर फिदा थी। लेकिन अनुभव हमेशा उससे कन्नी काटता था।

'मैं हर लड़की के, हर स्त्री के सम्मान के लिए लड़ता हूँ, लड़ूँगा। लेकिन अफसोस तुम तो ख़ुद लड़कियों का मज़ाक़ उड़ाने में सुख ले रही हो।' अनुभव ने रश्मि को ग़ुस्से से घूरते हुए कहा। रश्मि सहम गई।

'बाप जी को ग़ुस्सा आ गया। जाने दो अब। नहीं करेंगे यार तृप्ति पर कोई बात। वैसे भी उसमें है ही क्या बात करने लायक।' नितिन ने बात खत्म करने में भी अपमान का एक टुकड़ा पिरो ही दिया।

अनुभव का दिल चाहा एक चमाट दे उसे। लेकिन उसने ख़ुद को संयत करते हुए इतना ही कहा, 'एक दिन उसकी ही बात होगी और तब तुम देखोगे। शी विल क्लियर द एक्ज़ाम एंड यू गायज कैरी ऑन विद सेम शिट डिस्कशन। बट नॉट ऑन वुमन।'

'जी साब...' नितिन और वैभव ने उसे व्यंग्यात्मक मुद्रा में झुककर प्रणाम करते हुए कहा। 'आपकी बड़े साहब वाली गाड़ी में घूमने के लिए यह त्याग हमें मंजूर है।' ठहाके फिर गूँज उठे। उन बेहूदा ठहाकों को पीछे छोड़ अनुभव जैसे ही वहाँ से जाने के लिए पलटा सामने तृप्ति खड़ी थी।

अनुभव इस कदर शर्मसार हुआ मानो उसके दोस्तों ने जो भी बकवास की, उसका जिम्मेदार वो ख़ुद है। वो आँखें चुराने लगा और अभी-अभी घटे पूरे प्रकरण को इग्नोर करने की कोशिश करते हुए बोला, 'लाइए आपकी स्कूटर मैं निकाल दूँ?'

'अच्छा लगा।' तृप्ति ने कहा और ख़ुद ही अपनी स्कूटर निकालकर, स्टार्ट करके चली गई।

अनुभव ने महसूस किया उस 'अच्छा लगा' में सदियों के दर्द की यात्रा थी और उस दर्द को समझे जाने के लिए नन्हा-सा आभार था।

तृप्ति चली गई लेकिन तृप्ति रह गई।

अनुभव रात भर उस 'अच्छा लगा' को घुमा-घुमाकर देखता रहा, सुनता रहा। उसे लगा उसमें तृप्ति की आँखों के आँसू भी हैं। दो शब्द थे या दो बूँदें गंगाजल की या दो फूल...या दो सुर...

रात यूँ ही सोचते-सोचते बीत गई। उस रात पहली बार अनुभव का मन सामने खुली किताबों के बाहर भटकता रहा। खिड़की पर उचककर चढ़ आई रातरानी की महक उसे देख मुस्कराती रही।

•

वो जो इश्क़ था वो जुनून था
ये जो हिज्र है ये नसीब है।

(राना सहरी)

उल्टी हो गईं सब तदबीरें

मामा की शादी में पतंग-सी उड़ती फिरती थी सीमा। नाम था सीमा लेकिन उसकी कोई सीमा मानो थी ही नहीं। खाने का ख़ूब शौक उसे, पहनने का शौक भी ख़ूब। गप्पबाजी में ऐसी माहिर कि शुरू हो जाए तो रुकना ही मुश्किल। रंग दबा था लेकिन उसके कुल-खानदान में एक बीना भाभी के सिवा किसी का रंग साफ था ही नहीं तो रंग दबा होकर भी सामान्य ही था। 13 बरस की उमर की खिलखिलाहट रंगत को चमका रही थी। फिरकी-सी लड़की खाने-पीने के शौक के चलते थोड़ा भरे बदन की ही थी। मामा की शादी में बारात में जाने की ठान ली तो ठान ली। उसके मन की सीढ़ियाँ तो आसमान चढ़ जाने को व्याकुल थीं, जमाने की बन्दिशें भला कैसे रोकतीं उसे।

बारातियों का इन्तज़ाम दो हॉल में किया गया था। एक में औरतें और दूसरे में आदमी। लेकिन ऐसी भसड़ मची कि क्या कहें। कोई अपना कुरते का पाजामा ढूँढ़ता महिलाओं वाले कमरे में आ पहुँचता तो कोई तौलिया लेने जा पहुँचती बड़-बड़ करते हुए मर्दों के कमरे में। सीमा दोनों तरफ़ कूद-फाँद मचाए हुए थी। डाकिया बनी थी। बुआ को झुमका पहनाती तो चाची की साड़ी की प्लेटें बनाती। ख़ुद भी क्रीम-पाउडर पोत के एकदम टिंच थी।

मामा की शादी में भांजी का उत्साह पूरे उफान पर था। बराती होने का पूरा लुत्फ लिया सीमा ने। ऐसे अकड़-अकड़ के चलती कि अदा देखते बनती। मम्मी ने कितना कहा कि फ्रॉक पहने लेकिन उसने रो-रोकर घर सर पर उठा लिया और लहँगा लेकर ही मानी। मम्मी की चिन्ता यह कि लड़की के बचपने को सँभालें कि अंखुआती जवानी को। लड़की को तो अपनी ख़ुद

की सुध नहीं। वो बार-बार बस तृप्ति को कोसें उसका ध्यान रखना ये न हो कि अपने ही ख़यालों में डूबी रहो।

तृप्ति का हाल यह हो रखा था कि सबसे बड़ी होने के बावजूद सबके हिस्से की डाँट उसे ही मिलती थी। तृप्ति सीमा से कुछ बरस बड़ी थी लेकिन उसने तो बचपन जैसे जिया ही नहीं। होश सँभालते ही उसके जिम्मे सीमा और छोटे भाई अंशुल दोनों की जिम्मेदारी आ गई थी। बेटे की आस में बार-बार कराए गर्भपात के चलते मम्मी की सेहत गिर गई थी। इसलिए दोनों भाई-बहन और घर की जिम्मेदारी तृप्ति के कन्धों पर आती गई।

रात में सोने का जो कमरा ठीक हुआ सीमा उसमें से निकल गई। उसे मौसी के लड़कों के संग गप्पें जो मारनी थीं। वो गप्प करते-करते वहीं सो गई और उसकी आँख तब खुली, जब अपने कच्चे सीने पर मौसी के लड़के का हाथ सरकता हुआ महसूस हुआ। सीमा भयंकर डर गई। यूँ तो हमेशा से दबंगई करती रहती थी लेकिन जब बात देह की आई तो एकदम सिकुड़ गई। बहाने से उठी और भागकर दूसरे हॉल में सोई तृप्ति के बगल में जाकर लेट गई। अगले दिन मौसी के लड़के उसे चिढ़ाते रहे। देखकर इशारे करते रहे और सीमा नज़रें झुकाए बस छुपने का और शादी बीत जाने का इन्तज़ार करती रही।

उस घटना के बाद पहली बार सीमा ने ख़ुद से कहा कि 'सँभल के रहो, वरना यह देह ही अड़चन बनेगी।' सीमा जब भी उस रात के बारे में सोचती, काँप जाती। अगर घर में किसी को बताती तो उसे ही डाँट पड़नी थी। सो चुपचाप अपने में सिमटती गई। माँ ने गौर तो किया कि लड़की अब काफी चुप-चुप सी रहने लगी है, पहले सी फुदकती नहीं फिरती है और यह सोचकर उन्होंने राहत की साँस ली कि चलो किसी तरह यह उम्र सँभल जाए। लड़कियों की जवानी सँभालना माँ-बाप के लिए बड़ी मुसीबत होता है। सीमा ख़ामोश तो होने लगी थी लेकिन मौसी के लड़के की उस हरकत के बाद उसके मन के भीतर जो स्याह परछाईं दाखिल हो गई थी, वो उसे चैन से सोने नहीं देती थी। बाली उम्र के आने की आहट बुरे अनुभव से मिले तो स्याह परछाइयाँ उम्र भर पीछा करती हैं।

सीमा का शुरू से पढ़ने में मन नहीं लगता था। घर के कामकाज में भी मन लग नहीं रहा था। उसे बस जाने कैसे एक बात समझ में आ गई कि शादी करने के बाद सब ठीक हो जाता है। उसे लड़कों से डर लगता था लेकिन लड़कों की तरफ़ एक आकर्षण भी था। हारमोंस का उफान और डर के बीच भयंकर खींचतान चल रही थी। किसी के पहले स्पर्श का रूमान तो मौसी के लड़के ने चकनाचूर कर दिया था। डरा और दिया था जमाने भर से।

सीमा मम्मी के साथ मौसी के यहाँ जाने से बचने लगी थी। मौसी कभी घर आतीं तो उसे यही डर लगता कि कमल और संजीव तो नहीं आएँगे मौसी के साथ। एक बार संजीव आ गया था तो सीमा की हालत खराब थी। संजीव उसे देख मुस्करा देता और सीमा की घबराहट बढ़ जाती। एक बार जब संजीव मौसी के साथ घर आया तो मम्मी ने उससे कहा, 'जा भैया को बाहर घुमा ला'। सीमा को लगा उसके पेट में कोई गोला घूमने लगा है। आँसू आ गए उसके। बाथरूम में जाकर देर तक रोती रही। अपने शरीर के उस हिस्से को काटकर फेंक देना चाहती थी, जहाँ संजीव का घिनौना स्पर्श दर्ज था। कितना रगड़ा, धोया, मानो वो स्पर्श चिपक गया हो देह से और समय के साथ बड़ा होता जा रहा हो। 'अरे सीमा ले जा भैया को घर में बैठा-बैठा ऊब रहा है। घुमा ला जरा बाहर।' मम्मी की आवाज़ बाथरूम की दीवारें लाँघकर उसके कानों में पड़ रही थीं। तृप्ति चाय नाश्ते की ट्रे सजाने में लगी थी और अंशुल हमेशा की तरह टीवी से चिपका था। मम्मी अंशुल को कभी कुछ नहीं कहती थीं। सीमा ने बाथरूम का नल चला दिया। तृप्ति ने दरवाजा खटखटाया तो रोती हुई सीमा बाहर निकली और तृप्ति से चिपट गई। उसका मन किया सब बता दे बहन को लेकिन उसे इस मामले में किसी पर भरोसा नहीं हो रहा था कि कोई समझेगा और न ही हिम्मत हो रही थी। उसने बस इतना कहा, 'जीजी पेट में बहुत दर्द हो रहा है।'

'अरे ऐसे कैसे...क्या हुआ। पीरियड्स तो तेरे अभी खत्म हुए हैं न?'

'हाँ पीरियड्स तो पिछले हफ्ते खत्म हुए हैं लेकिन बहुत दर्द हो रहा।' सीमा की आवाज़ में पीड़ा घुली हुई थी।

'चल लेट जा चलकर।'

'मम्मी सीमा के पेट में दर्द हो रहा है। वो नहीं जाएगी।' तृप्ति ने सीमा के पेट पर हाथ फेरते हुए जब मम्मी से कहा तो सीमा ने राहत की साँस ली।

पेट दर्द का सुनकर संजीव और मौसी कमरे की तरफ़ बढ़ आए। यह सीमा के लिए अप्रत्याशित था। 'क्या हो गया बिटिया, माहवारी तो न आई है?' मौसी ने संजीव के सामने ऐसे पूछ लिया तो तृप्ति और सीमा दोनों झेंप गईं और संजीव को मानो मजा आ गया हो।

'नहीं मौसी, कोई और दर्द है। अजवाईन हींग का पानी देती हूँ। ठीक हुआ तो ठीक, नहीं तो फिर डॉक्टर के पास जाएँगे।'

'हाँ हाँ मैं ले चलूँगा डॉक्टर के पास।' संजीव ने ढीठ बनते हुए कहा।

मौसी ने अपने लाल गुलाल को लाड़ से देखते हुए कहा, 'ऐसी है इसकी आदत सबकी मदद को दौड़ता फिरता है। राहुल की शादी में देखा था न कैसे फुर्ती से सब काम निपटा रहा था।' मौसी ने कहा। मम्मी ने भी उनकी हाँ में हाँ मिलाते हुए संजीव की ओर लाड़ से देखते हुए कहा। 'चल बेटा तू चाय पी ले, फिर ज़रूरत लगी तो ले जाना डॉक्टर के यहाँ।'

संजीव जब तक कमरे में रहा सीमा मुँह दीवार की तरफ़ करके साँस रोके पड़ी रही। जैसे ही वो गया उछलकर उठी और दरवाजा बन्द किया। अन्दर से चिटखनी लगाईं और आवाज़ रोककर रोने लगी। जिस कदर वो रो रही थी, तृप्ति को लगा कुछ तो और बात है। यह पेट दर्द कुछ और ही कहानी लिए है। तृप्ति डर गई। बहन को सँभालने लगी। 'क्या हुआ लाड़ो बता न। बहन हूँ तेरी। मुझे बता सीमा। मैं सँभाल लूँगी सब।' तृप्ति जिस अनजाने अन्देशे से भर गई थी काँप तो वो भी रही थी। आख़िर 2 साल ही तो बड़ी थी वो सीमा से। लेकिन पहली औलाद और समझदारियों और जिम्मेदारियों के बोझ ने उसे ज़्यादा ही बड़ा कर दिया था। 'जिज्जी...' कहकर सीमा लिपट गई तृप्ति से और मामा की शादी वाला पूरा किस्सा बयान कर दिया।' तृप्ति उसकी पीठ पर हाथ फेरते हुए ग़ुस्से में उबल रही थी। हालाँकि उसके मन में कुछ शान्ति भी थी कि उसने अनजाने में और भी ज़्यादा बुरे की कल्पना कर ली थी शायद।

'अरे, पेट दर्द ठीक हुआ कुछ कि जाना है डॉक्टर के पास?' माँ की आवाज़ बन्द दरवाजों को लाँघती हुई कानों में आ गिरी।

'हाँ, मम्मी अब ठीक है डॉक्टर के पास जाने की ज़रूरत नहीं है। सो गई है सीमा।' तृप्ति ने मम्मी को जवाब दिया और सीमा से चुपचाप लेटने को कहा ताकि वो मौसी को विदा कर आए।

दरवाजा बन्द करके तृप्ति ड्राइंगरूम में आई और चाय के बर्तन समेटने लगी। यह एक क़िस्म का इशारा था कि भाई अब निकल लो। मौसी को भी कहीं कीर्तन में जाना था तो उठी 'चल बेटा मुझे कीर्तन में छोड़ दे फिर तू घर जा।' मौसी अपने लाल पर फिदा थीं। वो नहीं जानती थीं कि उनके लाल के लक्षण कितने काले हैं। जो लड़का अपनी बहन को नहीं छोड़ता वो और कितनी लड़कियों के डर-घबराहट का कारण होगा पता नहीं।

'सीमा सो गई न?' मम्मी ने पूछा।

'हाँ' तृप्ति ने जवाब दिया तो मम्मी ने कहा, 'मैं जरा मोनू के यहाँ हो आती हूँ कुछ देर तुम चौका सँभाल देना। उसकी अम्मा की हड्डी टूट गई थी देख आऊँ जरा'

तृप्ति चाहती ही थी कि मम्मी कुछ देर को जाएँ तो घर अकेला मिले और सीमा को वो सँभाल सके। मम्मी मौसी के साथ ही निकल गईं। काला चश्मा चढ़ाए संजीव ने मौसी को पीछे बिठाकर जब बाइक स्टार्ट की तो तृप्ति का दिल चाहा धक्का देकर गिरा दे शोहदे को। 'अच्छा नमस्ते जीजी' उसने कहा तो तृप्ति ने कोई जवाब नहीं दिया। मानो यही फिलहाल का प्रतिरोध हो।

वापस आकर उसने दरवाजा बन्द किया और चाय के बर्तन वहीं छोड़कर सीधे सीमा के पास आई। सीमा रोते-रोते सचमुच सो गई थी। माथे पर हाथ फिराया तो बुखार था उसे। चादर ओढ़ाकर पंखा बन्द किया तृप्ति ने और किचन समेटने लगी यह सोचकर कि रोने की थकन से हरारत होगी, जरा सो लेगी तो आराम आएगा उसे। सीमा भी साल भर से जो ज़ख़्म छुपाए घूम रही थी उसे आज जीजी को बताकर वो हल्की हुई थी।

चाय के बर्तन धोते हुए तृप्ति सोच रही थी कैसा समाज है यह, जो ज़ख़्म देता है वो शान से, बेशर्मी से घूमता है और जो चोट खाता है वो अपने ज़ख़्म को शर्म की तरह ढोता रहता है। तृप्ति की आँखों में आँसू आ गए।

उसे याद आ गया अपने साथ हुआ वो हादसा जब स्कूल से लौटते हुए मोहल्ले के लड़कों ने उसकी साइकिल गिरा दी थी और फिर साइकिल उठाने के बहाने सीने पर जोर से चिउंटी काटी थी। आज भी वहाँ कुछ जलता सा रहता है। मोहल्ले के वो लड़के अब भी उसे गन्दी नज़र से देखते हैं। वो आज तक किसी से कुछ नहीं कह पाई इस बारे में।

किसे बताती, कौन सुनता उसे, कौन समझता। उसी की गलती निकाल दी जाती। उसका स्कूल जाना बन्द हो सकता था। पापा तो पहले से ही दो लड़कियों के बोझ से इतना दबे हुए हैं।

घंटी बजी तो तृप्ति ने दरवाजा खोला, अंशुल बैट लेने आया था। 'जीजी मेरा बैट दे दो जल्दी से, आज साले को सबक सिखाकर ही मानूँगा।' तृप्ति को समझ में नहीं आया कि बैट खेलने के लिए चाहिए या किसी को पीटने के लिए। 13 बरस के हैं साहब। बातें सुनिए इनकी।

'नहीं मिलेगा बैट, पहले बता हुआ क्या है...?'

'जीजी गाली बकी है उसने। माँ की गाली दी है। साले को तोड़ के रख दूँगा। उसकी माँ का...' ये लड़के की भाषा थी। अपनी माँ के सम्मान की रक्षा के लिए उफान खाता, दूसरे की माँ के लिए वही गाली बकता हुआ, जिससे ख़ुद इतना उफन रहा है। तृप्ति ने बैट नहीं दिया तो उस पर भी ग़ुस्से में बड़बड़ाता हुआ वो घर से निकल गया।

तृप्ति सोचने लगी कुछ दिन बाद उसका भाई भी किसी की बहन के डर का कारण बनने लगेगा। बहन किसी की भी हो, माँ किसी की भी हो, उसे गाली खानी ही है।

'जीजी...' अन्दर कमरे से सीमा की आवाज़ आई। तृप्ति ने जाकर देखा तो उसका बुखार तेज हो गया था। तृप्ति उसे दवा देने लगी। सीमा के सर पर हाथ फिराते हुए तृप्ति के आँसू छलक पड़े।

घर के सामने फूलों और पत्तों से खाली हो चुके पेड़ की शाखों पर निस्तब्ध उदासी अंखुआने को थी।

दूर कहीं कोई पंछी अपने पंखों से अपनी गर्दन खुजला रहा था। उसकी आँखें उदास थीं शायद।

•

उल्टी हो गईं सब तदबीरें कुछ न दवा ने काम किया
देखा इस बीमारी-ए-दिल ने आख़िर काम तमाम किया।

(मीर तक़ी मीर)

चाक जिगर के सी लेते हैं

'जीना हराम कर रखा है सालों ने। एक हमारी ही नौकरी खटकती है सबको। जैसे नौकरी न मिली हो, कोई पाप हुआ हो हमसे। रोज़ की वही ज़िल्लत।' कमलेश जी ने हेलमेट टीवी के ऊपर रखते हुए झोला तृप्ति की माँ को थमाया। माँ ने झोला बाद में थामा, भाषण का राशन पहले थमा दिया। 'दुनिया जहाँ की गन्दगी लेकर घर में पहले आ जाओ तुम, फिर बात करो। अरे चप्पल काहे नहीं उतार देते बाहर। गू-मूत सब सना है चप्पल में, सब घर के अन्दर। दिन भर पोंछा लगा-लगा के हलकान रहें हम। एक तो वैसे ही छोटा-सा घर है, उसमें भी चप्पल-जूते अन्दर ले आओ। तुम दोनों बाप-बेटे जीना दूभर किए हो। वो अंशुलवा भी नहीं मानता जूता पहने घर में घूमता फिरता है। डाँट दो तो घर के बाहर भाग जाता है। मतलब ये है कि सुधरना ही नहीं है किसी को।' तृप्ति की मम्मी यानी सुशीला जी बड़बड़ का लाउड म्यूजिक फुल वॉल्यूम में चल रहा था। कमलेश बाबू भड़क गए। 'ये तुम न आते ही जो शुरू हो जाती हो, मन करता है घर ही न आएँ।' 'अरे तो न आओ न, हम कौन से इन्तज़ार में मरे जा रहे हैं कि साहब आएँगे लड्डू पेड़ा लाएँगे। लालाजी घुमाने ले जाएँगे गंगा किनारे। हुँह।'

'जिस दिन नहीं आएँगे न तब बात समझ में आएगी। अभी आ जाता हूँ तो छाती पर सवार रहती हो।' कमलेश बाबू ऑफिस के रायते से परेशान थे और घर आकर यह सब शुरू होना। हालाँकि यह सब रोज़ का है।

अब मम्मी का ब्रह्मास्त्र निकल आया था, रोने का। रोते-रोते बड़-बड़ करने का 'सुन लो इनको। कैसी बातें करते हैं। कैसे-कैसे दिन निभा लिए इनके साथ और अब ये छोड़कर जाने की बात कर रहे हैं। अरे क्या कह दिया

यही न कि चप्पल बाहर रखो। बाहर का गू-मूत घर में आता अच्छा लगता है क्या। दो कमरे का छोटा-सा घर है उसमें सफाई रखना वैसे ही मुश्किल है।'

तृप्ति इस लगभग रोज़ होनेवालो म्यूजिकल कंसर्ट की अभ्यस्त है। वो चाय बनाकर ले आई। पापा हाथ-पैर धोकर सोफे पर पसर चुके थे और मम्मी उनकी चप्पल बाहर करके फिर से पोंछा लगाने लगी थीं। कभी-कभी मम्मी जान-बूझकर पापा के सामने ही पोंछा करती हैं, दिखाने के लिए कि देखो कितना परेशान करते हो तुम। वरना तो झाड़ू-पोंछा समेत घर के सारे काम तृप्ति के ही हैं।

चाय पीते हुए कमलेश बाबू बोले, 'तुम घर की सफाई की बात कर रही हो और ये लोग हमें ही गन्दगी समझते हैं। हमें ही निकाल बाहर कर देना चाहते हैं हर जगह से। तुम्हारे पोंछे की तरह हम पर भी झाड़ू-पोंछा फेरने की फिराक में रहते हैं हमेशा।'

'तो ज़िन्दगी भर उनका हगा उठाते रहें क्या?' मम्मी के ग़ुस्से की टंकार बढ़ भी गई थी और उसका रुख़ भी बदल गया था। अब उनके निशाने पर पापा की जगह वो सब लोग थे, जो जाति के कारण इनसान को इनसान ही समझने को तैयार नहीं हैं।

तृप्ति के लिए ये रोज़ की दिनचर्या का हिस्सा है। रात का खाना वो इसी बैकग्राउंड म्यूजिक के साथ बनाती है। सीमा ने जिस दिन से तृप्ति से अपने घाव का दर्द साझा कर लिया है वो अब थोड़ी आज़ाद हो गई है। अपने कमरे में कान में ईयरप्लग लगाए सीमा ड्राइंगरूम में चल रहे सामाजिक वेदना के प्रलाप से दूर किसी गाने की धुन में खोई थी। तृप्ति भरवाँ तोरई गैस पर चढ़ाकर रसोई में ही किनारे बैठकर नोट्स बनाने लगी। तृप्ति की ज़्यादा पढ़ाई रसोई में ही होती है। रसोई सहित घर की लगभग सारी जिम्मेदारी तृप्ति के ही सर पर है। ऊपर से यह कि मम्मी कभी उसके काम से ख़ुश नहीं होतीं। हमेशा कुछ न कुछ किच-किच करतीं और उसके काम में कमी निकालती रहतीं। तृप्ति को कई बार शक होता कि वो उसकी सगी माँ ही हैं न?

पापा ज़रूर दारू लगा लेने के बाद तृप्ति के सर पर हाथ फेरते। यह उनका रोज़ का नियम था। जैसे पूजा के बाद माँ अंशुल के सर पर हाथ

फेरती वैसे ही पापा दारू पीने के बाद तृप्ति के सर पर। सोचते ही तृप्ति को हँसी आ गई। पापा की पूजा ही तो है दारू, जिसे वो बिना नागा रोज़ करते हैं। तृप्ति के सर पर हाथ फेरकर मानो वो उसके तमाम कष्टों को सोख लेना चाहते हों। कभी-कभी वो मम्मी को भी इसलिए डाँटते कि वो बच्ची को क्यों डाँटती रहती हैं लेकिन जैसे ही मम्मी की बड़बड़ की दुनाली उनकी ओर घूमती, पापा घर के बाहर निकल जाते।

सीमा इन सबसे बेफिकर अपने गानों की दुनिया में खोई रहती। सीमा को मम्मी की डाँट से बचाने के लिए तृप्ति थी ही। हालाँकि सीमा भी तृप्ति से ख़ूब लड़ा करती थी लेकिन उस दिन की घटना के बाद से सीमा ने तृप्ति से लड़ना छोड़ दिया था।

कमलेश बाबू पी.डब्ल्यू.डी. में छोटा बाबू हैं। लेकिन उनकी मुश्किल यह है कि वो आरक्षण से इस जगह पहुँचे हैं। उनकी जाति में वो पहले हैं, जो सरकारी नौकरी में लगे हैं। कमलेश बाबू अनुसूचित जनजाति के कोटे से यहाँ पहुँचे हैं और लगभग हर दिन कोटे से आने का ताना सुनते हैं। बड़े बाबू पंडित जी हैं और उनके हाथ की फाइल भी छूना नहीं चाहते लेकिन सीधे कुछ कह नहीं पाते तो दाएँ-बाएँ करते रहते हैं। तथाकथित खुले दिमाग के दिखने की होड़ ने इतना तो किया है कि अब सीधे-सीधे जाति को लेकर टिप्पणी करने या व्यवहार करने से लोग बचने लगे हैं, इसमें कानूनों का डर शामिल होना एक बड़ा कारण है—एस.सी.एस.टी. एक्ट। इन सबने किया यह कि उस सीधे खुले हुए व्यवहार पर समानता की परतें तो चढ़ा दीं लेकिन मन के भीतर जो बैर था, जो मैल था उसे कम करने की बजाय बढ़ाया ही।

ऑफिस का चपरासी विनोद वो है श्रीवास्तव लेकिन कमलेश बाबू के आगे ख़ुद को ब्राह्मण ही समझता है। हमेशा अकड़ में। कोई बात नहीं सुननी उनकी, न कोई काम करना। मना कभी नहीं करता लेकिन बस अभी कर रहा हूँ, कहकर इधर-उधर निकल जाता।

विनोद और बड़े बाबू ख़ूब हँसी ठठ्ठा करते लेकिन मजाल है कभी विनोद ने छोटे बाबू यानि कमलेश जी को पानी पिला दिया हो। कमलेश बाबू अपना पानी ख़ुद ही घर से लेकर जाते और ऑफिस में दिन ऐसे बिताते जैसे कोई सजा काट रहे हों।

कमलेश बाबू ने अपने बचपन में कभी दादी को मैला उठाते देखा था, लेकिन कुछ ही सालों में नये डिजाइन के टायलेट बनने लगे और दादी का काम छूट गया। दादी कहती भी थी छुटपुट आमदनी थी, वो भी बन्द हो गई। यानी मैला उठाने को नहीं मिलता था, इसका दुख था उन्हें। कमलेश के पिताजी को एक दफ्तर में साफ-सफाई का काम मिला था, उसी से घर चलता था। कमलेश माँ बाप की 6 सन्तानों में से जिन्दा बची तीन सन्तानों में से एक हैं। जिनमें से अब दो ही बचे हैं। जीजी सुधा पिछले बरस मर गईं। अब उनके अलावा छोटा भाई बृजेश है जो माँ के साथ रहता है। घर छोटा होने के कारण दोनों परिवार अलग रहते हैं लेकिन दोनों परिवारों की जिम्मेदारी कमलेश जी पर ही है क्योंकि बृजेश कोई काम-धाम करते नहीं। ब्याह ज़रूर कर लिए हैं। बाक़ी करने के नाम पर नेतागिरी की पहली पायदान पर हैं। माँ ज़्यादातर बिस्तर पर रहती हैं।

कभी-कभी कमलेश बाबू को अपने सिधार गए भाई-बहनों से बहुत जलन होती क्योंकि जो ज़िल्लत वो पिछले 52 बरसों से जीते हुए झेल रहे हैं, वह उनको अब असहनीय लगने लगी है। बावजूद इसके कि उन्होंने अपनी रीढ़ की हड्डी को काफी हद तक गला लिया है। फिर भी जब तब उनका आत्मसम्मान कुलबुलाता है, तब उन्हें लगता कि ऐसे जीने से तो मर जाना ही अच्छा।

दफ्तर में साफ-सफाई का काम करने के दौरान कमलेश के पिताजी ने जाने कैसे एक सपना देख लिया और कमलेश को स्कूल भेजना शुरू कर दिया। कमलेश ने स्कूल में एक अलग कोने में टाट डालकर पढ़ाई की, फिर बी.ए. किया और बाबा साहेब की कृपा और अपनी मेहनत के मिश्रित समन्वय से सरकारी नौकरी में लग गए। यह और बात है कि कमलेश की नौकरी लगने से पहले ही उनके पिता जी ज़िन्दगी से निकल लिए।

कमलेश जी की नौकरी लग तो गई लेकिन जैसे अब तक ज़िन्दगी गले में अटकी रही, वैसी ही नौकरी भी अटक गई। बड़े बाबू शंखधर तिवारी और चपरासी विनोद श्रीवास्तव दोनों उन्हें साँस तक लेते देखकर खार खाते हों जैसे। विनोद का बर्ताव कमलेश जी के साथ वैसा ही था जैसे शीरे में डुबोकर कोई सुई चुभोए। तरीके ऐसे कि शब्दों पर जाएँ तो उन्होंने कुछ गलत कहा ही नहीं, 'अरे आप लोगों का जमाना है अब। हम लोग क्या हैं कीड़े-मकोड़े। देखिए कोई गलती-उलती हो जाए तो माफ कर दीजिएगा कमलेश बाबू। आप लोगों की बड़ी सुनी जाती है आजकल।' या कोई जाति विरोधी वाट्सप फॉरवर्ड वीडियो को तेज आवाज़ में सुनना और मुस्कराना।

कमलेश जी को सब समझ में आता है लेकिन वो चुप्पी को अपना एकमात्र हथियार बनाकर जीना सीख लिए हैं। उन्होंने मान लिया है कि सम्मान है ही कहाँ उनका। उनका जन्म अपमान सहने के लिए ही हुआ है। हालाँकि वो चाहते थे कि जो उन्होंने झेला वो उनके बच्चों को न झेलना पड़े। दलित राजनीति का हश्र जो भी हुआ हो लेकिन अरसे से वंचित, इस देश के एक बड़े वर्ग की आँखों में छोटे-छोटे सपने तो बोए ही हैं। हालाँकि अगड़ों की राजनीति उन इबारतों को मिटा देने पर भी आमादा है जहाँ दलित और पिछड़े वर्ग को जरा-सी राहत है। समानता-समानता की रट लगाकर गरीब सवर्णों को भी आरक्षण मिलना चाहिए का शोर मचानेवालो ये समझने को तैयार ही नहीं कि समता भी एक चीज होती है। उसके बिना समानता भी एक फरेब ही बनकर रह जाएगी। एक गरीब ब्राह्मण की सामाजिक स्थिति एक मध्यवर्गीय दलित से हमेशा ऊँची रहती है, यह बात वे जानते हैं लेकिन इसके बारे में कोई बात नहीं करना चाहते।

इन्हीं उलझावों के बीच कमलेश जी ने शिक्षा के महत्त्व को बख़ूबी समझ लिया था। उन्होंने अपने तीनों बच्चों को स्कूल पढ़ने भेजा। हालाँकि वो जानते थे कि इन बच्चों का जन्म गलत घर में हो गया है और इन्हें जीवन-भर अपमान तो सहना ही पड़ेगा। वो चाहते तो थे कि बच्चों को जातिगत अपमान न सहने पड़ें लेकिन हक़ीक़त से भी वो वाक़िफ़ थे ही, इसलिए उनकी कोशिश होती कि बच्चों को अपमान सहने की आदत पड़ जाए।

तृप्ति ने न जाने कब सच्चाई को समझ लिया था और मौन धारण कर लिया था कोई नहीं जान पाया लेकिन उसके भीतर पढ़ने की इच्छा को वो मार नहीं सकी। तमाम अपमान और छुआछूत के बीच तृप्ति ने जब कक्षा 9 में टॉप कर दिया तो स्कूल वाले और घरवाले दोनों हैरान हो गए। क्योंकि यहाँ तो कोई आरक्षण भी नहीं था। स्कूल के शिक्षकों ने भरसक नम्बर काटने की कोशिश की लेकिन अन्तर इतना ज़्यादा था कि उसकी फर्स्ट पोजीशन को वो रोक नहीं पाए। कक्षा 9 में तृप्ति का टॉप करना भी सह नहीं पाए लोग। उमेश और संगीता जो अब तक फर्स्ट और सेकेंड आते थे, उन्होंने घर जाकर शिकायत कर दी कि मैं उस स्कूल में नहीं पढ़ूँगा जहाँ 'वो' पढ़ती है। घरवालों को भी ग़ुस्सा आ गया और वो स्कूल जा पहुँचे। उनकी एक ही माँग थी कि तृप्ति को स्कूल से निकाला जाए। वरना वो अपने बच्चों को वहाँ से निकाल लेंगे। कमलेश बाबू बुलाए गए। टॉपर बेटी का बाप हाथ जोड़े कोने में खड़ा था और फटकार खा रहा था। कुछ लोग समझा भी रहे थे कि बेटी को स्कूल से निकाल ले। कुछ का कहना था कि उसने नकल की है। हालाँकि यह कोई नहीं बता पा रहा था कि उसने नकल आख़िर की किससे, जबकि उसके नम्बर सबसे ज़्यादा हैं और वो तो हमेशा कोने में अलग बैठती हैं। तृप्ति ने उस दिन पापा को जब कोने में सर झुकाए खड़े देखा तो उसे बहुत जोर से रोना आया। उसे लगा वो फर्स्ट नहीं आई है उसने कोई गलती कर दी है, जिससे पापा को अपमानित होना पड़ा है। पापा बार-बार एक ही बात कह रहे थे, 'अगली बार ये गलती नहीं होगी। इस बार माफ कर दीजिए।'

क्या बात हुई, क्या नहीं पता नहीं लेकिन तृप्ति को स्कूल से निकाला नहीं गया। घर आकर कमलेश बाबू सर पकड़कर ऐसे बैठे थे जैसे कितना अनर्थ हो गया हो। उनकी आँख में आँसू भी थे। 'बिटिया ध्यान रखना बड़ी मुश्किल से स्कूल वाले माने हैं अब फर्स्ट मत आना कभी।' तृप्ति की आँखों में भी आँसू छलक आए। वो फफककर रो पड़ी तो पापा ने उसके सर पर हाथ रख दिया। तृप्ति ने जोर से पापा का हाथ पकड़ लिया था उस दिन। मम्मी भी पास में बैठी रो रही थीं। जैसे कोई मातम चल रहा हो।

अगले दिन क़मलेश बाबू जब ऑफिस पहुँचे तो राधेश्याम ने मुस्कराकर कहा, 'बधाई हो कमलेश बाबू सुना है बिटिया ने टॉप किया है।' बड़े बाबू ने भी व्यंग्य में भरकर मुबारकबाद के नाम पर सुई चुभोई 'मुबारक हो कमलेश बाबू। बिटिया के बढ़िया नम्बर आए। वैसे आपकी जात में इतना नम्बर पहली बार आया होगा न?' विनोद ने आवाज़ में फुल मसखरी घोलते हुए कहा।

कमलेश बाबू को ग़ुस्सा आ गया, जिसे घोंटते हुए वो बोले, 'हुजूर हम स्कूल ही नहीं गए कभी तो टॉप क्या करते। अब जाना शुरू किया है तो टॉप भी कर रहे हैं।'

यह बात बड़े बाबू को इतनी चुभी कि उन्होंने अपने भीतर का बजबजाता दम्भ टेबल पर पटक दिया। 'एक काम तो आपसे ठीक से होता नहीं बड़ा इनके बच्चे टॉप करेंगे। सब पता है हमको नकल की है तुम्हारी लड़की ने। ये देखो फाइल में कितनी गलतियाँ हैं।' कमलेश बाबू मन-ही-मन मुस्करा दिए। पलटवार की चुभन दिखाई दे रही थी। तृप्ति अगले दिन स्कूल पहुँची तो बच्चे उसे नकलची कहकर चिढ़ा रहे थे। तृप्ति की आँखें दिन भर भरी-भरी रहीं। हालाँकि आगे चलकर जब दसवीं के रिजल्ट आए तो तृप्ति ने पूरे जिले में लड़कियों में सबसे ज़्यादा नम्बर पाए थे।

तृप्ति, जब ख़ुश होने के अवसर आते तो जोर से रोने की इच्छा से भर जाती। उस रोज़ भी वो गंगा किनारे कोने में अकेले बैठी देर तक रोती रही। उसने महसूस किया कि यह सुख का रोना नहीं है। सचमुच की उदासी है। सामने बहती गंगा मानो तृप्ति को दिलासा देते हुए उसके करीब आकर उछाल लेती और उसके चेहरे पर पड़ी गंगा की बूँदें आँखों से छलकती उदासी को पोंछ ले जातीं।

•

चाक जिगर के सी लेते हैं
जैसे भी हो जी लेते हैं।

(नदीम परमार)

अगर हम कहें और वो मुस्करा दें

गंगा की लहरों का खेल देखना हो तो ऋषिकेश से सुन्दर कोई जगह नहीं हो सकती। एक लहर दूसरी लहर पर सवार होकर थिरकती फिरती है। इस शहर में एक ख़ुमार है, आज़ादी है। पूरे शहर की हवा गंगा में डुबकी लगाए होती है, इसलिए हर कोई चाहे वो कहीं भी जा रहा हो ख़ुद को गंगा नदी के तट पर बैठे होने की ख़ुशबू के एहसास में डूबा हुआ ही महसूस करता है। तृप्ति को इस शहर की बारिशें बहुत पसन्द हैं, नदी किनारे बैठकर बारिश में भीगने का सुख बिना भीगे कोई कैसे जान सकता है। तृप्ति ने इस सुख को जिया है। सामने नदी का पानी ऊपर से बरसता बारिश का पानी जैसे देह घुलकर गंगा में जा मिलने को व्याकुल हो। मन तो कब का साथ छोड़कर जा चुका होता था।

उस रोज़ एक ठहरी हुई सी शाम थी। नदी को चूमकर आती हवाओं को अपनी देह पर कसते हुए तृप्ति बड़ी देर से लहरों का खेल देख रही थी। देखते-देखते उसे लग रहा था वो ख़ुद नदी हो गई है। लहरों पर सवार आस्था के दिए कैसे मुस्कराते हुए चले जा रहे थे। कुछ तेज बहाव में गुड़प हो जा रहे थे और कुछ तैरते ही जा रहे थे।

गुड़प होने से पहले वाले दीयों में कोई डर नहीं था। किसी भी दिए को कहाँ पता है कितने लम्हों तक वो दिप-दिप करेंगे और किस पल लहरों में गोता लगा लेंगे। कैसी भय-मुक्त है इनकी लौ, तृप्ति ऐसे ही भय-मुक्त होना चाहती है। ऐसी ही लहरों-सी मुक्त। सामने लक्ष्मण झूला पर आते-जाते लोगों को क्या सच में पता है वो कहाँ जा रहे हैं, कहाँ से आ रहे हैं। क्या उसे पता है वो कहाँ जा रही है। एक ऐसे रास्ते पर चलने का ख़्वाब उसने

देख लिया है, जिसके सारे मोड़ बन्द हैं। हर बन्द को पहले खोलना है और फिर दो क़दम चलना है। गंगा के पानी में पाँव लटकाए बैठे उसे कितना वक़्त बीत गया, पता ही नहीं चला। कोचिंग के बाद सीधे यहीं चली आई थी वो। मन ऐसा भरा-भरा हो रहा था कि लोगों से दूर लहरों के करीब यहीं इसी ठिकाने पर आना उसे अच्छा लगता है, जहाँ किनारे पर जीवन से मुक्ति की आँच होती है और जीवन में भर आई निराशा से लड़ने के लिए आस्था का हथियार भी। आस्था से ज़्यादा निरीहता तृप्ति को कभी कहीं नहीं दिखी। उसने माँ को पूजा करते समय हमेशा रोते, गिड़गिड़ाते हुए कुछ न कुछ माँगते हुए ही देखा है। जब बड़ी हुई तो उसने देखा भगवान के सामने आस्था के नाम पर निरीहताओं का ढेर लगा हुआ है। भगवान ख़ुद कितने निरीह होंगे, इतने बड़े ढेर को सँभालते हुए उसके मन का यह उदास ख़याल बड़ा होने लगता।

तृप्ति ने कभी ईश्वर से कुछ नहीं माँगा। असल में उसने किसी से कभी कुछ नहीं माँगा। शायद ऐसा कोई मौका ही नहीं बना कि वो किसी से कुछ अपेक्षा भी रख सकती। हाँ, जिम्मेदारियों और समझदारियों का बोझ ज़रूर उसे बिना माँगे मिलता गया। कभी-कभी उसे लगता कि उसकी हालत ईश्वर जैसी हो गई है।

आज आई.ए.एस. प्रिलिम का रिजल्ट आनेवाला था। तृप्ति नर्वस होने की बजाय उदास थी। त्रिवेणी घाट के एक किनारे पर बैठकर वो अपनी गाढ़ी उदासी को खुरच रही थी। उसे नहीं मालूम रिजल्ट कैसा आनेवाला है। लेकिन उसे कैसा लगेगा, यह शायद वह जानती है। ऐसा कोई एहसास उसे कभी हुआ नहीं कि यह हो जाए तो आसमान में उड़ने लगेगी वो। हालाँकि उसे ख़ुद से पता है कि उसका प्रिलिम क्लियर होना ही चाहिए लेकिन यह भी पता था कि क्लियर होने पर भी कोई बहुत ख़ुशी होनेवाली नहीं। जैसे हाईस्कूल में जिले में टॉप करने के बाद भी कोई खास ख़ुशी नहीं हुई थी उसे। उस रोज़ भी यहीं कोने में बैठी अपनी उदास आँखों से गंगा को देख रही थी। लेकिन वो तब यह नहीं जानती थी कि उसके लिए हर रिजल्ट का दिन उदासी का दिन होनेवाला है।

लहरों की उछाल उसके चेहरे तक आ रही थी। रात होते-होते बहाव तेज होने लगा था। गंगा आरती हो चुकी थी। आस्था का सैलाब काफी हद तक थम चुका था और देर से थमी उसकी उदासी अब गंगा की लहरों से मिलने को बेताब हो रही थी। तभी उसने अपने कन्धे पर किसी का हाथ महसूस किया। चौंक के देखा। अनुभव था।

तृप्ति ने अपनी भीगी पलकों को छुपाने के लिए तुरन्त चेहरा घुमा लिया और पूछा, 'तुम यहाँ क्या कर रहे हो।'

'क्यों, गंगा मैया के किनारे सबके लिए खुले हैं न?' अनुभव ने उसके करीब बैठते हुए हँसी की मीठी फुहार बिखेरते हुए कहा। उसने भी अपने पाँव गंगा में डाल लिए। पानी की पहली छुअन ने उसे कँपा दिया। 'यार पानी ठंडा है...' उसने चौंकते हुए कहा, तो तृप्ति को हँसी आ गई। 'आँसुओं से भीगे गालों वालों लड़की के होंठों पर अगर हँसी आ जाए तो वो दुनिया की सबसे सुन्दर लड़की हो जाती है।' अनुभव ने पानी के छींटे उड़ाते हुए कहा।

'बकवास करने में काफी अनुभव है मिश्रा जी को।' तृप्ति ने लक्ष्मण झूले पर आते-जाते लोगों को देखते हुए कहा।

'यार वो बकवास सबसे अच्छी जो तुम्हें हँसा दे।' अनुभव की आवाज़ में गंगा के पानी का गीलापन शामिल हो गया था।

तृप्ति मुस्कराई। असल में तृप्ति ने कभी इतना अपनापन महसूस किया ही नहीं, जीवन में तो अनुभव की जरा-सी बात से भी वो पिघलने लगती है। शायद यही वजह है कि वो उसके करीब जाने से डरती है।

'ये जो लड़की की मदद करके, उसे हँसाकर हीरो बननेवाली कहानियाँ हैं न वो घिस चुकी हैं। ये जादू अब पुराना हो गया है। यहाँ बात बनेगी नहीं आपकी।' तृप्ति कहना चाहती थी लेकिन उसे लगा यह कहने का भी हक़ कहाँ है उसे। ऐसे नखरे भरी बातें कहने की योग्यता भी होनी ज़रूरी है। यह सोचकर वह फिर से उदास हो गई। अपने रंग-रूप और सामाजिक स्थिति का भान उससे कभी छूटा ही नहीं। सच तो यह है कि कुंठा की एक मोटी गाँठ लगातार बड़ी होती जाती थी।

'रिजल्ट आ गया है...' अनुभव ने एकादशी के चाँद की परछाईं को गंगा के पानी में हिलते हुए, देखते हुए कहा।

तृप्ति चुप रही। जैसे उसे कोई उत्साह ही न हो जानने का। 'पूछोगी नहीं क्या रहा?' अनुभव ने उसकी आँखों में उसे तलाशने की कोशिश की लेकिन उसकी आँखें लहरों पर डोलते चाँद पर टिकी हुई थीं।

'नहीं पूछूँगी तो भी तो बताओगे ही न' तृप्ति की आवाज़ में जो उदासी थी, वो जैसे किसी मद्धम राग पर रखी हो जिसे भंग करने का अनुभव का मन ही नहीं किया। कुछ देर वो भी तृप्ति के साथ लहरों पर डोलते चाँद को देखता रहा। रात की निस्तब्धता बढ़ती जा रही थी और पानी में हिलती दो परछाइयाँ किसी कलात्मक पेंटिंग-सी लग रही थीं।

'हम दोनों ने प्रिलिम क्लियर कर लिया है...' अनुभव ने सधे हुए शब्दों में कुछ इस तरह कहा कि इस शाम के जादू को अपने कहे जा रहे शब्दों से टूटने से बचा सके। तृप्ति ने अपने भीतर सामने बहती नदी को छलछलाते हुए महसूस किया। देर तक ख़ामोशी उन दोनों के कन्धों से टकराकर नदी में छलाँग लगाती रही।

अनुभव ने धीरे से तृप्ति के साँवले हाथ पर अपना बड़ा-सा शफ़्फ़ाक़ हाथ रख दिया। तृप्ति के भीतर रुकी हुई सिसकियाँ फूट पड़ीं। 'अरे, पगली रो क्यों रही है। रिजल्ट तो यही आना ही था।' अनुभव ने उसे सहेजने की कोशिश करते हुए कहा। तृप्ति यह कह ही नहीं पाई कि यह रोना रिजल्ट के सुख का है ही नहीं, अपनी हथेलियों को तुम्हारी हथेली में सहेजे जाने का है।

'मुझे बहुत डर लग रहा है अनुभव।' तृप्ति ने कहा।

अनुभव ने माहौल के भारीपन को समेटते हुए कहा, 'भाई रिजल्ट आने से पहले डर लग रहा है, सुनना तो कॉमन बात है लेकिन रिजल्ट क्लियर हो जाने की ख़बर के बाद? ये तुम ही कर सकती हो? डरो मत मेन्स क्लियर करने की ख़बर भी मैं यहीं सुनाऊँगा ऐसे ही...' अनुभव की आवाज़ की मिठास में तृप्ति को डूब जाने का दिल चाहा।

'अपनी हथेली खोलो' अनुभव ने तृप्ति से कहा तो तृप्ति ने सवालिया निगाहों से उसे देखते हुए हथेली उसके आगे कर दी।

अनुभव ने मुस्कराते हुए उसकी हथेली में कुछ रखते हुए हथेली बन्द कर दी।

'क्या है ये?' तृप्ति समझ नहीं पा रही थी।

'इसे अपनी नाक के पास ले जाकर धीमे से खोलो। ख़ुशबू आएगी।'

'लेकिन...' तृप्ति पूछना चाह रही थी कि हथेली में तो कुछ नहीं है।

'शश्शश...' अनुभव ने उसे कुछ भी बोलने से रोकते हुए फुसफुसाकर कहा, 'आवाज़ से यह ख़ुशबू टूट जाती है। बहुत शर्मीली है यह। जानती हो क्या है यह?' अनुभव ने तृप्ति की बन्द हथेली को यूँ सहेजते हुए कहा, जैसे वो हथेली में बन्द किसी नाज़ुक चीज को गिरने से बचाना चाहता हो।

'क्या है?' तृप्ति अब अनुभव के खेल में शामिल हो चुकी थी।

'इसका नाम है एरिन। यह वो मद्धिम ख़ुशबू है, जो हमारे भीतर उम्मीद बनकर रहती है और जब तब अपनी ख़ुशबू बिखेरती है। इसे शोर से डर लगता है। जब भी मैं अपने एकान्त में होता हूँ, तब अक्सर यह मेरे पास आती है।'

तृप्ति ने अब बन्द मुट्ठी को नाक के पास ले जाकर उसे सूँघते हुए कहा, 'वाकई एरिन तो कमाल है।'

'लेकिन इसका नाम एरिन क्यों?' तृप्ति ने बन्द मुट्ठी को सहेजते हुए पूछा।

'क्योंकि एरिन नाम मुझे पसन्द है।'

'जानती हो एरिन का अर्थ क्या होता है...?' अनुभव आज अपनी सबसे करीबी दोस्त से तृप्ति को ठीक से मिलवाना चाहता था।

'नहीं, क्या होता है एरिन का अर्थ?' तृप्ति उन लम्हों में जैसे किसी ख़्वाब को जी रही थी।

'यह एक ग्रीक भाषा का शब्द है, जिसका अर्थ होता है शान्ति।'

'ओह...अच्छा। इतना बोलनेवालो की दोस्त एरिन...सही है।' तृप्ति ने मुस्कराकर कहा।

'अब यह तुम्हारी भी दोस्त है। है न एरिन?' अनुभव ने तृप्ति की मुट्ठी से पूछा।

'हाँ। एरिन ने हाँ कहा।' अनुभव ने हँसते हुए कहा। तृप्ति भी इस सुन्दर खेल का हिस्सा होकर खिलखिला दी।

तृप्ति के दिल से आवाज़ उठी, भाड़ में जाए रिजल्ट बस कि किसी तरह यह रात न बीते। लेकिन रात को को तो बीतना ही था। वापस लौटते हुए दोनों के क़दम भारी थे। रिजल्ट क्लियर करने की ख़ुशी वहीं गंगा किनारे कहीं छोड़ आए थे दोनों। साथ ले आए थे, साथ होने की चाह।

अनुभव घर पहुँचा तो मिठाई और ख़ुशी के शोर में घिर गया। बहनों के फ़ोन, दोस्तों की फौज, मम्मी-पापा के दमकते चेहरे, मन्दिर की घंटी। सेलिब्रेशन उफान पर था। कोई सुननेवाला था ही नहीं कि यह तो प्रिलिम ही है भाई, अभी इतना शोर क्यों। अभी तो बहुत लम्बी लड़ाई बाक़ी है। वो चुपचाप शोर में शामिल होता गया क्योंकि अपने भीतर वो ढेर सारी ख़ामोशी भर जो लाया था।

उधर तृप्ति घर पहुँची तो मम्मी दरवाजे पर आँखों में अंगारे लिए खड़ी थीं, 'कहाँ इत्ती देर हो गई? कोई चिन्ता फिक्र है कि नहीं। फ़ोन भी ऑफ करके बैठ जाती हो। लच्छन अच्छे नहीं हैं ये सब। मैं तो कबसे कह रही हूँ बन्द करो इनकी कोचिंग-फोचिंग। मम्मी-पापा की ओर घूरते हुए बोलीं जैसे हर बात के जिम्मेदार पापा हों।

'अरे यार घर में घुसने तो दो। तुम्हारी ये अजीब आदत है। आनेवालो को घर में घुसने से पहले ही इतना हड़का देती हो कि अगला सोचे, बेकार ही आ गया। कोई काम आ गया होगा। वो कहीं इधर-उधर नहीं जाती पता है मुझे।' पापा ने तृप्ति की ओर भरोसेवाली नज़र से देखते हुए कहा।

'किसी दिन नाक कटाएगी तब समझ में आएगा'। यह मम्मी का अन्तिम अस्त्र था, तृप्ति इसे रोज़ किसी गीत की तरह सुनती और भीतर चली जाती। आज भी उसने वही किया। कपड़े बदलकर किचन में गई जल्दी से खाना बनाने लगी लेकिन आज उसकी आँखें छलके ही जा रही थीं। उसे अपने भीतर ऐसा उजास, ऐसी नमी फूटती, पहले कभी महसूस नहीं हुई थी। ऐसा तो तब भी नहीं हुआ था जब पहली बार अनुभव ने उसे दोस्ती करने को कहा था। फिर आज ऐसा क्या हुआ...पता नहीं। बस वो जल्दी से खाना बनाकर, खिलाकर अपने कोने में सिमट जाना चाहती थी, जहाँ वो इस ख़ूबसूरत रात

को बीतने से रोक सके। अपने ज़ेहन में उसकी ढेर सारी यादें बनाकर रख ले। ऐसी याद, जिसे जब दिल चाहे खोल ले और उसमें से यह रात खुलकर बिखर जाए, महक उठे सारा जहाँ।

घर में किसी को रिजल्ट के बारे में पता ही नहीं था। उसने भी नहीं बताया। वो अपनी चुप में एरिन को सहेज रही थी।

उधर अनुभव भी शोर के सैलाब में रात को सहेज रहा था। खिड़की से झाँकते हुए उचककर कमरे में झाँकनेवाली रातरानी अब उसकी स्टडी टेबल पर अपने गुच्छे फैला चुकी है। एरिन और रातरानी इकसार हो उठे थे। अनुभव का दिल चाहा, फ़ोन करे तृप्ति को लेकिन उसे न जाने क्यों लगा इस वक़्त एक फ़ोन कॉल भी इस तिलस्मी रात का जादू तोड़ देगा।

वो बस मुस्करा रहा था।

•

अगर हम कहें और वो मुस्करा दें
हम उनके लिए ज़िन्दगानी लुटा दें।

(सुदर्शन फाकिर)

हर एक बात पे कहते हो...

'तुमने पीकू फिल्म देखी है न?' सीमा ने अपनी आइसक्रीम खत्म करके हाथ पोंछते हुए पूछा।

'हाँ देखी है, क्यों?' महेश ने अपनी बची हुई आइसक्रीम, जो पिघलकर टपकने की मुद्रा में आ गई थी, को जल्दी से मुँह में धकेलते हुए जवाब दिया।

सीमा को हँसी आ गई। 'पहले तुम अपनी आइसक्रीम खत्म कर लो, फिर बात करते हैं।' सीमा ने दूर आसमान में नज़र टिकाते हुए कहा। आसमान आज कई रंग का हो रहा था, जैसे किसी ने पेंटिंग खत्म करके अपने रंगों की प्लेट आसमान में धो दी हो। गुलाबी, नीला, गाढ़ा नीला, हल्का पीला, भूरा, सिन्दूरी...सब बिखरा-बिखरा सा।

'लो खत्म हो गई आइसक्रीम' महेश ने बड़ी मशक्कत करके आइसक्रीम को बिना टपके खत्म करते हुए कहा जैसे कोई युद्ध खत्म किया हो।

'बताओ पीकू की याद कैसे आ गई?' महेश ने पूछा

'अरे माँ की बात चली न, उसी से याद आ गई पीकू की। उस फिल्म में पीकू की जो चाची है न वो याद है?'

'वो कलकत्तावाली? जो नाइटी पहनकर बड़-बड़-बड़-बड़ करते हुए घूमती-फिरती है घर भर में और उसकी सुनता कोई नहीं।' महेश को उस कैरेक्टर की याद आते ही हँसी आ गई।

सीमा को भी हँसी आनेवाली थी शायद लेकिन महेश का हँसना उसे बुरा लगा। 'इसमें हँसनेवाली कोई बात नहीं है।' सीमा ने गम्भीर मुद्रा में कहा। महेश को ऐसी उम्मीद नहीं थी।

'यार, कुछ भी। बोल-बोल के ज़िन्दगी भर दूसरों का सर खाओ। कोई कितना सुनेगा।'

'जिस दिन यह बात समझ में आ जाएगी न, जमाने भर की औरतें सुखी हो जाएँगी।' सीमा पर्स उठाकर चल दी। महेश को मजबूरन उठना पड़ा। हालाँकि बैठना उसे अच्छा लग रहा था।

महीने भर पहले ही रोका हुआ है, सीमा और महेश का। रोके के बाद थोड़ा समय एक-दूसरे के साथ बिताने की इज़ाज़त मिल गई है घरों से। लेकिन वे सिर्फ़ गंगा किनारे जा सकते हैं या मन्दिर, तो रोके के बाद की चौथी मुलाकात में दोनों ने त्रिवेणी घाट को चुना। ऋषिकेश शहर की यह बात सुन्दर है कि पूरा शहर ही नदी-सा लगता है। अब तक की मुलाकातों में थोड़ा शरमाना, पसन्द-नापसन्द, फिल्म, गाने, हीरो, हिरोइन और फिर हनीमून में कहाँ जाना है जैसी बातों से होते हुए चर्चा माँओं के स्वभाव पर जा टिकी थी और आज पीकू की चाची हिन्दुस्तान की तमाम माँओं के दर्द का प्रतिनिधित्व करने लगी थीं।

वैसे महेश को तो ख़ुश होना चाहिए कि लड़की माँ के बड़-बड़ करने के दर्द से परिचित है, उसके प्रति संवेदनशील है तो उनसे निबाह करना आसान होगा। लेकिन मामला ईगो पर जाकर अटक गया था और अनजाने ही महेश माँ के ख़िलाफ़ हो गया था।

'कोई दर्द नहीं है, आदत है बस बड़-बड़ की। कुछ करना न धरना, बस जान खाना दूसरों की। मेरी माँ से सब काँपते हैं। भाभी की तो वो जान की दुश्मन हैं। भाभी कितना भी अच्छा कर लें, उन्हें डाँट ही पड़ती है।' महेश ने मानो सीमा के सामने डरावने भविष्य का कोई भुतहा पन्ना खोल दिया हो।

'लेकिन मेरे साथ ऐसा नहीं होगा।' सीमा ने मुस्कराकर कहा।

'क्यों तुम क्या आसमान से उतरी हो?' महेश ने मुँह बनाते हुए कहा। महेश सीमा को परास्त करना चाहता था और उसके लिए हर तरह के प्रयास करने में लगा था।

'नहीं आसमान से नहीं आई लेकिन मैं बेवकूफ नहीं हूँ। मेरी माँ भी बहुत बड़-बड़ करती है। उनका बोलना घर में किसी बेसुरे बैकग्राउंड म्यूजिक की तरह बजता रहता है लेकिन मुझ पर न उसका असर होता है न वो मुझे

ज़्यादा कुछ कहती हैं। बेचारी दी और पापा ही झेलते हैं। लेकिन मुझे लगता है, उन दोनों को भी कोई खास फर्क पड़ता नहीं है। उन्हें भी आदत हो गई है। मुझे और अंशुल को सबने नकारा मान ही लिया है, हमसे कोई कुछ नहीं कहता।' सीमा ने हँसते हुए कहा। यह कहते हुए सीमा ने भी अपनी बात रख दी कि उससे जी हुज़ूरी की उम्मीद तो न ही रखें महेश बाबू। सीमा की हँसी और यह बात महेश को खटक गई।

'नकारा मतलब?' महेश ने पूछा।

'मतलब यह कि हमसे किसी को कोई खास उम्मीद है नहीं। पढ़ने में मेरा मन लगा नहीं, तो इंटर के बाद पढ़ाई छोड़ दी। तुम्हें बताया ही होगा घरवालों ने। घर के काम-वाम में भी ज़्यादा मन नहीं लगता मेरा। ज़्यादातर घर के काम दी ही करती हैं। वैसे आता मुझे सब है लेकिन करती कम ही हूँ।' सीमा ने अदा से इतराते हुए कहा।

'आता है न? क्योंकि मेरे घर में तो काम करना होगा। भाभी इतने सालों से अकेले काम कर करके थक गई हैं।' महेश ने क्लियर किया।

'देखो, थोड़ा-बहुत करूँगी। बाक़ी भाभी के काम में दखल नहीं दूँगी वो करती रहें आराम से...' सीमा ने बात को हवा में उड़ाते हुए कहा। 'वैसे ज़्यादा मजा तो बीवी की सेवा करने में है न कि करवाने में।' सीमा ने शरारत से कहा तो महेश बाबू पिघल गए। ज़िन्दगी भर लड़कियों से बात करने को तरसते रहनेवालों को लड़की अगर ऐसे सताए, तो कौन भाभी और कहाँ की माँ। महेश की आँखों में वासना के बादल तैरने लगे और सीमा उन्हें देखे बगैर ही घर जाने को स्कूटर निकालने लगी। महेश को लगा अभी तो बात करने में रस आना शुरू हुआ था और अभी चल दी ये लड़की।

'थोड़ी देर और रुको न', महेश रिरिया दिया।

सीमा ने घड़ी देखी तो आठ बज रहे थे। 'देर हो रही है। खाना भी बनाना है जाकर, फिर दी को अकेले ही बनाना पड़ता है खाना।'

महेश को लगा समझना मुश्किल है सीमा को। इतनी देर में कितने रंग दिख गए उसके व्यक्तित्व के। उसके भीतर जो आग धधक उठी थी, उसके चलते सीमा को रोकना उसे ज़रूरी लग रहा था।

'बस दस मिनट और रुक जाओ...मैं घर छोड़ दूँगा। फिर कोई कुछ नहीं कहेगा।' कहते हुए महेश ने अपने होंठ सीमा के गाल की ओर बढ़ाने चाहे। सीमा ने ग़ुस्से से उठते हुए कहा, 'नो मीन्स नो महेश बाबू। लड़की की न को समझना सीखिए।' हालाँकि कहा तो सीमा ने मज़ाक़ में था लेकिन महेश को खटक गया। सीमा स्कूटर उठाकर घर चली गई। महेश ने एक भद्दी-सी गाली निकालते हुए ख़ुद से कहा, 'तू आ तो शादी करके, निकालता हूँ तेरा अक्खड़पन। बड़ी आई नो मीन्स नो। हुँह...'

सीमा को भी कुछ तो खटका ही था उस शाम में। क्योंकि आज वापस लौटते हुए कोई रूमान नहीं था उसके साथ। अजीब-सा कसैलापन था। लड़के रोकते हैं लड़कियों को, ऐसा तो उसने देखा, सुना, पढ़ा था लेकिन महेश के रोकने में वो बात नहीं थी कि लजाकर रुक जाने का मन करे। शायद प्रेम और वासना का फर्क ही होगा यह। वरना क्यों बुरा लगता उसे।

घर आकर कपड़े बदलकर वो किचन में गई तो तृप्ति ने कटहल काट रखा था। पापा को मटर डाल के मसालेदार कटहल बहुत अच्छा लगता है। 'लाओ दी, मैं बनाती हूँ तुम जाओ।' सीमा ने कहा तो तृप्ति को थोड़ा अजीब तो लगा। ऐसा वो दो ही सूरत में कहती है या तो मूड खराब होता है तब या मूड बहुत अच्छा होता है तब। तृप्ति के पास मूड की कोई सहूलियत नहीं है। मम्मी किचन में अब न के बराबर ही जाती हैं। इम्तिहान तक में तृप्ति को किचन से छुट्टी नहीं। मम्मी ने बस फुल टाइम बड़-बड़ करने का काम ले रखा है।

सीमा ने किचन सँभाला, तो मम्मी का आश्चर्य नये क़िस्म के बड़बड़ाने में बदल गया। अभी तक वो पापा को खराब टमाटर, महँगा कद्दू लाने और प्याज न लाने पर घेरे हुए थीं। अब फोकस सीमा पर आ गया। यक़ीनन पापा ने राहत की साँस ली होगी। मम्मी चालू हो गईं, 'आज सूरज किधर से निकला है भाई, महारानी रसोई में दिख रही हैं। हद ही कर रखी है इस लड़की ने। शादी तय हो गई है लेकिन मजाल है जो लक्षण थोड़े बदले हों। ससुराल में नाक कटाएगी। एक तो वैसे ही बड़ी के रहते छोटी का ब्याह पहले हो रहा है, तो लोग बातें कर रहे हैं और इसके लक्षण देख लो। कित्ती बार कहा सुबह जल्दी जागो, ये मोटापा थोड़ा कम कर लो व्यायाम करो, थोड़ा ठूँसा

कम करो लेकिन मजाल है कान पर जूँ रेंगे। वही दिन चढ़े तक सोना, वही पड़े-पड़े खाना, कान में तार ठूँसे रहना। मैं सच कह रही हूँ कल्याणी बहुत खराब औरत है, सास तो बहुत सख्त होगी, वही दिमाग ठिकाने लगाएगी। फिर मुझसे न कहना कि बताया नहीं था।' सीमा का मन वैसे ही खराब था ऊपर से मम्मी की किट-किट।

'तो आपने मुझसे बदला लेने के लिए शादी वहाँ तय की है?' सीमा ने कुकर को जोर से पटकते हुए कहा। 'यही रह गया अब अपनी बेटी से बदला लेना।'

'अरे तेरे लक्षण हैं जैसे, ये घर भी मिल गया तो बहुत है। ज़्यादा दिमाग न खराब हों तेरे।' मम्मी जब कहने पर आती हैं तो बेइज़्ज़ती के छक्के, चौके बिन्दास उड़ाती हैं।

'क्या लक्षण खराब हैं मेरे बोलो, किया क्या है मैंने। पढ़ने में मन नहीं लगता तो क्या करूँ आगे पढ़कर। तृप्ति दी हैं न सबके सपने पूरे करने को। करती हैं न सब कुछ वही, जैसा तुम चाहती हो। फिर भी उनको भी तो नहीं बख्शती तुम। दिन भर उनकी भी जान खाए रहती हो। वजह कोई भी हो, न हो तुम्हारा बड़बड़ाना चलता ही रहता है।' सीमा चुप रहनेवाली थी नहीं।

'तो क्या मैं बेमतलब बड़बड़ाती हूँ। जीना हराम कर रखा है तुम लोगों ने।' मम्मी की आवाज़ में रुलाई भर गई।

सीमा माँ पर ही गई थी, चुप होने का नाम ही नहीं था, 'वैसे तुम करती ही क्या हो दिन भर सिवाय बड़बड़ करने के। एक अंशुल को छोड़ दो तो सबके ऊपर बजती रहती हो। तुम्हारा हाल जानती हो क्या है मम्मी, आसमान भी उतार लाए कोई, तुम्हें उसमें भी कमी ही दिखनी है और घंटे भर का रिकॉर्ड चालू हो जाना है।' सीमा ने हाथ साफ कर ही लिया।

'तू चुप नहीं रह सकती दो घड़ी, जुबान लड़ाना ज़रूरी है?' तृप्ति ने सीमा को रोकना चाहा। वैसे सीमा ने मामा और दीदी दोनों के बदले पूरे कर लिए थे।

'देखो दी, मुझे तुम्हारी तरह आदर्श लड़की बनने का कोई शौक नहीं है। इसलिए फालतू बात तो मैं सहूँगी नहीं। हाँ नहीं तो।'

'वैसे आदर्श तो मैं भी नहीं हूँ।' तृप्ति ने मन-ही-मन सोचा।

उधर मम्मी ने अब विलाप शुरू कर दिया था और बड़बड़ाने की दुनाली पापा की ओर थी। 'तुम बस चुप होकर बैठो और मजा लो कि बेटी ने क्या इज़्ज़त उतारी है। बोलना मत कुछ।'

'क्या बोलूँ, कोई बात है झगड़े की? कोई बात है ही नहीं, लड़की खाना बनाने किचन में गई और तुम उसके पीछे पड़ गई। नहीं बनाती तो भी पीछे पड़ी रहती हो।'

'हाँ हाँ, मैं ही गलत हूँ। ससुराल से शिकायत आएगी तो मुझसे मत कहना।' मम्मी बोले ही जा रही थीं।

'मुझे शादी ही नहीं करनी...' सीमा ने रोटी बेलते हुए किचन से ही तेज आवाज़ में कहा।

'क्या! शादी नहीं करनी? क्यों भाई। पहले तो ख़ुशी-ख़ुशी तैयार थी शादी करने को, अब जब इंगेजमेंट हो गई है तब तुझे शादी नहीं करनी।' मम्मी को समझ ही नहीं आ रहा था कि बहस किधर मुड़े जा रही थी।

हाथ में बेलन लिए-लिए ही सीमा ड्राइंगरूम में आ गई थी, 'आपके होनेवालो जमाई जी लंगोट के ढीले हैं। बता दे रहे हैं हम। छिछोरे हैं एकदम। देखते ही लार टपकाने लगते हैं। और आज बोले भाभी की सेवा करनी होगी मुझे, मैं क्या नौकर होकर जा रही हूँ।' सीमा ने जो मन में था सब बक दिया। तृप्ति हिस्ट्री का पेपर रिवाइज़ कर रही थी तो उसने कमरे का दरवाजा बन्द करके कान में म्यूजिक तेज करके लगा लिया।

'अब लो। एक नया स्यापा। शर्म तो है ही नहीं लड़की में। बाप के सामने क्या-क्या बके जा रही है।' बहस मम्मी के हाथ से निकली जा रही थी और वो असहाय होती जा रही थीं।

'मम्मी मैं आगे पढ़ना नहीं चाहती क्योंकि मेरा पढ़ने में मन नहीं लगता। सोचा शादी करके चली जाऊँ तो इस घर में एक आदमी का काम और खर्च ही कम हो। लेकिन महेश बाबू...।'

'देखो लाडो तुम्हारी सगाई में पूरे 25 हजार खर्च हुए हैं, सो शादी तो अब वहीं होगी।' मम्मी भूल गईं कि वो कुछ देर पहले रो रही थीं। पापा, मम्मी से कह रहे थे 'जरा सुन तो लो लड़की क्या कह रही है। क्यों कह रही है।'

मम्मी रायते की तरह फ़ैल चुकी थीं और माथा पीटकर कह रही थीं, 'स्यापा ही हो गया ये तो। बुलाते हैं महेश को बात करते हैं उससे।'

'क्या बात करोगी? बेटा क्या तुम लंगोट के ढीले हो? और वो मान लेगा। तुम्हें तो अपने 25 हजार वसूलने के लिए मुझे वही धकेलना है, सो धकेल दो। जिस तरह वो मुझे देखता है, मुझे एकदम अच्छा नहीं लगता। मैंने दी को बताया भी था। आज तो सरेआम किस करने की कोशिश भी की। कैसे बच के आई हूँ, जैसे किसी राह चलते लफंगे से बच के आई हूँ।' सीमा की आवाज़ में रुलाई भर आई थी।

'ओह, दी को बताया था।' तो ये सब उसका फैलाया रायता है। अब समझी। मनहूस है वो इस घर के लिए। कोई काम ठीक से नहीं होता उसकी वजह से। उसकी शादी करो सबसे पहले और मुक्ति पाओ।' मम्मी हिंसक प्रहार पर उतर आई थीं।

'तुम कहाँ की बात कहाँ ले जाती हो मम्मी? कुछ कहो, कुछ समझती हो। और पापा आप तो बस चुप ही रहना हमेशा। चुप-चुप-चुप...कभी बोलते देखा ही नहीं आपको। मम्मी को कभी चुप होते नहीं देखा। अंशुल को खेलने के सिवा कुछ करते ही नहीं देखा। फेल होकर आता है, तब भी कुछ नहीं कहता कोई उसे, और वो तृप्ति दी हैं, जाने कितनी तृप्त हैं वो इस सबसे, कभी कुछ बोलती ही नहीं। बस काम करती जाती है मशीन की तरह और किताब में घुसी रहती हैं। इस घर में किसी को पता भी नहीं उन्हें, पढ़ने का टाइम मिले तो वो क्या न कमाल कर डालें। नहीं मिलता फिर भी कर ही रही हैं।' सीमा जैसे उफन पड़ी थी। साँस फूल गई थी उसकी बोलते-बोलते।

मम्मी हक्का-बक्का उसे देख रही थी। फिर माथा पीटने लगीं अचानक, जैसे उन्हें हिस्टीरिया का दौरा पड़ा हो। 'हे भगवान अगले महीने इस लड़की की शादी है और जबान देखो इसकी। बन्द ही नहीं हो रही। यही करोगी ससुराल में जाकर।'

पापा ने अचानक इस संवाद में छोटी-सी इंट्री ली, 'तुम चुप क्यों नहीं हो जाती हो। क्यों बच्चों के मुँह लगती हो। वैसे वो कुछ गलत भी नहीं कह रही...' आख़िरी वाक्य पापा मुँह के भीतर ही चबा गए और शराब के तीसरे

पेग की ओर बढ़ने के लिए पानी का जग उठाया उन्होंने। लेकिन मम्मी ने मुँह के भीतर चबाया वाक्य सुन लिया।

'सही कह रही है? सही कह रही है वो? माने मैं कुछ नहीं करती, तो कौन करता है भाई। कौन सँभालता है घर। एक वो किताबों में घुसी रहती है, दूसरी कान में ठोंसे रहती है या बोलने पर आती है तो नासूर जैसे फूटती है।'

'मम्मी यार कुछ तो सोचकर बोलो। मतलब तृप्ति दी जो घर का सारा काम सँभाले हैं, उनको भी तुमने माइनस कर दिया। मैं तो चलो हूँ ही नालायक। और अब जा ही रही हूँ अगले महीने...' सीमा ने मम्मी से ज़्यादा पापा को सुनाते हुए कहा।

'वैसे तो तू ख़ुद बहन का जीना हराम किए रहती है लेकिन अब देखो कैसा प्यार आ रहा है।' मम्मी की आँखें चमक उठीं। ऐसा लग रहा था माँ-बेटी नहीं, दो देशों के सैनिक आमने-सामने खड़े हों। आज तो आर-पार होकर ही रहेगी।

'मैं कोई पीछे नहीं पड़ी रहती किसी के। उसे बस यही कहती हूँ, थोड़ा गऊ बनना छोड़ पढ़ाई को ज़्यादा टाइम दे। थोड़ा ख़ुद के लिए जी ले। ख़ुद तो आदर्श होने की मिसाल बनी फिर रही है, हम जैसों का जीना दूभर किया है उसने। यही लड़ाई है मेरी उससे। लेकिन आप नहीं समझोगी मम्मी।'

पापा का ध्यान सीमा के आख़िरी वाक्य पर अटक गया था। उन्होंने अन्तिम पेग का अन्तिम घूँट, घूँटते हुए कहा 'अभी तो तू कह रही थी शादी नहीं करेगी, अब क्या हुआ।'

'क्या पापा, यहाँ भी लड़ना है, वहाँ भी लड़ना है तो वहीं सही। मम्मी को चैन तो आए कुछ कि बोझ हटा। और मुझे भी लड़ने में मजा आए कि कुछ नये लोग मिलेंगे।' सीमा ने कटहल गैस से उतारकर उस पर हरा धनिया डाल दिया और रोटियों में घी लगाकर कैसरोल बन्द कर दिया।

'बन गया है खाना, जिसको खाना हो खा लेना। और हाँ एक बात और, किसी को मतलब तो है नहीं घर में किसी से, सिवाय झगड़ा करने के। तृप्ति दी ने आई.ए.एस. का प्रिलिम एग्जाम क्लियर कर लिया है। रोटी बना-बना के भी बेचारी यहाँ तक पहुँच गई।' सीमा ने ख़ुशख़बर के पीछे ताना चिपकाते हुए कहा और क़मरे में चली गई।

तृप्ति कान में ईयरफ़ोन लगाए और दरवाजा बन्द किए हुए पढ़ने की कोशिश कर रही थी, फिर भी आवाज़ें उसके कानों तक आ रही थीं। क्या बात हो रही थी, यह उसने समझने की कोशिश नहीं की लेकिन कुछ तूफ़ान आया हुआ है यह उसे पता था। सीमा कमरे में आई तो तृप्ति ने इतना ही कहा, 'महेश पसन्द नहीं है तो तोड़ दे मँगनी। मैं साथ दूँगी तेरा।'

सीमा ने आँखों में आँसू भरकर तृप्ति को देखा, 'जीजी तू इतनी प्यारी है कि तेरा क्या करूँ।' और लाड़ से उसने तृप्ति के गले में बाँहें डाल दीं।

'बस बस...बाहर रानी लक्ष्मीबाई बनी हुई थी और अब यहाँ इमोशनल हो रही है।'

'क्या करूँ...तुम तो कुछ बोलती नहीं। मुझसे सहा नहीं जाता। और मैं हूँ स्वार्थी। तुझे मुसीबत से निकालने के लिए ख़ुद को मुसीबत में नहीं डाल सकती मैं।' सीमा ने आँखें मटकाते हुए कहा। वही आँखें, जिनसे आँसू ढुलक रहे थे। लाड़ और दर्द के आँसू। 'मैं चाहती हूँ तू बस पढ़ाई करे' सीमा बोली।

'और मैं चाहती हूँ तू बस ख़ुश रहे...' तृप्ति ने कहा। 'देख सीमा, माँ बुरी नहीं हैं, पापा भी नहीं। ये सब भी अपने भीतर बहुत कुछ सह रहे हैं। पापा की नौकरी का तुझे पता है, हर दिन एक नरक झेलते हैं वहाँ। जाति हमारी सबसे बड़ी दुश्मन है। और माँ, उन्होंने जीवन में बहुत सहा है यार। बहुत। मेरा जन्म उनके कष्टों को बढ़ानेवाला था, अगर मेरी जगह बेटा हो जाता तो उनकी सामाजिक स्थिति थोड़ी बेहतर होती, थोड़ा आराम मिलता, मान मिलता सो हुआ नहीं, ऊपर से मेरे पीछे तू आ गई। मैंने मम्मी को छुप-छुप के बहुत रोते देखा है। शादी-ब्याह का न्योता आता तो वो जैसे छुप जातीं कोने में। पहनने को कुछ अच्छा होता नहीं तो कहतीं, 'मेरा मन नहीं जाने का।' पापा कभी समझे नहीं, बस तनखा लाकर दादी के हाथ में रखते रहे। मम्मी घर में कामवाली बाई की तरह ही तो रहीं हमेशा। जब मैं हाथ बँटाने लायक हुई तो मैंने उनके हाथ का काम ले लिया, यही मैं कर सकती थी। मुझे रोती हुई मम्मी से, लड़ती हुई मम्मी ज़्यादा पसन्द है। और तू भी' तृप्ति ने सीमा के गाल थपथपाकर कहा।

'मुझे भी तुझे अपने हक़ के लिए लड़ते हुए देखना है।' सीमा ने कहा।

'लड़ाई का सबका अपना तरीका होता है। मैं लड़ ही तो रही हूँ। मेरी पढ़ाई ही मेरी लड़ाई है। कुछ बन जाऊँगी तो बहुतों की आवाज़ बन पाऊँगी। वरना ऐसे ही गृह-कलेश में जीवन बिताना पड़ेगा। तुझे एक बात बताऊँ, मुझे माँ-पापा किसी से शिकायत नहीं। उनसे क्या शिकायत करो, जो ख़ुद विक्टिम हैं यार। मम्मी का बड़बड़ाना जिस दिन बन्द हो जाएगा न, माँ मर जाएगी। इसी बड़-बड़ में वो अपने भीतर की कड़वाहट को निकालती रहती है। मुझे तो लगता है ज़्यादातर औरतों की बड़-बड़ में उनका फ्रस्टेशन ही निकल रहा होता है, जिसका लोग उपहास बनाते हैं।' तृप्ति ने सीमा के बालों में हाथ फेरते हुए कहा।

'पीकू की चाची की तरह?' सीमा ने तृप्ति को देखते हुए कहा।

'हाँ, पीकू की चाची या अपनी माँ की तरह या किसी की भी चाची, मासी, माँ की तरह। त्याग और समर्पण का पाठ पढ़ा-पढ़ाकर औरतों के भीतर इतनी कुंठा भर दी जाती है कि वो सँभाल नहीं पातीं। और उनकी बड़-बड़ को पूरे समाज ने बैकग्राउंड में बजनेवालो संगीत की तरह लेना शुरू कर दिया है, जो उन्हें पसन्द तो नहीं लेकिन सहना पड़ेगा। जीना कौन नहीं चाहता सीमा?' तृप्ति ने कहा।

सीमा तृप्ति की गोद में लुढ़क गई थी। 'दीदी तुम बहुत प्यारी हो लेकिन मैं तुम्हारे जैसी नहीं होना चाहती।' सीमा ने लाड़ करते हुए कहा।

'हाँ, तुझे मेरी तरह न होना पड़े इसलिए तो मैं सब सँभाले रहती हूँ। तू जब जीती है अपनी मर्जी का, तो तेरे में ही मैं भी जी लेती हूँ।'

'लेकिन तुम ख़ुद कब जियोगी।' सीमा को समझ नहीं आ रहा था।

'मैं भी जी ही रही हूँ और जीने के रास्ते बनाती जा रही हूँ। बस ईश्वर करे कुछ कर सकूँ।'

'कर लोगी दी तुम कुछ न कुछ। लेकिन मेरा जाने क्या होगा' सीमा के चेहरे पर बीती शाम की उदासी की लकीरें उभर आई थीं।

'माँ से लड़ने के बाद बहन से कितना प्यार आ रहा है इसको देखो तो। खाना-वाना नहीं होगा क्या आज?' मम्मी की आवाज़ बन्द दरवाजों को

पार कर दोनों बहनों के बीच आ बैठी। दोनों ने एक-दूसरे को देखा और खिलखिला दीं।

मम्मी की आवाज़ में अब तनाव नहीं था, यह दोनों ने महसूस किया।

'आ रहे हैं मम्मी। बस पांच मिनट।' तृप्ति ने कहा।

'ये बता महेश ने कुछ किया क्या? तू इतनी अपसेट क्यों है आख़िर?'

'जाने दो जीजी...' उदासी सीमा की आवाज़ में ही नहीं, आँखों में भी उतर आई थी इनसान

'ये आँखें तो कुछ और ही कह रही हैं।' तृप्ति ने कहा तो सीमा रो पड़ी।

'पता नहीं दी उसने क्या किया, क्या नहीं लेकिन मुझे अच्छा नहीं लगा आज। जब मैं उसके साथ घूम रही थी, वो लगातार मुझे ही घूर रहा था, शुरू में तो मुझे अच्छा लगा लेकिन बाद में अजीब लगने लगा। फिर जब मैं घर के लिए निकलने को उठी, तो उसने हाथ पकड़कर बिठाने की कोशिश की और किस करने की कोशिश की। अब इसमें दिखने जैसा गलत नहीं भी लग सकता है लेकिन उसकी आँखों में जो कुछ था न, वो अजीब सा था उसमें कुछ वासना, अश्लीलता-सा था। मुझे अच्छा नहीं लगा बस।' तृप्ति सीमा की बात सुनकर उदास हो गई। तेरा अजीब लगना अजीब नहीं है, मैं समझ सकती हूँ। चल अभी खाना खा लेते हैं फिर इस बारे में सोचेंगे क्या करना है।

इस बीच मम्मी किचन से खाना लाकर टेबल पर लगा चुकी थीं। सीमा ने देखा सलाद भी काटा था मम्मी ने। दोनों बहनें एक-दूसरे को देख मुस्करा दीं।

'कटहल क्या ग़ज़ब बना है, मजा आ गया।' पापा ने पहले कौर को चबाते हुए कहा। चाँद खिड़की से झाँकते हुए भीतर आने की जुगत लगाने में लगा था।

तृप्ति ने राहत की ख़ुशबू के फूटने की आहट सुनी और मुस्करा दी।

•

हर एक बात पे कहते हो कि तू क्या है
तुम्हीं कहो कि ये अन्दाज़-ए-गुफ़्तुगू क्या है।

(ग़ालिब)

कबिरा सोई पीर है

उस शाम मौसम को जैसे पंख लग गए थे। घर एकदम खाली था। तृप्ति को घर में अकेले पाकर अक्सर दूर-दूर रहनेवाला सुकून उसके करीब खिसक आया था। कोचिंग की छुट्टी थी। बहुत दिन बाद ऐसा हुआ कि तृप्ति का पढ़ने का मन नहीं हुआ। पापा ऑफिस से आए नहीं थे और माँ पड़ोस की कमला आंटी के यहाँ कीर्तन में गई थीं। सीमा शायद महेश से मिलने गई थी। तृप्ति ने अपने लिए ख़ूब अदरक-इलायची कूच के डालकर अच्छी-सी चाय बनाई और घर बन्द करके वो छत पर चाय लेकर चली गई। आसमान एकदम नीला हो रहा था। बिलकुल वैसा ही नीला, जैसा तृप्ति को पसन्द है। सफ़ेद में नीले की उँगली छुआ भर दी हो जैसे बिलकुल वैसा ही नीला। हवा अच्छी चल रही थी। बारिश और गर्मी के मौसम की विदाई का समय था और ठंड के मौसम के आने का। यह मौसम तृप्ति को बहुत पसन्द है। शरद की आहटों को करीब आते हुए सुनना, अलग ही रोमांच देता है। आज बड़े दिन बाद चाय उसे अच्छी लग रही थी। चाय के उस स्वाद, नीले आसमान और ठंडी हवा के बीच तृप्ति का मन अनुभव की याद से जा टकराया। उसका दिल चाहा कि उसे एक फ़ोन लगा ले लेकिन जाने क्यों अब तक तृप्ति ने कभी अनुभव को फ़ोन नहीं किया। उसका कॉम्प्लेक्स उसका पीछा कभी छोड़ता ही नहीं कि वो अनुभव के योग्य नहीं है। कॉलेज के जमाने से ही न जाने कितनी लड़कियाँ मरती थीं अनुभव पर। कोचिंग में भी रश्मि, आभा और मोना अनुभव के आगे-पीछे घूमती हैं। ऐसे में अनुभव उस जैसी सामान्य से भी कम कद-काठी और साँवले से भी गाढ़े रंग वाली लड़की में क्यों दिलचस्पी लेगा भला।

अनुभव का ज़्यादा समय अपने प्यार का ऐतबार कराने में ही जानेवाला है, यह एहसास उसे था। वह जानता था कि तृप्ति को उसके कॉम्प्लेक्स से पहले निकालना है ताकि वो यक़ीन कर सके कि अनुभव उसे सच में प्यार करता है। उसे यह समझाना है कि उसके लिए रंग-रूप का कोई खास महत्त्व नहीं। तृप्ति के व्यक्तित्व का गाढ़ापन और सुलझी हुई सोच अनुभव को किस कदर आकर्षित करती है, यह समझाना अनुभव के लिए आसान नहीं था। जबकि वो ख़ुद तृप्ति के व्यक्तित्व में गोते लगाने लगा था। कॉलेज से लेकर कोचिंग तक उसने इतनी सुलझी हुई और ठहरी हुई लड़की देखी ही नहीं। लेकिन इसका यह अर्थ नहीं कि वो सुन्दर नहीं है। साँवली भले हो वो लेकिन उसके बाएँ गाल पर पड़ता गहरा गड्ढा अनुभव को इतना प्यारा लगता कि उसका दिल चाहता, इसी में उम्र भर डूबा रहे। अनुभव के इन एहसासों से अनजान तृप्ति अनुभव के ख़याल के आसपास रहने में सुख तो महसूस करने ही लगी थी।

तृप्ति ने अभी आधी कप चाय ही पी होगी कि घर के दरवाजे पर लड़कों की भीड़ जमा हो गई। कुछ लोग जोर-जोर से दरवाजा खटखटा रहे थे। तृप्ति ने छत से ही झाँककर देखा तो खून से लथपथ अंशुल तमाम लड़कों से घिरा खड़ा था। वो धड़धड़ाते हुए नीचे पहुँची, दरवाजा खोला तो देखा कि दाहिनी आँख के ठीक ऊपर फटा हुआ है और खून की धार बह निकली थी। चूँकि मम्मी पास के घर में ही थीं तो शोर सुनकर वो भी आ गईं। तृप्ति ने जल्दी से दुपट्टा लिया और अंशुल के दोस्त को साथ लेकर हॉस्पिटल की ओर भागी। रास्ते भर खून रोकने की कोशिश करती रही। उसका सूती दुपट्टा लगभग भीगने को आया था, उधर ऑटो जाम में अटका हुआ था। 'ऋषिकेश में जाम की समस्या इतनी बढ़ती जा रही है कि पूछो ही मत। टूरिस्ट आकर भसड़ मचाए रहते हैं और यहाँ रहनेवालों का जीना दूभर किए रहते हैं।' अंशुल का दोस्त ऋषि बड़बड़ा रहा था। तृप्ति को कुछ सूझ नहीं रहा था सिवाय किसी तरह खून रोक सकने की कोशिश के। जैसे-तैसे हॉस्पिटल पहुँचे, तब तक काफी खून बह चुका था। पूरे आठ टाँके लगे। पेन किलर का इंजेक्शन और दवाइयाँ दी गईं। हॉस्पिटल से लौटते-लौटते रात के आठ बज चुके थे।

मम्मी अब तक मोहल्ले की पंचायत में न्याय की गुहार लगाए पड़ी थीं। उनको पता चल गया था कि तिवारिन के लड़के ने मारा है उनके लाल को। बैटिंग के चांस के चक्कर में लड़ाई हुई और बढ़ती गई और तिवारिन का लड़का अजय जब हारने लगा तो उसने अंशुल के सर पर बल्ला दे मारा। अजय तो भाग गया लेकिन मम्मी ने तिवारिन को घेर लिया। तिवारिन कहाँ माननेवाली थीं। 'मेरा बेटा ऐसा कर ही नहीं सकता।' इधर मम्मी अड़ी हुई थीं कि तिवारिन इलाज का खर्चा दें और माफी मँगवाए बेटे से।

तिवारिन हँस रही थी, 'दिमाग खराब है। मेरा बेटा इन नीच जातवालों से माफी माँगेगा? अरे तुम लोग पैर का नाखून भी नहीं हो उसका।'

'अब इसमें जात कहाँ से आ गई।' श्रीवास्तव जी ने बीच-बचाव करते हुए कहा।

'श्रीवास्तव जी आप तो रहने ही दीजिए कुछ कहने को। थाली के बैंगन हैं आप लोग। जिधर का रुख़ देखा उधर के। मेरा बेटा माफी नहीं माँगेगा बस।' तिवारिन ने घोषणा कर दी। उधर मम्मी जोर-जोर से रोए जा रही थीं।

'तुमको अपने लड़के को समझाना चाहिए न कि बड़े मोहल्ले के बच्चों के साथ न खेले। बड़ा शौक है बड़े मोहल्ले के बच्चों के साथ खेलने का तो अब भुगतो।' तिवारिन की बात किसी को समझ नहीं आ रही थी लेकिन किसी की हिम्मत भी नहीं हो रही थी उनके मुँह लगने के। तिवारी जी ठहरे मन्दिर के पुजारी तो उनके आगे सब बौने ही हैं। ये सब जानते हैं कि मन्दिर का चढ़ावा ही है जो तीन मंजिले घर और पंडिज्जी की निकली तोंद का खुला रहस्य है। तिवारिन के गले में लटकती मोटी सोने की चेन भी भक्तों का चढ़ावा ही है लेकिन कौन मुँह लगे। मामला बच्चों के खेल से होकर जाति तक पहुँच गया, तो उफान लेते देर कहाँ लगती है आजकल।

पापा ने मम्मी को घर चलने को कहा लेकिन मम्मी माफी सुनना चाह रही थीं। तिवारिन के लाल अजय न तो पराजय सह सके न माफी माँगने को तैयार थे। तभी तृप्ति का ऑटो रुका। अंशुल के माथे पर पट्टी देख मम्मी का रुका हुआ रोना फूटकर बाहर आ गया। 'हाय मेरा बच्चा। मार-मार के क्या हाल बना दिया है।'

'अरे मम्मी ये लोग हारने लगे तो लड़ाई कर लिए। हार सहन नहीं हुई न इसलिए मारपीट पर उतर आए। लेकिन हार तो गए ही हैं हमसे। अब हम छोटी जात वालों के मुँह न लगना समझे। देसी खाते हैं बेटा, देसी बजाते हैं। ब्रेड न खाते हम, बासी रोटी का दम है हमारी हड्डियों में।' ऑटो से उतरते हुए अंशुल के तेवर उबल पड़े।

'साले, इस बार बच गया अगली बार ये बकवास करने लायक नहीं छोड़ूँगा।'

अजय जो आकर मम्मी के पीछे खड़ा हो गया था चिढ़ गया। 'हार तो गए ही हो, चाहे मार डालो हारने का सच नहीं बदल सकते तुम।' अंशुल ने पास में खड़े ऋषि और मनोज को ताली दी।

तृप्ति ने डाँट लगाई, 'चुप रहो और अन्दर चलो। कोई ज़रूरत नहीं लड़ाई-झगड़े की। समझे?'

अब तक सीमा भी आ गई थी। दोनों बहनें खींचकर ले गईं अंशुल को अन्दर। अंशुल अन्दर भी बड़बड़ा रहा था। 'दीदी सच कह रहा हूँ, हरामी हैं साले बड़े मोहल्ले वाले। बेईमान एकदम। जब भी हारने लगते हैं, मारपीट शुरू कर देते हैं और गाली-गलौज भी।'

'तो तुम लोग उन लोगों के साथ खेलते ही क्यों हो।' तृप्ति को अंशुल पर ही ग़ुस्सा आ रहा था। सीमा चाय बनाने चली गई और किचन से ही बड़बड़ा रही थी।

'काहे न खेले उनके साथ, उन्हें हारने का डर हो तो वो एफ.आई.आर. खेलें। लेकिन यह कोई बात हुई क्या। हम तो कहते हैं दीदी एफ.आई.आर. लिखा देते हैं सबके ख़िलाफ़, सब हेकड़ी निकल जाएगी। एससीएसटी एक्ट लगेगा तो बाबूजी सीधे अन्दर जाएँगे, तब आएगा मजा।' सीमा भी भाई का हाल देख ग़ुस्से में उफना रही थी।

'दिमाग खराब हो गया है! बच्चों के खेल में एफ.आई.आर. कहाँ से आ गई।' तृप्ति का सर भन्ना रहा था।

'देखो जीजी वो फिर से पलटेंगे। मार खाने से अच्छा है रिपोर्ट लिखा दो और हमको जान का ख़तरा है, इसकी सूचना भी थाने में दे देते हैं,

इसके बाद जो भी होगा फँसेंगे वही।' अंशुल को सीमा दी की बात काफी अच्छी लगी।

'लेकिन कब तक?' तृप्ति ने कमर पर हाथ टिकाए हुए ग़ुस्से में पूछा।

'यही चलना है जीजी जीवन-भर। ये लोग हम लोगों को इनसान नहीं, भेड़-बकरी समझते हैं। अगर जीने की इच्छा है तो लड़ना ही पड़ेगा, नहीं तो कीड़े-मकोड़े की तरह रेंगते रहना पड़ेगा। हर बात पर माफी माँगते रहो।' अंशुल का नया-नया जवान होता खून उबाल ले रहा था। यूँ भी इस उम्र में लड़ना ही सही लगता है और यहाँ तो मामला ही उल्टा था।

'कानून भी तो है हमारे साथ।' सीमा ने जोड़ा।

'कानून तो हैं हमारे साथ लेकिन कानून जिनके हाथ में है वो कहाँ हैं। उनका बस चले तो चबा जाएँ हम लोगों को और डकार भी न लें।' अब पापा का अनुभव भी इस वार्तालाप में इंट्री ले चुका था।

अंशुल को बाहर के कमरे में ही लिटा दिया गया था। पेनकिलर का असर शायद या लोकल एनीस्थिसिया का, उसे नींद का झपका आ रहा था। सीमा हल्दी वाला दूध और चाय लेकर लौटी, तब तक अंशुल ऊँघ की चादर ओढ़कर लुढ़क गया था।

'सो लेने दे थोड़ी देर। उठेगा तब दे देंगे हल्दी वाला दूध।' मम्मी बोलीं।

सब लोग चाय पीने लगे। तभी बृजेश चाचा आ गए। उन्हें भी ख़बर मिली थी। मम्मी, चाचा से बतियाते हुए सुबक ज़्यादा रही थीं, बोल कम रही थीं। सीमा चाचा के लिए चाय बनाने को उठी तो चाचा ने मना कर दिया।

पापा ने चाचा को पूरी बात बताई। तृप्ति चुपचाप पोस्ट ईवेंट फैले रायते को देख रही थी। यह उसके समेटे सिमटनेवाला नहीं था। चाचा अलग बकैती झाड़ने की मुद्रा में आ गए थे। 'ऐसे कैसे हमारे बच्चे को हाथ लगा दिया। भैया, आप इशारा भर कर दो, इनकी ऐसी-तैसी कर देंगे। अब वो दिन नहीं रहे कि हमारी कोई औकात न हो। बताते हैं इनको इनकी औकात।'

'दिन तो अब भी वही हैं चाचा, बल्कि उससे भी बुरे हैं।' तृप्ति कतई झगड़ा बढ़ाना नहीं चाहती थी।

'किसी तरह यह ज़िन्दगी निकाल लो बस और शुक्र मनाओ अगले जनम हमें सवर्ण जाति में जन्म मिले और ये सब बनें भंगी, चमार।' मम्मी का ग़ुस्सा उफना पड़ा, जिसमें बेचारगी ज़्यादा शामिल थी। मम्मी तृप्ति से सहमत होते हुए भी जाने कहाँ पहुँच गई थीं। अगले जन्म, बहमन, ठाकुर बन के बदला लेने की प्लानिंग कर रही हैं। 'अरे ऊँची जात में पैदा होते ही आधे बदले तो ऐसे ही पूरे हो जाते हैं।' ये मम्मी का तकिया कलाम है। जैसे जाति का बोझ ढोते-ढोते थक गए हैं उनके कन्धे और इससे कोई मुक्ति भी नहीं। अपने बच्चों को भी इसी नर्क में झोंकते जाना अलग मजबूरी है। आप सब कुछ बदल सकते हैं लेकिन अपना जन्म, अपनी पहचान नहीं बदल सकते।

हालाँकि यह दर्द तो तृप्ति का भी है। कोई कितना भी कहे लेकिन सहते जाने की आदत डाल लेना कोई मज़ाक़ नहीं। स्कूल में जब उसे किनारे बिठाया जाता था, इंटरवल में अकेले अपना टिफिन खाना होता था, सबको खेलते देखना होता था, जिसके बदले उसने इंटरवल में भी पढ़ना ही शुरू कर दिया, वो सब पीड़ा ही तो थी। ऊपर से यह जुमला भी अक्सर पड़ता ही है उसके कानों में कि पहले होता होगा भेदभाव, अब कहाँ होता है यह सब। 'अब कहाँ होता है भेदभाव, अब तो सब ठीक है' के जुमलों के बीच की वह घटना तृप्ति कभी नहीं भूल पाती, जब क्लास में फर्स्ट आने पर उसके पापा को माफी माँगने के लिए स्कूल बुलाया गया था, यह कहकर कि उनकी बेटी ने चीटिंग की है। सोचते ही तृप्ति की आँखें छलक उठीं। चीटिंग तो उनके साथ हुई है। आज उसका भाई इसलिए टाँके लगवाकर पड़ा है क्योंकि वो नीची जाति का होकर भी सवर्ण लड़कों से खेल में जीत गया था। जैसे मुहर लग गई हो नीची जाति के लोगों की हार की। तृप्ति ने देखा है, कुछ घरों में अब भी उसका कप अलग से आते हुए और उसे अलग रख दिया जाते हुए। 'सब ठीक है' की आड़ बन गए हैं काँच के बर्तन, जो दिखने में बुरे न लगें लेकिन रखे अलग ही जा सकें। इसलिए वो कहीं किसी के घर नहीं जाती।

उधर चाचा पापा और मम्मी बतिया रहे थे, इधर तृप्ति का मन उधड़बुन में लगा था। अच्छा हुआ सीमा ने रसोई सँभाल ली। उसने राहत की साँस ली।

'मुझे लगता है कोई लड़ाई नहीं करनी चाहिए।' पापा एकदम सेरेंडर थे। वो ख़ुद रोज़ की ऑफिस की लड़ाइयों में ज़िन्दगी की तमाम लड़ाइयों में सेरेंडर होना सीख चुके हैं। अपमान अब उन्होंने जीवन का हिस्सा मान स्वीकार लिया है। 'हम जैसे लोगों का कोई स्वाभिमान नहीं होता, न सम्मान होता है। यह बात जितनी जल्दी समझ में आ जाए, उतना आसानी होगी जीने में।' पापा ने अपनी आँखें पोंछते हुए कहा।

'पापा ऐसा मत कहिए प्लीज। हम अपना सम्मान कमाएँगे' तृप्ति ने कहा तो पापा ने पूरा सर उठाकर उसकी ओर देखते हुए कहा, 'अगर तू आई.ए.एस. बन भी गई तो भी अपने माथे से यह दाग नहीं छुड़ा पाएगी। बस इतना होगा कि तुम्हारे सामने भले न बोलें पावर के चलते, लेकिन पीछे से तुम्हारा कप अलग ही रख देंगे।' पापा ने तृप्ति की हिम्मत के आगे जी हुई हक़ीक़त रख दी।

'और जो हमारी जात के लोग पहुँच भी जाते हैं ऊपर की पोस्ट पर, वो भी हमसे ही कन्नी काटते हैं कि उन्हें लगता है वो अपना ही सामना कर रहे हैं। ख़ुद की पहचान भुलाने के लिए, वो अपने ही लोगों से दूरी बना लेते हैं। और ऊँची जातवालों के साथ उठने-बैठने में अच्छा महसूस करते हैं।' पापा का अनुभव बहुत बड़ा था और सामने जो लड़ाई थी, वो बहुत छोटी।

और तृप्ति के ज़ेहन में चल रहे थे वो संवाद 'कि अब कहाँ है भेदभाव?'

'भैया, एक बात समझ लो, यह सब तो बदलना ही होगा अब। इन सालों को मजा चखाने का समय आ गया है। आपको क्या लगता है अंशुल भूल पाएगा यह अपमान। नया खून है भैया उसको समझिए, नहीं तो बागी हो जाएगा।' बृजेश चाचा अपने तमाम अपमानों का बदला भी अंशुल के बहाने साधने के मूड में थे।

'चाचा अंशुल को हम समझा लेंगे। हमको अभी कोई लड़ाई नहीं चाहिए।' तृप्ति ने कहा।

'एक तो इस घर में दो साधू रहते हैं, जाने कितना सह सकते हैं ये दोनों।' पापा और तृप्ति की ओर निशाना साधते हुए सीमा भी बदला लेनेवालो

विचार के साथ हो ली। वो पालक साफ करते हुए कमरे में ही आकर कोने में जमीन पर बैठ गई थी।

'तू चुप रह सीमा। कुछ नहीं समझती। देख नहीं रही माहौल कितना खराब है।' तृप्ति सीमा को समझा रही थी।

'खराब है तो ठीक करना होगा न जीजी। ऐसे चूहे की तरह बिल में घुसे रहने से नहीं चलेगा न।' सीमा समझ ही नहीं रही थी।

'तू समझ नहीं रही लाड़ो, भाई की जान ज़्यादा कीमती है या बदला। जैसा समय है, ये लोग ग़ायब करा देंगे पता भी नहीं चलेगा। ढूँढ़ते रहो ज़िन्दगी भर फिर नज़ीब की अम्मी की तरह।' तृप्ति की आवाज़ वेदना से लथपथ थी।

'भाई वो मुसलमान है, उसकी बात न करो' चाचा ने बाहर जाकर मसाला थूककर आने के बाद कहा। 'हम लोग मुसलमान नहीं हैं, उन लोगों की बात अलग है।'

'उन लोगों' का प्रयोग चाचा ने वैसे ही किया जैसे सवर्ण लोग 'इन सबके' लिए करते हैं।

तृप्ति व्यंग्य से मुस्कराई। 'उन लोगों' ये क्या होता है चाचा? ये जितने भी सताए जानेवालो 'उन लोग' एक दूसरे को लेकर ही संवेदनशील नहीं हैं तो क्या लड़ाई लड़ेंगे आप।'

'देखो हम कम-से-कम हिन्दू तो हैं न?' चाचा की छाती चौड़ी हो गई थी कहते हुए।

'कम-से-कम हिन्दू हैं...वाह।' तृप्ति को लग गया अब बहस जिस मोड़ पर आ गई है, वहाँ से उसे कहीं पहुँचना नहीं है। अभी तो अंशुल सोया है वो जागेगा तो और उफनेगा लड़ने को।

'कम-से-कम हिन्दू हैं...वो दलित जो घसीट के मार दिए गए वो भी कम-से-कम हिन्दू थे...वो लड़कियाँ जिनके आए दिन बलात्कार होते रहते हैं, वो भी कम-से-कम हिन्दू थीं न?' तृप्ति लगभग फुफकार पड़ी थी।

चाचा ग़ुस्से में थे। 'वो हमारे घर का मामला नहीं था। ये है। ये अंशुल बेटा है हमारा। साले हरामियों को ऐसा सबक सिखाएँगे कि याद करेंगे। भले

ही सरकार दलितों की न हो लेकिन दलित मुद्दे पर आसानी से पॉलिटिकल सपोर्ट मिल जाएगा। काशीराम और मायावती ने इतना तो कर ही दिया है।' चाचा लड़ाई को जितना हो सके, बड़ा ही करना चाहते थे।

'चाचा आप अपनी राजनीति तो रहने ही दीजिए।' कहकर तृप्ति कमरे में चली गई।

पापा भी एफ.आई.आर. के मूड में नहीं थे। वो जीकर जानते थे कि जीने के लिए 'कम-से-कम हिन्दू' होना काफी नहीं।

•

कबिरा सोई पीर है, जो जाने पर पीर
जो पर पीर न जानई, सो काफ़िर बेपीर।

(कबीर)

अजब ठहराव पैदा हो रहा है रोज़ ओ शब में

'आख़िर तुम्हें मुझसे समस्या क्या है कनिका? क्यों मुझे बात-बात में ज़लील किया करती हो। किया क्या है मैंने।' सुधांशु सुबह की चाय के साथ ही कनिका के पास अपनी खिसियाहट भी धर आया था।

'एक तो तुम बात-बात में ज़लील हो जाते हो, यह मुझे समझ में नहीं आता। इतना क्या ईगो लेकर घूमते हो कि जरा-जरा सी बात पर टूट जाता है, फिर तो मेरी जैसी लड़की को झेल नहीं पाओगे तुम।' सुधांशु की बनाई चाय पीते हुए कनिका अख़बार पर नज़र टिकाए रही।

'अब ईगो कहाँ से आ गया बोलो तो। मैंने क्या कहा, इतना ही न कि अनुभव और तृप्ति की जोड़ी जमती नहीं मुझे। अब यार किसी को ऐसा लग ही सकता है, इसमें जजमेंटल होने की बात क्या है।'

'है...तभी न। सोचकर बताओ क्यों नहीं अच्छी लगती और तुम्हें उस जोड़ी का जो पता भी नहीं कि जोड़ी है भी कि नहीं, अच्छा लगना क्यों ज़रूरी है। कोई हमारे बारे में ऐसा कहे तो?' कनिका ने सुधांशु की बात का जवाब अख़बार से निगाह हटाए हुए ही दिया।

'क्यों कहेगा हमारे बारे में ऐसा कोई। हम दोनों मेड फॉर ईच अदर लगते हैं। तुम ख़ूबसूरत। मैं हैंडसम। तुम भी इंटेलिजेंट, मैं भी।' सुधांशु ने मुस्कराकर कन्धे चौड़े करते हुए कहा।

'जो मैं न होती ख़ूबसूरत तो?' कनिका ने अब अपनी आँखें सुधांशु के चेहरे पर रख दी थीं।

'देखो यार, मुझे न ये हायपोथेटिकल सवालों के साथ खेलना एकदम अच्छा नहीं लगता। सच यह है कि तुम ख़ूबसूरत हो। वैसे तुम्हारे पीछे तो

लड़कों की पूरी फौज लट्टू रही होगी लेकिन चांस मुझे मिल गया।' सुधांशु ने शरारत भरी आँखों से कनिका को देखते हुए कहा। वैसे मैं तुम्हारे इंटेलिजेंस को पसन्द करता हूँ। तुम ब्यूटी विद ब्रेन हो।' सुधांशु ने कहते हुए थोड़ा-सा फ्लर्ट भी पिरो लिया।

'लेकिन तुम्हारा ज़्यादा इंटरेस्ट ब्यूटी में है न?' कनिका जैसे जाने हुए को कन्फर्म कर रही थी।

'नहीं यार। मेरा इंटरेस्ट तुम में है और किसी में नहीं।' सुधांशु की जैसे चोरी पकड़ी गई हो और वो उससे साफ मुकर गया।

'जिस सवाल को तुम टाल रहे हो, वही तुम्हारा ईगो भी हर्ट कर रहा है। देखो तृप्ति इंटेलिजेंट है, तुम भी मानते हो लेकिन ख़ूबसूरत जिसे तुम लोग कहते हो, उस परिभाषा के हिसाब से वह नहीं है हालाँकि मेरे लिए वह बहुत सुन्दर लड़की है यह बात अलग है तो उसका तुम्हारे हिसाब से सुन्दर न होना उन दोनों की जोड़ी को जज करना है। अनुभव भी लम्बा चौड़ा, गोरा चिट्टा स्मार्ट है। इंटेलिजेंट भी है। कितनी लड़कियाँ मरती हैं उस पर। लेकिन वो मरता है तृप्ति पर। यही बात, बस यही बात उसे सबसे अलग करती है' कनिका ने कहा।

'तो क्या तुम्हें भी अनुभव पसन्द है?' सुधांशु ने ईर्ष्या भाव को बिना छुपाए हुए कहा।

'हाँ, लेकिन उस तरह नहीं, जिस तरह तुम सोचते हो। मैं अनुभव के जीने के सलीके की, सोच की कायल हूँ। मैंने सुना है उसे डिबेट्स में। क्या प्वाइंट ऑफ व्यू होते हैं उसके। सही मायने में वो समाज की समता और समानता के बारे में सोचता है, उसे जीता है यह सुन्दर बात भी है, कठिन भी। एक सवर्ण परिवार में जन्म लेने के बावजूद दलितों की पीड़ा को समझना; उसे महसूस करना आसान नहीं है। जैसे जाति का दंश अनजाने हमेशा डंक मारता रहता है, वैसे ही जाति का दम्भ भी पीछा नहीं छोड़ता। सुधांशु! मैं और तुम दोनों उच्च जातियों में जन्मे, अच्छे घरों में पले-बढ़े लोग हैं। लेकिन तृप्ति के जीवन का अन्दाज़ा तुम नहीं लगा सकते। उसके पापा ने अपनी दादी को मैला उठाते देखा है। पिता की स्मृतियों के दृश्य

उसके वजूद पर भी काबिज हैं। तुमने देखा है उसे कभी कैंटीन में या किसी से बात करते। जाने कौन उसके करीब जाने पर दूरी बना ले, इसका डर उसके मन में हमेशा रहता है। लेकिन अनुभव उस दूरी को तय कर रहा है। यह मामूली बात नहीं है। मुझे तो लगता है वो दोनों दुनिया के सबसे सुन्दर इनसान हैं। जोड़ी के रूप में नहीं दोस्ती के रूप में ही देख रही हूँ मैं तो।' कनिका एकदम रौ में आ गई थी।

'तुम पागल हो। तगड़ा वाला अफेयर चल रहा दोनों का। कितनी बार तो मैंने देखा है, दोनों को साथ कोचिंग के बाद।' सुधांशु को उनमें कोई मसाला दिख रहा था।

'तो साथ दिखने का मतलब अफेयर होना होता है?' कनिका ने सुधांशु को ग़ुस्से से घूरकर देखा। हो सकता है हो भी, फिर भी यह तर्क ठीक नहीं। तुम्हें या किसी को उनकी निजी ज़िन्दगी में ताक-झाँक करके जजमेंट देने का कोई हक़ नहीं है और मेरी चाय खत्म हो गई है तुम चाहो तो एक चाय और बना सकते हो।' कनिका ने अपनी लम्बी गोरी टाँगों को धूप की तरफ़ पसारते हुए सुधांशु की ओर देखे बिना कहा।

'करवा लो, जितनी सेवा करानी है मैडम, शादी के बाद बताऊँगा तुम्हें।' सुधांशु ने उसकी टाँगों पर उँगली से लकीर बनाते हुए कहा।

'जा जा तुझसे शादी करने ही क़ौन वाला है।'

'जाने तुम्हें दूँगा नहीं...।' गुनगुनाते हुए सुधांशु चाय बनाने चला गया।

कनिका और सुधांशु पिछले 6 महीने से लिव-इन में रह रहे हैं। दोनों साथ में आई.ए.एस. की तैयारी कर रहे हैं। सुधांशु एक बार मेन्स तक जाकर इंटरव्यू से लौटा हुआ है। यह बात उसको, उसकी ही नज़र में खास बनाती है। कनिका दिल्ली से ऋषिकेश घूमने आई थी। इस शहर का सौन्दर्य उसे इतना भाया कि वो यहीं रुक गई। कोचिंग जाना तो बस बहाना है, तैयारी तो ख़ुद ही करनी होती है। सुधांशु और कनिका पहले अलग अलग रहते थे, फिर दोनों ने एक साथ रहना शुरू कर दिया है। सुधांशु कनिका को पसन्द करता ही था और कनिका को भी सुधांशु बुरा तो नहीं लगता था, तो दोनों का साथ रहना लिव-इन में बदल गया। लेकिन इस शर्त के साथ कि शादी

की कोई बात नहीं करेगा। हालाँकि सुधांशु कनिका को बीच-बीच में मज़ाक़ के बहाने ही शादी की बात करके छेड़ता रहता है।

कोचिंग में कनिका, तृप्ति की इकलौती सहेली थी। इस दोस्ती का हाथ कनिका ने ही बढ़ाया था, जिसे हिचक और संकोच के साथ तृप्ति ने थाम लिया था। तृप्ति अनुभव को मन-ही-मन पसन्द करती है, यह बात अलग है लेकिन उसने ऐसा कभी कुछ जाहिर नहीं होने दिया, सिवाय इसके कि वो कुछ वक़्त अनुभव के साथ गुजारने लगी है और उसे यह अच्छा लगता है। लेकिन अनुभव तृप्ति पर एकदम मोहित है और यह बात कनिका को एकदम स्पष्ट है।

कनिका अनुभव की तरह ही सोचती है। उसे भी समाज की गैर बराबरी की बातें, मुद्दे, घटनाएँ बहुत कचोटती हैं। कई बार उसकी इन मुद्दों पर अनुभव से बात भी होती है, अनुभव और कनिका एक बार नदी के किनारे यूँ ही बहस करते हुए निकल गए थे, तो कनिका ने महसूस किया कि अनुभव के भीतर तृप्ति से लगाव का पौधा काफी गहरी जड़ें जमा चुका है। अनुभव ने सिगरेट बुझाते हुए कनिका से कहा था, 'मैं और तुम ये च्वाइस ले सकते हैं कि हम इन मुद्दों पर कैसा स्टैंड लें और अगर हम वो स्टैंड लेते हैं, जो हमने लिया है यानी बराबरी की बात का, बराबरी को जीने का तो हमें इसका विशेष सम्मान भी मिल जाता है। हम चाहें तो ख़ुद पर इतरा लें कि देखो सवर्ण परिवार में जन्म लेने के बाद भी हम उनके दर्द को समझते हैं। हमारे पास यह च्वाइस है चुनने की, उनके पास नहीं है। कनिका, मैं तुमसे जो बात कर रहा हूँ न, तुम जो सुन रही हो, कह रही हो, वो तृप्ति क्यों नहीं कहती। अगर वो बराबरी की बात करती है तो विक्टिम नज़र आती है, अपने हक़ के लिए खड़ा होना कोई खास बात भी नहीं, खास तो हम हैं, उनके हक़ के लिए खड़े हैं। यह खास महसूस कराया जाना दूरी पाटता नहीं, बढ़ाता है। मैं तृप्ति के भीतर एक डरा, सहमा इनसान देखता हूँ। वो कभी कुछ नहीं कहती, उसने एक गहरी चुप को थाम लिया है। तमाम अन्याय के ख़िलाफ़

बस चुप।' अनुभव की आवाज़ का दर्द गंगा की लहरों पर तैरते दीया-सा तैरने लगा था। ऐसा दर्द जिसमें रोशनी थी, कुछ करने की चाह थी।

'नहीं, उसने अपनी आवाज़ को एक बड़ी लड़ाई की तैयारी में पिरो दिया है अनुभव। हम आई.ए.एस. की तैयारी कर रहे हैं लेकिन वो एक आग में जल रही है। मुझे ख़ुशी है, तुम उसे समझते हो।' कनिका ने अनुभव का हाथ अपनी हथेलियों में लेते हुए कहा। एक सर्द हवा की चादर ने उस लम्हे को अपने भीतर समेट लिया। अनुभव ने सुकून की साँस लेते हुए कहा। 'मुझे ख़ुशी है कि तुम आ गईं, तुम्हारे साथ शायद वो, मुझसे ज़्यादा सहज महसूस करने लगेगी कुछ दिन में।' अनुभव की चिन्ता तृप्ति को सहज महसूस करवाना था, न कि उसे हासिल करना या उसके दिल में अपनी जगह बनाना।

'तुम्हें पता है अनुभव, हम दोनों में कॉमन बात क्या है?'

'क्या' अनुभव ने पूछा, 'हम दोनों तृप्ति को प्यार करते हैं।' कनिका ने मुस्कराकर कहा तो अनुभव की पलकें नम हो गईं।

'कितनी आसानी से तुमने उस सच को कह दिया, जो मैं ख़ुद से भी कहने से जाने कबसे बच रहा हूँ।'

'लेकिन क्यों?' कनिका जानना चाहती थी।

'क्योंकि मैं नहीं चाहता कि तृप्ति प्रेम का नाम सुनकर दोस्ती से भी किनारा कर ले। मैं उसे खोना नहीं चाहता और अगर मैं उसे प्यार नहीं करता तो भी मैं उसके या उसके जैसे तमाम लोगों के बारे में ऐसा ही सोचता, शायद ख़ुद को इस बात का यक़ीन दिलाना ज़रूरी है। प्रेम बहुत गड़बड़ कर देता है यार...' अनुभव की निगाहें दूर कहीं आसमान में टँग गई थीं और उसकी आवाज़ उसके ही भीतर गुड़प से डूब गई थी।

कनिका ख़ामोश रही। जब एक परिन्दा पानी के ऊपर चक्कर काट रहा था, तब कनिका के मन में भी कई सवाल चक्कर काट रहे थे। हालाँकि काफी सवालों के जवाब मिल भी चुके थे। कनिका के भीतर की नमी उसकी आँखों में तिर आई। कनिका ने अनुभव के लिए अपने मन में बहुत क़च्चे से नन्हें से प्रेम के बीज को, जिसे उसने शुरू में ही पानी देना बन्द कर दिया था, को उमगते महसूस किया।

'तुम अभी उस सवाल से तो नहीं जूझ रहे कहीं कि तुम्हारे प्रेम में सद्भाव ज़्यादा है?' कनिका ने अपने मोह के धागों को तोड़ते हुए तृप्ति और अनुभव पर फोकस किया।

'हरगिज़ नहीं। लेकिन देखो यह सवाल आया न तुम्हारे मन में। अगर मैं तुमसे प्यार करता तो भी क्या यह सवाल आता? नहीं न? बस यही लड़ाई है। बराबरी-बराबरी के शोर में ही कितनी गैर बराबरी है, यह हमें ख़ुद ही नहीं पता चलता।' अनुभव एकदम स्पष्ट था। अपने भावों को लेकर भी और विचारों को लेकर भी।

'पता है कनिका! जब मैं कॉलेज की डिबेट में इन मुद्दों पर बोलता था और जीतकर ट्रॉफी लेता था तो अन्दर से रुलाई फूटती थी। लोग हैं वो। हमने उन्हें, उनकी समस्याओं को मुद्दा बनाकर इस्तेमाल करना सीख लिया है, राजनीति में हो या कॉलेज की डिबेट में या एग्जाम में आनेवालो निबन्ध के विषय में क्या फर्क है।' आवाज़ बिखरने लगी थी अनुभव की और गला भर्राने लगा था।

'इतना भी मत परेशान हो यार, होगा एक दिन सब ठीक। हम मिलकर करेंगे न?' कनिका ने उसके कन्धे को धीरे से दबाते हुए आश्वस्ति देनी चाही।

'क्या करेंगे कनिका। मुझे तो लगता है जिस आई.ए.एस. होने के लिए इतनी मेहनत कर रहा हूँ, उसे निभा भी पाऊँगा? मुझसे होगा नहीं वह सब जो अपेक्षित होता है।'

'देखो कोशिश करेंगे, जितनी कर सकेंगे, बाक़ी देखा जाएगा। बस यह सिस्टम हमें अपना हिस्सा न बना ले। इसका ध्यान रखना होगा।' कनिका निराशा की बातों से अब ऊबने लगी थी।

'अच्छा हुआ यार, तुमसे आज इतनी बात कर ली। जी कुछ हल्का हुआ, वरना आप किसी से बात भी करें तो जज किए जाने का ख़तरा करने को तैयार रहता है। तृप्ति से भी नहीं कर सकता ये सब बातें।' अनुभव की आवाज़ में राहत थी।

'समझती हूँ।' कनिका ने कहा।

'वैसे एक बात कहूँ, तुम्हें तृप्ति को उसके कॉम्प्लेक्स से निकालना चाहिए। तुम्हें उससे बात करनी चाहिए। उसे रिलीज करो अनुभव, वो बहुत लॉक्ड है वो। कई बार मुझे लगता है कि उससे ज़्यादा तो तुम कॉम्प्लेक्सड हो। करो बात। उसका दुख, उसकी पीड़ा, उसकी जर्नी सब अपनाओ। डरो नहीं।' कनिका ने कहा।

'डर सिर्फ़ एक है उसे खो देने का।' अनुभव का प्रेम अब उसकी आँखों में तैरने लगा था। प्रेम कितना निरीह बनाता है, यह अनुभव को देखकर समझा जा सकता था।

'लेकिन इस डर में तुम हमेशा याद रखते हो कि कुछ है, जो सामान्य नहीं है। तृप्ति से ज़्यादा तुम्हें ख़ुद पर काम करने की ज़रूरत है।' कनिका ने खड़े होते हुए कहा।

'एक चाय और पिएँ?' अनुभव ने बैठे-बैठे पूछा। बाद मुद्दत अनुभव अपने दिल की बातें, किसी से फ्री होकर कह पा रहा था। उसे अच्छा लग रहा था। वो अभी उठना नहीं चाह रहा था।

कनिका ने घड़ी देखी सात बज रहे थे। सुधांशु आनेवालो होगा। वो कोचिंग के बाद हिस्ट्री के पेपर के लिए प्रोफेसर दयाल से अलग से पढ़ने जाता है।

'ठीक है।' कनिका बैठ गई। कुछ देर चुप-सी लगी रही दोनों के होंठों पर। अनुभव दूर आसमान में चाँद को देख रहा था।

'तुम सच कह रही हो कनिका। मैंने भी कई बार सोचा है इस बारे में। क्या मैं भी अवचेतन में तृप्ति को अपनाने से डरता हूँ, क्या कोई अस्वीकार भाव मेरे भीतर भी साँस ले रहा है।' अनुभव की आवाज़ भारी होने लगी थी। चाय वाले भैया दोनों के बीच में चाय रख गए। दोनों ने चाय की तरफ़ देखा भी नहीं।

'मुझे ख़ुद को ढूँढ़ना है, भीतर जो गहरा धँसा जातीय और पौरुषीय दम्भ है, उसे ढूंढ़कर खत्म करना है। तुम्हारे जैसी दोस्त का होना कितना ज़रूरी है, इसमें मेरी मदद करने के लिए' अनुभव ने कहा तो कनिका मुस्करा दी।

दो टूक बात करने की कनिका की इसी आदत के कारण सुधांशु उससे परेशान रहता है और अनुभव इसी बात का शुक्रगुजार हो रहा था।

‘सुनो, तुम तो तृप्ति की भी दोस्त हो न? उसके ज़्यादा दोस्त नहीं हैं। उसका ख़याल रखना तुम।’ अनुभव को जैसे तृप्ति पर लाड़ आने लगा था। उस बेचारी को तो पता भी नहीं कि उसके बारे में इतनी देर से यहाँ बात हो रही है।

‘अब चलें? अब तो तीसरी चाय भी खत्म हो गई’ कनिका ने फाइनली उठते हुए कहा।

अनुभव भी उठ गया। ‘तुम्हें कहीं ड्रॉप कर दूँ?’ अनुभव ने पूछा।

‘कहीं नहीं, घर ही छोड़ना पड़ेगा। देर हो गई है। मेरा पार्टनर आ गया होगा तो तूफान मचा देगा।’ कनिका ने हँसते हुए कहा।

‘डरती हो उससे?’ अनुभव ने हँसते हुए पूछा

‘केयर करती हूँ।’ कनिका ने बाल समेटकर जूड़ा बनाते हुए कहा। ‘वैसे वह तुम्हारी तरह समझदार भी नहीं है’ कहते हुए कनिका अनुभव की बाइक पर पीछे बैठ गई।

‘मेरी तरह समझदार? क्या बात है! आई विल टेक इट एज अ कॉम्प्लीमेंट।’ अनुभव हेलमेट के भीतर मुस्कराया।

उस रात सोते हुए नींद में अनुभव कई बार मुस्कराया।

•

अजब ठहराव पैदा हो रहा है रोज़ ओ शब में
मिरी वहशत कोई ताज़ा अज़ीयत चाहती है।

(अहमद अशफ़ाक़)

तेरे इश्क़ की इन्तिहा चाहता हूँ

रात भर धार-धार बरस चुकने के बाद बादलों की पोटली में से कुछ बूँदें अब भी टपक रही थीं। इतवार के कुछ टुकड़े भी अगर हाथ लग जाएँ तो सोमवार की सुबह में एक मीठापन शामिल हो जाता है। आज वैसी ही सुबह थी। मम्मी-पापा किसी रिश्तेदार की बेटी की बरीक्षा के लिए गाँव गए थे। इतवार तीनों भाई बहनों ने आज़ादी जैसा महसूस किया। तृप्ति को सीमा ने रसोई से छुट्टी दे दी थी। जैसे-जैसे उसकी शादी के दिन करीब आ रहे हैं, उसका मोह मायके के लिए बढ़ रहा है। अक्सर उसकी आँखें पिघलती रहती हैं।

तृप्ति सीमा को शादी के लिए मना करने के लिए ख़ूब कहती रही लेकिन उसने तो जैसे ख़ुद से बदला लेने की कसम खाई हो। 'मम्मी का इंगेजमेंट में खर्च हुआ 25 हजार रुपया खराब नहीं करूँगी जीजी, अब तो ससुराल वालों की ज़िन्दगी ही खराब करूँगी।' कहकर हँस ज़रूर देती थी सीमा लेकिन उस हँसी के भीतर उदासी घुल जाने से वो रोक नहीं पाती थी। बीते इतवार ऐसी ही उदास हँसी में डूबी सीमा का सर गोद में रखे देर तक सहलाती रही थी तृप्ति। उसकी ख़ुद की आँखें बार-बार भर आ रही थीं। गरीबी में जब दो वक़्त की रोटी ही मशक्कत हो, ऐसे में रिश्ते टूटने का बोझ तो इनसान को तोड़ने के लिए काफी होता है। तभी तो सीमा न चाहते हुए भी महेश के साथ रिश्ते में बँधने जा रही थी। पापा फिर भी सुन लें, मम्मी इस बारे में सुनने को बिलकुल तैयार नहीं। उनका कहना है लड़के ऐसे ही होते हैं। इसलिए ज़्यादा बात का बतंगड़ न बनाया जाए। यही सुनती सीमा अगर उसने मौसी के सुपुत्र वाली उस रात की घटना के बारे में माँ को बताया होता।

तृप्ति की गोद में सर रखे-रखे सीमा की सिसकियाँ बह निकली थीं। बाहर हो रही बारिश की सीमा की सिसकियों से होड़ हो मानो। बारिश की बूँदें गंगा में गिरकर सुख पा रही थीं और सीमा की सिसकियाँ तृप्ति की गोद में गिरकर। दुख कटे न कटे लेकिन कोई उसे जस का तस समझ रहा है, यह सुख, दुख की तासीर कम ज़रूर करता है। ख़ूब रो चुकने के बाद दोनों बहनें हल्का महसूस कर रही थीं। सीमा ने ख़ूब अदरक डालकर अच्छी-सी चाय बनाई तृप्ति के लिए भी, अपने लिए भी। दोनों बहनें खिड़की से झाँकती गंगा का बहना देखती रहीं। कैसे तेज बारिश वाली बूँदें जब नदी में गिरती हैं तो उछाल लेती हैं और चारों तरह एक तिलिस्मी-सा छप्पाक का गोला बन जाता है। धीमी बारिश की बूँदें चुपके से समा जाती हैं नदी में। तेज बारिश की बूँदें किशोर वय की तरह चपलता लिए होती हैं और धीमी फुहार सुलझी हुई मध्यवय स्त्री की सी गहन और शान्त। तृप्ति को बूँदों का यूँ नदी में गिरते हुए देखना बचपन से बहुत अच्छा लगता है। कभी-कभी कोई बूँद नदी पर झुक आए पेड़ की पत्तियों पर देर तक अटकी रहती और फिर चुपके से बिना कोई शोर किए नदी में उतर जाती। नदी सारे मिज़ाज़ की बूँदें सहेजकर बहती रहती है, बहती रहती है। रुकती नहीं। वो सिर्फ़ बहती नहीं, बहते हुए गाती भी है। कभी प्यार के, कभी उदासी के गीत।

आज सोमवार है और धीमी बारिश समेटे आई सुबह में आलस और प्यार घुला है। ठंड बढ़ गई थी और शॉल को कसते हुए तृप्ति की चाय की ख़ुशबू उठने लगी थी। सीमा हमेशा कहती 'जीजी यूँ तो सब अच्छा बनाती है लेकिन चाय बनाने में उसे ज़्यादा ही सुख मिलता है। और जीजी की चाय होती भी कमाल है।' आज जब तृप्ति अदरक कूट रही थी तो उसे ऐसा लगा, वो न जाने कितने अवसादों को भी कूट रही है। अदरक इलायची के साथ आज तुलसी के पत्ते भी चाय के पानी में अपनी रंगत और ख़ुशबू घोल रहे थे। चाय की ख़ुशबू पूरे घर में घूम रही थी। अपने फेवरेट बड़े से कप में चाय लेकर तृप्ति खिड़की पर टँग गई जाकर। आज किताबें उसे पुकार नहीं रही थीं, नदी पुकार रही थी। जाने कैसा भीगा-भीगा सा मन हो रहा था कि इस मौसम में उसे अनुभव की याद आने लगी। मुस्कराते हुए तृप्ति ने सोचा

कि अगर इस वक़्त वे दोनों दोनों नदी के किनारे बैठे होते और भीग रहे होते तो नदी ज़रूर उन दोनों को देख हँस देती और गाती प्रेम का कोई गीत। कल्पना के इस सुख से तर-ब-तर तृप्ति इस समय एक तृप्त लम्हे में थी। उसने अपनी हथेली के उस हिस्से को चूम लिया, जिसे उस रोज़ अनुभव ने अपनी बड़ी सी हथेली से ढाँप लिया था।

अचानक़ तृप्ति को लगा उसने अपने ही किसी ख़्वाब को हक़ीक़त में छू लिया हो जैसे और घबराकर उसने अपनी पलकें मूँद लीं। ख़्वाब को छू लेना अपशगुन-सा लगता है उसे कि उन्हें हक़ीक़त में छू लेने से उनके टूटकर बिखर जाने का ख़तरा होता है। जबसे अनुभव और तृप्ति की दोस्ती की रंगत गाढ़ी होनी शुरू हुई है, तबसे कोई ख़ुश ख़ुशबू तृप्ति के आसपास मँडराती रहती है। देर तक बरसने के बाद ठहरे बादलों को देखते हुए तृप्ति उस ख़ुशबू से बातें करने लगी। तृप्ति के चेहरे पर अनुभव की स्मृति मुस्कराहट बनकर खेल रही थी।

उस रोज़ जब एक मीठा-सा दिन जीकर देर तक अलसाने के बाद उसने न्यूजपेपर पलटा, तो तृप्ति का सारा रूमान उसकी आँखों से बह निकला। यह संसार एक पल भी आपको आपकी सच्चाई भूलने नहीं देता। वो सच्चाई जो इसी संसार ने चस्पा की है, अलग-अलग माथे पर समाज के भेद की पहचान के रूप में। पायल तड़वी की ख़बर अख़बार में कोने में अटकी हुई थी। चूँकि तृप्ति टीवी या सोशल मीडिया से ज़रा दूर रहती है, इसलिए उसे अक्सर ख़बरें काफी देर में मिलती हैं। ख़बर छोटी-सी छपी थी लेकिन उस ख़बर की यात्रा सदियों की थी और सदियों तक चलनेवाली थी। मुम्बई के एक अस्पताल में मेडिकल की पढ़ाई कर रही पायल को कुछ साथी डॉक्टरों ने उसकी जाति को लेकर इतना परेशान किया कि उसे आत्महत्या करनी पड़ी। पायल अपनी जाति और समुदाय की पहली लड़की थी जो यहाँ तक पहुँची थी। वो पहली डॉक्टर होती उस समुदाय की। लेकिन भेदभाव के दंश ने आख़िर एक और जान ले ही ली।

ख़बर पढ़ने के बाद तृप्ति ने तमाम वेबसाईट और चैनल खँगाले ज़्यादा कुछ मिला नहीं। ख़बर-ख़बर पर निर्भर करता है क़वरेज भी। यह वह जानती

है, इसलिए उसे इस बात पर कोई अचरज नहीं हुआ। सारा दिन उसके मन में उथल-पुथल चलती रहती है। क्यों वो आई.ए.एस. बनना चाहती है। क्यों कर रही है तैयारी? कहीं भी पहुँच जाएँगे, जाति का साँप डसता ही रहेगा। एक हाथ में आरक्षण की बैसाखी होती है, दूसरे हाथ में उस बैसाखी को लेकर किए गए अपमान, ताने। तृप्ति का मन कसैला हो गया। शाम को कोचिंग जाने का मन नहीं था लेकिन चली गई यही सोचकर कि कुछ मन बदलेगा।

कोचिंग में जैसे इस ख़बर का कोई अस्तित्व नहीं था। उसने महसूस किया है कि बहुत सारी ख़बरें सिर्फ़ इसलिए महत्त्व रखती हैं यहाँ छात्रों में क्योंकि वो जनरल नॉलेज के पेपर में काम आती हैं। यूँ भी तृप्ति को पता है पूरी कोचिंग में मुश्किल से 4 या 5 ही सीरियस होंगे, बाक़ी सब या तो टाइमपास कर रहे हैं या युवापन के नशे के तौर पर, पावर के नशे के तौर पर। नशा जो शुरू तो होता है आई.ए.एस. बनने के सपने से और खत्म होता है किसी भी छोटी-मोटी सरकारी नौकरी पाने पर प्रसाद चढ़ाने से। सिविल्स की तैयारी वाले क्षेत्र में कुंठा और सपनों के बीच मानो ज़ंग चलती है, जिसमें ज़्यादा के हाथ कुंठा आती है। जैसे यह कोचिंग जिनकी है वो भी कुंठा की तस्वीर ही हैं। मेन्स क्वालीफाई करने के बाद आदमी ज़िन्दगी भर ख़ुद को आधा आई.ए.एस. तो समझने ही लगता है हालाँकि दुनिया उसे कुछ नहीं समझती और यही हक़ीक़त, तैयारी के किस्से, क्वालिफाई करने के किस्से, इंटरव्यू के किस्से बनकर ज़िन्दगी में ज़िन्दगी भर के लिए शामिल हो जाते हैं।

'तुम ठीक हो?' अनुभव ने कोचिंग खत्म होने के बाद निकलते हुए तृप्ति से पूछा तो तृप्ति चौंक गई। जैसे उसकी भरी-भरी आँखों की चोरी पकड़ी गई हो।

'हाँ, क्यों?' बिना देखे जवाब देते हुए तृप्ति के कदमों की रफ़्तार बढ़ गई। 'तुम मुझसे बात क्यों नहीं करती। मैं तुम्हें समझ सकता हूँ, इसका तुम्हें यक़ीन क्यों नहीं। तुम्हारा दुख, तुम्हारी लड़ाई और तुम्हारा जीवन...सब।' अनुभव का सब्र अब चुकने लगा था। उसने पूरे वक़्त देखा कि तृप्ति की आँखों में एक नमी थी। उसे ग़ुस्सा आ रहा था कि वो उससे कुछ शेयर क्यों नहीं करती।

'क्योंकि तुम नहीं समझ सकते।' तृप्ति ने भरसक ग़ुस्से को रोकते हुए कहा था लेकिन उसकी आवाज़ में तल्खी आ ही गई थी। बाक़ी छात्र जो आसपास से गुजर रहे थे, अचानक इन दोनों को देखने लगे।

'ऐसा मत कहो।'

'समझने की योग्यता, जीने की योग्यता से आती है अनुभव मिश्रा जी।' तृप्ति का तल्ख रवैया और व्यंग्यात्मक लहजा एकदम नया था अनुभव के लिए।

'मतलब?'

'मतलब कुछ नहीं। घर जाइए, मम्मी आपकी पसन्द का खाना बनाकर इन्तज़ार कर रही होंगी और मेरा मेरे घरवाले इन्तज़ार कर रहे होंगे कि पहुँचूँ तो खाना बनाऊँ।'

'तो अगर मैं पुरुष हूँ तो यह क्या मेरी गलती है?' अनुभव को समझ में नहीं आ रहा था कि तृप्ति का ग़ुस्सा किस बात पर है, किस पर है और उस पर यूँ क्यों निकल रहा है।

'नहीं तुम्हारी गलती नहीं है अनुभव, मेरी गलती है मैं स्त्री पैदा हुई, स्त्री ही बनाई गई, अनुसूचित जाति में पैदा हुई और वही बनी रहूँ, इसी दलदल में धँसी रहूँ, इसके लिए अभिशप्त हुई। तुम्हारी या किसी की कोई गलती नहीं। लेकिन तुम्हें पता है मेरी एक गलती और भी है जो इन सब गलतियों से भी बड़ी है। बहुत बड़ी। वो यह कि मैंने नीची जाति में पैदा होकर भी, स्त्री होकर पैदा होकर भी, सपने देखना नहीं छोड़ा। गलत कहा था पाश ने कि 'सबसे बुरा होता है सपनों का मर जाना।' असल में सपनों को मार दो तो जीना आसान होता चला जाता है। 'न मुँह में रखिए जबान, न दिल में कोई अरमान, बस जीना आसान।' तृप्ति के भीतर का तमाम जिया हुआ कसैलापन मुँह उठाए सामने आ खड़ा था। बिफर पड़ी थी वह।

'मैं कोशिश करता हूँ न समझने की। तुम मुझे मौका तो दो। ऐसे नफरत करोगी तो कैसे होगा।' अनुभव को कुछ समझ में नहीं आ रहा था कि क्या कहे।

'नफरत और मैं? हम लोग नफरत सहने के लिए होते हैं अनुभव, करने के लिए नहीं। हमने सदियों से नफरत ही तो सही है। हम हाड़-मांस से नहीं

नफरत से बने हैं। हमें कोई सहन नहीं करता। बराबरी के सपने देखते हुए तो बिलकुल नहीं।'

'लेकिन तुम जानती हो कि मैं ऐसा नहीं हूँ।' अनुभव एकदम सरेंडर मोड में था।

'कैसे नहीं हो तुम अनुभव? क्या तुम मुझे अपने घर ले जा सकते हो मेरी पहचान के साथ। क्या वादा कर सकते हो कि अलग कप में मेरे लिए चाय नहीं आएगी या मेरे रसोई में जाने पर ग़ुस्सा नहीं हो जाएँगी तुम्हारी मम्मी।'

'नहीं मेरे घर में चाय के कप अलग नहीं हैं।' अनुभव ने थोड़ा ठसक से कहा। हालाँकि उसे ध्यान आया कि मम्मी ख़ुद स्टील के गिलास में ही चाय पीती हैं। और मुसलमानों और अछूतों के लिए ज़्यादा अच्छे वाले कप लाकर रख दिए हैं ताकि बुरा न लगे।

'अच्छा?' जैसे यह कितना नाकाफी है इस पर सवालिया निशान लगाते हुए तृप्ति ने कहा और उसकी रुलाई छूट ही गई। बात करते-करते दोनों गंगा किनारे निकल आए थे।

'तुम्हें पता है, जब कोई कहता है कि अब कहाँ होता है भेदभाव, अब तो सब ठीक हो चुका है, पहले होता होगा तो ग़ुस्सा ज़्यादा आता है या रुलाई ज़्यादा आती है बता नहीं सकती। जो सहता है उससे पूछो न यार कि कम हुआ है या नहीं, आप लोग ख़ुद ही सारे जजमेंट क्यों दे रहे हो?' तृप्ति ने अपनी रुलाई को आवाज़ की मजबूती में ढाँपने की कोशिश की लेकिन वह सफल नहीं हुई।

'आई एम सॉरी, मैं तुमसे बेवजह ही उलझ रही हूँ।' तृप्ति अब थकने लगी थी

'नहीं, सॉरी मत बोलो। कम-से-कम उलझी तो तुम मुझसे। लेकिन यार मैं सवर्ण हूँ और पुरुष हूँ, इसकी इतनी बड़ी सजा तो मत दो मुझे कि मुझसे बात ही न करो।'

'सजा का मतलब समझते हो अनुभव। सजा यह है जो मैं जी रही हूँ। तुमसे बात करते हुए भी डर लगता है कि कब अपनी हैसियत में रहने को कह दिया जाए पता नहीं। डर लगता है दोस्त बनाते हुए, सपने देखते हुए,

डर लगता है गलत के ख़िलाफ़ डटकर खड़े होते हुए। उस दिन मेरे भाई को कितना मारा उन लोगों ने चाहकर भी क्या कर पाए हम।'

'अरे क्या हुआ अंशुल को, कब किसने मारा।' अनुभव चौंका। उसे कुछ पता नहीं था उस बारे में।

'उन्होंने ही जिन्होंने पायल तड़वी को मारा। मेरा भाई मरा नहीं, कुछ टाँके लगवाकर पड़ा रहा, पायल मर गई। किसी दिन मैं भी मर जाऊँगी। सुसाइड और हत्या में कहाँ फर्क रह गया है।' तृप्ति की पीड़ा सँभाले न सँभल रही थी।

'ओह पायल...हाँ ख़बर पढ़ी थी मैंने।' अनुभव ने ध्यान करते हुए कहा और वो समझ भी गया कि तृप्ति क्यों इतना उखड़ी हुई है।

'तुम्हारे लिए वो सिर्फ़ एक ख़बर है न अनुभव, मुझसे पूछो मुझे वो मेरा भविष्य लगता है। तुम सोच सकते हो कि कक्षा में सबसे ज़्यादा नम्बर आने के मेरे गुनाह के लिए मेरे पापा को माफी माँगनी पड़ी थी, तो क्या पता कि अगर सिलेक्ट हो भी गई तो कितने दिन जीने देंगे लोग।'

'क्या फर्स्ट आने पर माफी?' अनुभव को यक़ीन नहीं हो रहा था।

'हाँ और यह ख़बर नहीं है, सच है मेरा। ऐसे और न जाने कितने सच हमारे छोटे से घर की छत के नीचे रहते हैं, जिसमें एक सच मेरे पापा रोज़ जीते हैं दिन भर अपने दफ्तर में। देखो, बुरा मत मानो अनुभव लेकिन सच में हमारे जिए को हम ही समझ सकते हैं। तुम्हारे लिए जो टेक्स्ट है, सूचना है, साहित्य है, ख़बर है हमारे लिए वो जीवन है।'

'याद है 'वेटिंग फॉर वीजा' मैंने तुम्हें दी थी पढ़ने को। तुमने पढ़ी भी। लेकिन उसके हर पन्ने को कई-कई बार पढ़ा है मैंने। हर बार, हर पन्ने के सामने रोई हूँ। बड़े आराम से लोग कह देते हैं 'पहले था भेदभाव, अब कहाँ है? अब तो सब ठीक है।' जब तक दिमाग में ठीक नहीं है, तब तक कैसे ठीक हो सकता है कुछ। कोई कानून, कोई प्राविधान, व्यवस्था दिल में दर्द पैदा क्यों नहीं करती, क्यों इनसान को इनसान की तरह देखने की कोई नसीहत नहीं कहीं। स्त्री होना कम बड़ा अपराध था कि दलित स्त्री बना दिया हमें और उसमें से मैं एक सपने देखनेवाली स्त्री। मेरा कत्ल तो तय है, आज नहीं तो कल।'

हमेशा लगभग चुप रहनेवाली तृप्ति के भीतर का नासूर मानो आज बह निकला था और सच में अनुभव बहुत बौना महसूस कर रहा था ख़ुद को। यह कहना कि मैं समझता हूँ काफी नहीं होता।

'तुम्हें घर छोड़ दूँ?' घड़ी देखती तृप्ति से अनुभव ने पूछ ही लिया। तृप्ति आज स्कूटी नहीं लाई थी।

'ठीक है।' तृप्ति ने कहा तो अनुभव ने ठंडी साँस ली।

'ज़ाकर नहाना तो नहीं पड़ेगा तुम्हें मुझे छोड़ने की वजह से?' तृप्ति ने दिन का आख़िरी व्यंग्य-बाण अनुभव पर चला ही दिया।

'वैसे मैं तुम्हें छोड़ने के मूड में हूँ भी नहीं।' अनुभव मुस्कराया।

देर से छाए काले घने बादलों को ठंडी पुरवाई उड़ाए लिए जा रही थी।

•

तिरे इश्क़ की इन्तिहा चाहता हूँ
मिरी सादगी देख क्या चाहता हूँ।

(अल्लामा इक़बाल)

तंग आ चुके हैं कशमकश-ए-ज़िन्दगी से हम

रातरानी की ख़ुशबू में नेह के रंग घुलने लगे थे। रात में सफ़ेद फूलों से लदी लहकती डाल दूर-दूर तक अपने खिलने की सूचना भेजती थी। अनुभव इन दिनों इस ख़ुशबू को ज़्यादा ही महसूस करने लगा था। उसका बड़ा मन करता कि एक रोज़ तृप्ति को अपने कमरे में लाए और खिड़की के ठीक सामनेवाली स्टडी टेबल पर उसे बिठाए, उसकी दोस्ती रातरानी की ख़ुशबू से कराए। तृप्ति और रातरानी को बतियाते हुए देखे। वो ख़ुद उसके लिए चाय बनाए। लेकिन ख़्वाबों का ऐसा है कि वो जब तक आँखों में रहते हैं तब तक ही सुरक्षित होते हैं।

हक़ीक़त तो यह है कि मम्मी जितना छूत पाक का ड्रामा करती हैं, उनके रहते अनुभव तृप्ति को घर लाने के बारे में सोच भी नहीं सकता। लेकिन उसका मन तो होता कि आरल से भी तृप्ति की दोस्ती ज़रूर कराए। लाल पंख वाली चिड़िया आजकल खिड़की के आसपास ही मँडराती रहती है। रातरानी के फूलों के पास ही नज़र आती है वो। कभी उसके दोस्त-रिश्तेदार भी आते हैं वहाँ और कुछ देर ठहरकर वो उड़ जाते हैं लेकिन वो थोड़ी देर बाद वापस आ जाती। जैसे उसे पता हो कि अनुभव उसका इन्तज़ार कर रहा होगा। अनुभव को इन्तज़ार था तृप्ति को उस चिड़िया से मिलवाने का। एक रोज़ अनुभव ने उस चिड़िया की ख़ूब सारी तस्वीरें उतारीं और तृप्ति से होनेवाली मुलाक़ात का इन्तज़ार करने लगा।

उधर कनिका और तृप्ति गंगा किनारे टहलते हुए ज़िन्दगी की पाठशाला के कुछ चैप्टर्स रिवाईज कर रही थीं। 'जितना ज़िन्दगी सिखाती है न उतना किसी कॉलेज या यूनिवर्सिटी में सिखाया जाना मुमकिन ही नहीं।

इसलिए सबसे बड़ा विद्यार्थी वही है, जिसके सीने में जितने ज़ख़्म हैं, जिसके घुटने जितने छिले हैं, शायद इसीलिए मैं तेरी तकलीफ समझ पाती हूँ।' कनिका ने यूँ ही बेसाख्ता तृप्ति से कहा। तृप्ति अचानक इस तरह की बात का आशय समझ पाती, इसके पहले ही कनिका ने स्पष्ट किया 'तेरी' से मेरा आशय है हर उस इनसान से जिसने जीवन में सहा है। वो कविता है न केदारनाथ अग्रवाल की...'जो जीवन की धूल चाटकर बड़ा हुआ है...'

इस तरह उन दोनों सहेलियों के साथ केदारनाथ अग्रवाल भी टहलने लगे थे गंगा तीरे धीरे-धीरे। तृप्ति उनका नाम सुन ऐसे ख़ुश हुई जैसे अपने प्रेमी का नाम सुन लिया हो। 'तुझे भी केदार जी पसन्द हैं?' तृप्ति ने चहककर पूछा। 'बहुत' कनिका ने बहुत कहते हुए अपनी जीभ को कुछ यूँ गोल घुमाया कि तृप्ति हँस पड़ी। फिर उन दोनों ने केदार जी की कविता को गुनगुनाया—

जो जीवन की धूल चाट कर बड़ा हुआ है
तूफ़ानों से लड़ा और फिर खड़ा हुआ है
जिसने सोने को खोदा लोहा मोड़ा है
जो रवि के रथ का घोड़ा है
वह जन मारे नहीं मरेगा
नहीं मरेगा
जो जीवन की आग जला कर आग बना है
फौलादी पंजे फैलाए नाग बना है
जिसने शोषण को तोड़ा शासन मोड़ा है
जो युग के रथ का घोड़ा है
वह जन मारे नहीं मरेगा
नहीं मरेगा...

कविता ने बहती नदी की तरह दोनों सहेलियों को किनारों की तरह थाम लिया था। तृप्ति ने सुबह में एक अलग-सी ताजगी महसूस की।

'तुम जब नई-नई आई थीं न, तब तुम्हें देखकर बिलकुल नहीं लगता था कि तुम ऐसी निकलोगी।' तृप्ति ने बड़ी-सी ख़ुशी को सीमित मुस्कराहट में सहेजते हुए कनिका से कहा।

'अच्छा? कैसी निकली मैं।' कनिका ने आँखें तृप्ति के चेहरे पर टिका दीं।

'अच्छी।' तृप्ति ने शरद की शुरुआती धूप सी कुनकुनाहट अपनी आवाज़ में पिरोकर प्यार से कहा। तृप्ति थी तो कनिका के साथ लेकिन इन दिनों रातरानी की ख़ुशबू, जिसमें अनुभव का होना भी शामिल है, उसके साथ काफी रहने लगी है। उसका जी किया कि उस ख़ुशबू के बारे में कनिका बताए लेकिन उसे अनुभव का कहा याद आ गया, 'यह जादू है, इसके बारे में किसी को बताओगी तो यह ख़ुशबू गुम हो जाएगी। उस ख़ुशबू का होना तृप्ति को अच्छा लगता था, इसलिए वो उसे खोने के बारे में सोच भी नहीं सकती थी।

कनिका को तृप्ति का 'अच्छी' सुनना इतना अच्छा लगा कि और तारीफ़ सुनने के लिए मानो वो व्याकुल हो उठी।

उसने कहा। 'तो पहले कैसी लगती थी?'

'पहले तो घमंडी, नकचढ़ी लगती थी।' तृप्ति ने बेबाक़ी से कहा।

'लेकिन ऐसा क्या किया था मैंने कि तुम्हें ऐसा लगा' अब कनिका की जिज्ञासा बढ़ गई थी।

'किया तो कुछ भी नहीं ऐसा।' तृप्ति ने सोचते हुए कहा। 'शायद मेरे ही कुछ पूर्वाग्रह रहे होंगे।'

'कैसे पूर्वाग्रह?' कनिका की दिलचस्पी बढ़ने लगी थी इस संवाद में।

'यही कि इत्ती सुन्दर, गोरी, लम्बी और ऊँचे घराने की लड़की, भला घमंडी क्यों न होगी। शायद मैंने अब तक यही देखा सुना होगा। पता नहीं।' तृप्ति अपनी ही बात में उलझ गई थी।

'हम्म्म्म...।' कनिका ने कहा और अलसाई पड़ी गंगा की सोई पड़ी लहर पर नज़र टिका दी।

'तुम्हें मेरी बात का बुरा लगा?' तृप्ति उसके 'ह्म्म्म' से थोड़ा डर गई।

'अगर लगा भी तो क्या। इतना कांशस क्यों हो रही हो?'

'पता नहीं' तृप्ति को ख़ुद समझ में नहीं आया कि वो कांशस क्यों हो रही है।

'तुम्हें आज अपने बारे में कुछ बताऊँ?' कनिका ने तृप्ति की हथेलियों को अपनी हथेलियों में थामते हुए कहा तो तृप्ति को उस रोज़ थामी गई अनुभव की हथेलियों की याद आ गई।

'अरे, इसमें पूछनेवाली क्या बात है? चलो वहाँ बैठते हैं।' भीड़ से अलग-थलग पड़े कोने की ओर इशारा करते हुए तृप्ति ने कहा।

'लेकिन पहले मुझे भूख लगी है उसका कुछ करते हैं।' कनिका ने बच्चों सा मुँह बनाकर कहा तो तृप्ति को हँसी आ गई।

'मेरे पास टिफिन में पोहा है।' उत्साह के साथ शुरू हुआ छोटा-सा 6 शब्दों का वाक्य अपने अन्तिम शब्द है तक आते-आते मुरझा गया। वो सहमकर चुप गई, जैसी कोई गलती हो गई हो।

'अरे, तो बस मस्त पोहा खाएँगे, चाय पिएँगे और तुमको अपनी राम कहानी सुनाएँगे और गंगा मैया को भी सुनाएँगे।' कनिका ने तृप्ति की हिचक को समझते हुए और तोड़ते हुए कहा।

तृप्ति का चेहरा भावविहीन हो चला था।

घाट के एकदम आख़िरी कोने पर चप्पलें उतारकर किनारे रखते हुए तृप्ति और कनिका ने आसन जमा लिया। रास्ते में मिले चाय वाले भैया को चाय पहुँचाने को दोनों बोल आई थीं।

दोनों घाट के जिस ठीहे पर बैठी थीं, सूरज की लकीरें सामने की पहाड़ियों से टकराकर बिखरते हुए नदी में पड़ रही थीं। उनींदी नदी मानो जागने को तैयार ही न थी। वो अपनी नींद में बहती जा रही थी, मद्धम-मद्धम।

'यार, सुबह नदी का रूप अलग ही होता है न?' तृप्ति किरणों की रोशनी की सुनहरी साड़ी में सजी गंगा नदी को देखते हुए मुग्ध थी। जैसे किसी स्त्री का सुनहरा आँचल लहरा रहा हो सामने। सूरज की किरणों, रोशनी और लहरों की गति मिलकर अप्रतिम दृश्य रच रहे थे। यूँ इसी नदी के किनारे पली-बढ़ी तृप्ति ने इसके हर रूप को, हर मिज़ाज़ को ख़ूब देखा है। नदी ने

भी देखा है तृप्ति को बच्ची से बड़े होते हुए, शिकायत करनेवाली बात-बात पर रो पड़नेवाली बच्ची से चुप में सिमट गई युवती बनते। अब कनिका देख रही थी उन दोनों को।

'तो शुरू की जाए अपनी राम कहानी।' कनिका ने कहा तो तृप्ति ने नदी पर से उठाकर अपनी आँखें कनिका के चेहरे पर रख दीं। उस चेहरे पर उसकी आँखों में उसे एक दूसरी ही नदी दिखाई दी। जाने क्या था उन आँखों में कि तृप्ति की आँखें भी भर आईं। एक नदी सामने थी और दो नदियाँ उसके किनारे पर। सबके भीतर कोई दर्द पिघल रहा था और आज त्रिवेणी घाट पर संगम होने को था।

'एक बार की बात है...' कहते हुए कनिका ने पोहे की पहली चम्मच मुँह में डाली और तृप्ति को घूरकर देखने लगी।

'यार ये एकदम गलत बात है' कनिका ने पोहा मुँह में डालते ही कहा।

'क्या हुआ?' तृप्ति ने अचकचा कर पूछा। 'नमक नहीं है क्या? जल्दी-जल्दी में बनाया सुबह, शायद भूल गई।'

'अरे, नहीं यार...इत्ता स्वादिष्ट पोहा अरसे बाद खाया। अब तुमने मुझे भ्रमित कर दिया। पोहे के स्वाद के साथ मेरी कहानी न हो पाएगी भाई। पहले अपन पोहा उड़ाएँगे, फिर होगी कोई और बात।'

तृप्ति ने राहत वाली हँसी हँसते हुए कहा, 'तुमने तो डरा ही दिया था यार।'

तृप्ति को याद नहीं कि उसने कब आख़िरी बार किसी के साथ अपना टिफिन शेयर किया था। असल में हमेशा एक दूरी में ही उसने ख़ुद को सुरक्षित महसूस किया है। न जाने कब, कौन, किस बात पर अपमान कर दे, इसलिए दूर ही रहना बेहतर। कनिका ने ख़ुद इसरार न किया होता तो आज भी शायद वह पोहा वापस ही चला जाता।

कनिका जिस तरह तृप्त होकर पोहा खा रही थी, तृप्ति को ख़ूब सुख हो रहा था।

'यार, तेरा नाम तृप्ति सही रखा तेरी अम्मा ने। तेरी ख़ुद की तृप्ति का तो पता नहीं लेकिन तू सबको ख़ूब तृप्त करेगी ये पक्का है। लड़की सर्वगुण

सम्पन्न है...' नाटकीय अन्दाज़ में कहते हुए कनिका ने गंगा जी की तरफ़ देखते हुए पूछने और आदेश दोनों ही अन्दाज़ में कहा, 'इसके लिए एक सुयोग्य वर की तलाश शुरू की जाए।'

दोनों ठठाकर हँस दीं। दोनों नहीं तीनों। गंगा भी अब सहेली जो हो चुकी थी। तीन नदियाँ, तीन सखियाँ।

'शर्म नहीं आती एक काली कलूटी छोटे कद की लड़की को सर्वगुण सम्पन्न कहते?" तृप्ति ने अपना कॉम्प्लेक्स धकेल ही दिया बाहर।

'यार गोरा, काला, लम्बा, छोटा होना तो गुण होता नहीं, वह तो क्रोमोसोम्स की भिड़न्त है, कब-कहाँ-किसकी-कैसे हुई। गुण तो यह है स्वादिष्ट पोहा, फर्स्ट टाइम क्वालीफायर होना वगैरह वगैरह। और तारीफ़ सुननी है तो भाई फीस लगेगी। एक दिन के लिए इतना काफी है।' कनिका का मूड उसकी कहानी के एकदम विपरीत था। वो ख़ूब हँसे ले रही थी यह सोचकर कि एक ख़ूबसूरत सुबह में उदासी घोलने का पाप न लगे।

तृप्ति नदी में पड़ती सूरज की किरनों को देख रही थी। ऐसा लग रहा था जैसे किरनें बही जा रही हैं नदी के संग। क्या ये किरणें वहाँ पहुँचेंगी, जहाँ अँधेरा होगा? उसके मन में जाने क्यों उदास सवाल जन्मा। कुछ अँधेरों तक कभी कोई किरन नहीं पहुँचती। उदास नमी उसकी मुस्कराहट में छिपने का प्रयास करने लगी।

'तुम्हें मेरे बारे में क्या लगता है तृप्ति? कैसी हूँ मैं?' कनिका का स्वर गम्भीर था और सवाल स्पष्ट।

'अरे यह कैसा सवाल है?' तृप्ति सवाल के लिए तैयार नहीं थी।

'बताओ न...' कनिका ने इसरार किया तो तृप्ति ने कहा, 'अच्छी हो प्यारी। ख़ूबसूरत, दिलफरेब। बिन्दास। बोल्ड भी हो, डरती नहीं किसी से।' तृप्ति को वह किस्सा याद आ गया, जब कनिका ने कोचिंग के डायरेक्टर को इसलिए हड़काया था कि वो अन्दर खाली बैठा था और बाहर बैठे लोगों को फालतू में इन्तज़ार करा रहा था और वो लिव-इन में भी तो रह रही है। इसके लिए भी हिम्मत चाहिए ही। इतने प्रमाण पर्याप्त होते हैं किसी के बारे में राय बनाने के लिए शायद।

'लेकिन आज मैं जिस कनिका की कहानी तुम्हें सुनाऊँगी वो अलग है। इस कहानी को सुनाने की वजह भी बताऊँगी। लेकिन पहले कहानी।'

'कहानी शुरू होती है उस बेवकूफ लड़की के इश्क़ से जो उसे स्कूल के जमाने में हुआ। इंटर में थी मैं। बगल वाले कॉलेज का लड़का पसन्द आ गया। घर के हालात ऐसे थे कि मालूम था जिस दिन पता चला कूटी जाऊँगी। ऊँचे खानदान की नाक इनसान की जान से भी बहुत ऊँची होती है। हालाँकि स्कूल के जमाने के इश्क़ को शादी के ख़्वाब में बदलने की गलती मेरी थी लेकिन घर में आपको समझा और सुना नहीं जाएगा यह डर बहुत सी ऐसी गलतियाँ करा देता है जो शायद वैसे हमने न की होतीं। ठाकुर साब यानी मेरे पिता बृजमोहन सिंह की नाक बहुत ऊँची थी। इतनी ऊँची कि उन्होंने नाक को ही सब कुछ समझा। माँ को मैंने बोलते नहीं सिर्फ़ मिमियाते हुए ही सुना, देखा। जब मैं बड़ी होने लगी, उन्हें लगा कोई मिला जिस पर वो भी रौब गाँठ सकती हैं क्योंकि भैया पर तो उनकी कभी चली नहीं। तुम सोच भी नहीं सकती तृप्ति! मैंने अपनी माँ को कितनी बार पिटते हुए देखा है। अगले दिन माँ हमसे अपने पिटाई के निशान छुपाने के चक्कर में उलटे हम पर ही चिल्लाने लगतीं। तब समझ में नहीं आता था लेकिन अब समझ पाती हूँ कि दो दर्दयाफ्ता लोगों को भी एक-दूसरे का दर्द महसूस कर पाने की सहूलियत नहीं देता यह समाज। मेरा मन करता कि मैं माँ के गले लग जाऊँ लेकिन माँ मुझ पर ही पिल पड़तीं।'

अच्छा कहानी मैं जरा फास्ट फ़ॉरवर्ड में सुनाऊँगी ठीक है?' कनिका ने तृप्ति के चेहरे की तरफ़ देखे बिना ही कहा। 'पढ़ने में मैं भैया से तेज थी या भैया की लापरवाही के कारण ऐसा होता था, पता नहीं लेकिन यह बात हर कक्षा में साबित होती गई कि मैं भैया से तेज हूँ। इस बात से कोई खुश नहीं हुआ, बल्कि मेरी पढ़ाई बन्द करने की योजनाएँ बनने लगीं। अगर लड़की निकल गई और लड़का लटक गया तो समाज क्या कहेगा। यूँ भी समाज कहने ही लगा था कि बिटिया घर के सारे काम करके सरकारी स्कूल में

पढ़कर भी फर्स्ट डिविजन पास हो रही है और घर के लाड़ले अवधेश प्रताप सिंह उर्फ़ अप्पू प्राइवेट स्कूल, ट्यूशन, दूध-मलाई-सेब-बादाम के तमाम टेंटरम के बावजूद बमुश्किल ही पास होते। इस सबका नतीजा यह हुआ कि मैं अपने ही घर में सबको खटकने लगी। मुझे कभी-कभी इतना गुस्सा आता कि मन करता मर जाऊँ।

तृप्ति ने कंकड़ पानी में फेंकते हुए नदी की निस्तब्ध्धता को भंग करते हुए कहा, 'मुझे लगता है हर कोई अपने किशोर दिनों में एक न एक बार मरने की या घर से भाग जाने की ज़रूर सोचता है।'

'हाँ, शायद इसीलिए कहते होंगे कि 'टीनएजर्स आर डिफिकल्ट टू हैंडल।' असल में आता आपको नहीं कि कैसे सहेजें और दोष देते हैं बच्चों को।'

'तो ऐसे ही माँ को पिटते देखते-देखते ख़ुद पिटने की आदत डाल ली। लेकिन एक बात थी, जिसने मुझे बचा लिया वो कि मुझे पढ़ना बहुत अच्छा लगता था, तो ग्रेजुएशन भी हो गया सहारनपुर के ही कॉलेज से। इस बीच भैया ने देख लिया मुझे मेरे ब्वायफ्रेंड के साथ। घर में जो होना था, उससे ज़्यादा ही हुआ। ऐसे मौकों पर चाचा, ताऊ, मामा सब जाने किस-किस बिल में से निकलकर सामने आ जाते हैं, यह बताने कि कितनी लम्बी नाक थी खानदान की जो कट गई। मम्मी को कुछ समझ में न आए तो रोती जाएँ और मुझे कूटती जाएँ। मेरे मन में आया कि अभी इसी वक़्त फाँसी लगा लूँ और सुसाइड नोट में सबका नाम लिख दूँ। लेकिन जाने क्यों मम्मी पर दया आ गई। अब हँसी आती है, यह सब सोचकर। कैसे बात-बात पर मरने के ख़याल आया करते थे। वैसे मैं मरनेवाली थी भी नहीं। बस डरानेवाली थी लेकिन आइडिया चेंज कर दिया।'

'दीदी चाय?'

चाय और केतली लेकर घूमते लड़के ने पूछा तो कनिका को एकदम से इच्छा जागी एक और चाय पीने की। 'हाँ भाई बड़े सही टाइम आया तू। ये दीदी न कबसे मेरी जान खा रही हैं। अच्छा हुआ तूने बचा लिया।' कनिका ने तृप्ति की ओर देखा फिर लड़के की ओर और हँस दी।

ये बच्चे भी अपना काम करते-करते इतने परफेक्ट हो जाते हैं कि इन्हें सब समझ में आने लगता है—कौन बात कैसे कही जा रही है। वो भी मुस्कराकर बोला 'तो दीदी आप दो चाय पियो। मैं फिर आ जाऊँगा थोड़ी देर में।' लड़का मुस्कराकर चाय उड़ेलने लगा।

कनिका उसके टैलेंट पर मुग्ध थी, हालाँकि चाय में कोई स्वाद नहीं था।

तृप्ति अपनी ही ज़िन्दगी को कहानी की तरह बताती कनिका के चेहरे पर नज़र टिकाए हुए थी। 'ऐसे क्या देख रही हो। फुल ड्रामा है मेरी कहानी में सुनती जाओ।' कनिका पूरे मूड में थी। जैसे तृप्ति के बहाने वो ख़ुद से ही सब कहकर नदी में विसर्जित कर देना चाहती हो, किसी बोझ से मुक्ति चाहती हो।

'तो मार-पिटाई की उस घटना के बाद आनन-फानन में तथाकथित सुयोग्य वर की तलाश शुरू हुई। मुश्किल एक यह भी थी कि मेरी लम्बाई सामान्य से ज़्यादा थी। माने भैया और हम खड़े हों तो भैया छोटे और मैं बड़ी लगूँ। मैं चली गई पापा पर और भैया शायद मम्मी पर। क्रोमोसोम का खेल... हा हा हा। साले क्रोमोसोम। भैया के पास मुझसे चिढ़ने के हजार कारण थे और अब सबसे बड़ा कारण था सामने। लड़के की खोज में वो सारे बदले लेना चाहते थे। लेकिन इसके पहले ये लोग बदला लेने की योजना पूरी कर पाते मैं भाग गई।'

'मतलब?', तृप्ति को लगा कोई फिल्म देख रही है।

'मतलब मैं भाग गई अपने उस आशिक के साथ, जिसे मैं शेर समझती थी, जो असल में गीदड़ निकला। हा हा हा...' कनिका गीदड़ आशिक कहकर हँसे ही जा रही थी। वो किस बात पर इतना हँस रही थी, यह तो शायद वो भी नहीं जानती थी। लेकिन उसकी हँसी में एक पीड़ा का सुर भी था, जो एकदम सधा हुआ था, जरा भी बिखर नहीं रहा था।

तृप्ति सचमुच हैरत में थी।

'वो माना कहाँ उसे तो मैंने ऑलमोस्ट किडनैप किया। तो बेचारा मिमियाता रहा। लेकिन मना नहीं कर पाया। हम चुपचाप बनारस में जाकर रहने लगे। सोचा, दोनों बालिग हैं मन्दिर में शादी करके कोर्ट में भी रजिस्टर करा लेंगे। मेरा पूरा इरादा था, पढ़ाई पूरी करने का। शादी मेरे लिए सिर्फ़

अनचाही शादी और घरवालों से बचने का जरिया थी। मुझे उसमें ज़्यादा इंटरेस्ट नहीं था, हालाँकि यह बात अब समझ में आती है तब तो कुछ समझ में नहीं आया था। कभी-कभी लगता है फिल्मों का भी ख़ूब असर रहा मेरी ज़िन्दगी में। फिल्मची तो थी ही मैं। शायद मुझे लगा होगा कि यूँ घर से भागने का रोमांच कहीं छूट न जाए। या पता नहीं। लेकिन किशोर बाबू यानि मेरे तथाकथित ब्वायफ्रेंड रोज़ मिमियाते और वापस जाने को तैयार रहते। उधर पापा और भैया मुझे ढूँढ़ने में लगे थे। असल में उन्हें बेटी नहीं अपनी नाक ढूँढ़नी थी, जिसे या तो वो अपनी मर्जी से ब्याह कर चिपका सकते थे या मारकर और ऊँची कर सकते थे। उन्हीं दिनों आई फिल्म 'सैराट' देख मैं सच में डर गई। मैंने जिस दिन फिल्म देखी उसी दिन किशोर का वापसी का टिकट करा दिया। लड़का भला था लेकिन हिम्मत नहीं थी उसमें। प्रेम के लिए हिम्मत बहुत चाहिए। हालाँकि बाद में मुझे भी महसूस हुआ कि प्रेम तो मुझे भी नहीं था उससे, सनक थी बस और सनक में किसी का जीवन जोखिम में नहीं डालना चाहिए। किशोर गया तो मेरा पूरा ध्यान पढ़ाई पर और ख़ुद को अपने परिवार से छुपाने पर लग गया। इसी बीच प्रिलिम दिया और क्वालीफाई हो गया। यही गड़बड़ हो गई। जो घरवाले किशोर की वापसी और उसकी बताई कहानी को सच मान चुके थे कि मैं गंगा में डूबकर मर गई। रिजल्ट की ख़बर ने उन्हें मेरे मरने की ख़बर को जीने की ख़बर बनाकर ग़ुस्सा भड़का दिया था।'

'ढूँढ़ते हुए पहुँच गए और वापसी फिर उसी दड़बे में। मेरा मुँह बन्द न हो, उनके हाथ बन्द न हों। यक़ीन ही नहीं आ रहा था ये मेरे पापा और भाई हैं। मम्मी हमेशा की तरह चुप और रोती हुई मेरे कर्मों की गाली खाती रहीं। मेरे सारे दोष पापा ने हमेशा से मम्मी के दोष ही माने, शायद इसीलिए मम्मी मुझसे कभी प्यार कर ही नहीं पाई। भैया कम-से-कम लड़का तो था, जिसके चलते उन्हें थोड़ा मान मिला हुआ था। भैया उनकी पोजीशन को थोड़ा ठीक किए हुए था।

तीन महीने घर कैद के बाद दोस्तों ने मुझे निकाला वहाँ से। उन दोस्तों में सुधांशु भी था। सुधांशु ने अपने पापा की पोजीशन का इस्तेमाल घरवालों

को डराने में किया गया। सुधांशु के पापा आईपीएस हैं। उसने अपने पापा की मदद से मेरे घरवालों पर दबाव बनाया कि लड़की बालिग है, अगर उसके साथ कुछ भी किया तो केस बनाकर सबको अन्दर कर देंगे। यह पुलिसिया धमकी थी। अब वो मुझे मार तो नहीं सकते थे लेकिन घर में मेरा दम घुटने लगा था। एक दिन मैंने सुधांशु से कहा मुझे यहाँ से ले चलो। क़िस्मत अच्छी थी, सुधांशु ज़्यादा सवाल नहीं करता है। उसी रात मुझे लेने आ गया। फिल्मी स्टाइल एक चिट्ठी लिखी कि 'पढ़ने जा रही हूँ, पढ़ाई पूरी करके लौट आऊँगी।' चिट्ठी घर पर छोड़ी और चुपके से निकल गई। कुछ दिन सुधांशु की दीदी के घर रही दिल्ली में, फिर अंकल ने एडमिशन और हॉस्टल का इन्तज़ाम कर दिया। पैसों के इन्तज़ाम के लिए मैंने पार्ट टाइम नौकरी कर ली। रिसेप्शनिस्ट की। ख़ूबसूरती यहीं काम आ गई। हालाँकि ज़्यादा दिन लिपिस्टिक लगाकर मुस्कराना नहीं पड़ा। अंकल ने स्कॉलरशिप अरेंज करा दी। अब बस मुझे सिर्फ़ पढ़ना था। मुझे सुधांशु का परिवार बहुत सम्बल देता था। अंकल ने हमेशा कहा, 'पढ़नेवाली लड़कियों को रुकना नहीं चाहिए। कभी कोई दिक़्क़त हो सीधे मुझे बोलना।' तो यह थी मेरी राम कहानी।'

'अंकल यहाँ भी आते हैं न तुमसे मिलने?'

'हाँ, आते हैं। सुधांशु कहता तो है, मुझसे मिलने नहीं वो तुमसे मिलने ही आते हैं।'

'यह तो कितनी प्यारी बात है न?'

'हाँ, है तो'

'तो तू यहाँ कैसे पहुँची, ऋषिकेश?'

'अरे वो यूनिवर्सिटी की पढ़ाई पूरी होने के बाद मेरे पास दो ऑप्शन थे या तो मैं पी-एच.डी. करती या या फिर हॉस्टल छोड़कर सिविल्स के लिए फोकस करती।

सोचा क़िस्मत आजमा ही लेते हैं एक बार फिर से। यूँ क़िस्मत ने बहुत साथ दिया तो नहीं है, सिवाय सुधांशु से मिलवाने के।'

'और तू कहती है तू उसे प्यार नहीं करती।' तृप्ति को इस कहानी पर यक़ीन कम हैरत ज़्यादा हो रही थी।

'मेरी जान प्यार करना बिलकुल अलग बात है और किसी का अच्छा लगना अलग। प्यार उससे भी हो सकता है जो एकदम अच्छा न लगता हो, न केयर करता हो, न भाव देता हो जरा भी।'

'चल, मैं नहीं मानती। ऐसा थोड़े ही होता है।' तृप्ति ने कनिका की बात मानने से इनकार कर दिया।

'हा हा हा...। घुटने जब तक न छिलें तब तक कोई कहाँ मानता है कुछ भी।' कनिका ने हँसते हुए ऐसी बात कही थी, जिसका भेद तृप्ति नहीं समझ पा रही थी।

'प्यार, प्यार होता है। सुधांशु मुझे अच्छा लगता है लेकिन उसके बिना मर जाऊँगी वाली फीलिंग नहीं आई कभी। अगर आई भी तो इसलिए कि फिर मेरी हेल्प कौन करेगा। लेकिन मेरी जान हेल्प, केयर प्यार नहीं है। प्यार में केयर और हेल्प मिल जाए तो सुन्दर बात। प्यार तो वो है, जिसके साथ भी मर जाने का जी चाहे और जिसके बिना भी एक पल जीने को जी न करे।'

'चल हट, प्यार न हुआ यमराज हुआ।' तृप्ति ने उसे धौल दी और दोनों खिलखिला पड़ीं। उन दोनों की खिलखिलाहट की फुहार सामने लहराती गंगा पर भी बरस रही थीं।

'मेरा बस एक ही सपना है, एक बार सिविल सर्विसेज क्लियर कर लूँ फिर लौटूँ घरवालों की नाक वापस करने।'

'मैंने कभी सोचा नहीं था कि अच्छे खासे पढ़े-लिखे और ऊँची जाति वाले घर में जन्मी लड़कियों को भी सहना पड़ता है।' तृप्ति ने सिहरन महसूस करते हुए कहा और राहत महसूस की कि उसे कभी किसी ने हाथ नहीं लगाया घर में। सीमा को ज़रूर मम्मी ने एक दो बार थप्पड़ लगा दिए थे, जिस पर पापा ने मम्मी को काफी डाँटा था।

उफ्फ्फ़...। जैसे कोई फिल्म चल रही हो सामने।

'किसी रोज़ अपनी पीठ दिखाऊँगी?' कनिका ने सर्द मुस्कान के साथ उसे कहा तो तृप्ति की उदासी ने मानो कनिका की कुर्ती के पार जाकर भी ज़ख़्मों को देख लिया हो।

'कितना सहा तुमने? तुम्हें देखकर कोई अन्दाज़ा नहीं लगा सकता। लेकिन दिल्ली से ऋषिकेश कैसे आईं यह तो बताया ही नहीं तुमने।' तृप्ति को कहानी का एक-एक हिस्सा जानने की दिलचस्पी बढ़ रही थी।

'दिल्ली में मैं अपने लिए एक रूम ढूँढ़ रही थी, जो कि मिल नहीं रहा था। पीजी में पढ़ाई के डिस्टर्ब होने का पूरा ख़तरा था। इसी बीच सुधांशु के चाचा के लड़के की शादी के लिए सबको ऋषिकेश आना पड़ा। अंकल ने कहा मैं भी चलूँ। मैं आई तो शादी अटेंड करने लेकिन ये महारानी हैं न इन्होंने मुझे वापस जाने ही नहीं दिया।' कनिका ने गंगा जी की ओर इशारा करते हुए कहा। मानो गंगा भी मुस्करा दी हो।

'ज़िन्दगी की जैसी बजी पड़ी थी अब तक, इस शहर की हवा में मुझे बहुत राहत मिली, बस दिल चाहा यहीं रह जाऊँ, मुझे क्या करना था थोड़ी-सी गाइडेंस मिल जाए तो सेल्फ स्टडी ही तो, यह शहर दिल्ली के शोर से इतना अलग है कि इससे हाथ छुड़ा ही नहीं सकी। अंकल को बोला तो उन्होंने यहाँ रहने का इन्तज़ाम कर दिया। पहले मैं ही रहती थी, उसमें फिर सुधांशु भी दिल्ली छोड़ यहीं आ गया। कुछ बच्चों को ट्यूशन पढ़ाती हूँ उतने से मेरा खर्च भी निकल जाता है और रिवीजन भी हो जाता है। मैथ की मार्केट बहुत है, ख़ूब बिकती है गणित और इत्तिफाक से मेरा विषय गणित है। तो बस चल पड़ी ज़िन्दगी इस तरह इस शहर में'

'यह जो हिम्मत है न बस तृप्ति! इसी ने मेरा साथ कभी नहीं छोड़ा न मैंने इसे कभी दूर जाने दिया। मार खाई, गाली खाई, थाना कचहरी हुआ, जान से मारे जाने के दिन भी आए लेकिन अपुन का अन्दाज़ यहीच रहा...' कनिका ने एकदम बिन्दास होने की एक्टिंग करते हुए कॉलर चढ़ाकर कहा तो तृप्ति को हँसी आ गई।

'और जानती हो आज तुमसे यह सब क्यों कहा?'

तृप्ति की प्रश्नवाचक आँखें उसके चेहरे पर टिक गईं।

'दो कारण थे, पहला मैं ख़ुद किसी से कहकर मुक्त होना चाहती थी, बहुत दिनों से भीतर कुछ जमा हुआ सा था। और दूसरा कारण ज़्यादा महत्त्वपूर्ण है, वो यह कि मैं अपनी ज़िन्दगी के ये हिस्से बाँटकर तुम्हारे और करीब आना

चाहती हूँ। तुम्हें तुमसे ही मुक्त करना चाहती हूँ। तुम्हारे उस कॉम्प्लेक्स से जो तुम्हें एक विक्टिम फील में घेरे रहता है। मैं मानती हूँ जातियों के अपने संघर्ष होते हैं। लेकिन जिन जातियों ने शोषण किया है न, उनमें भी एक बड़ा वर्ग शोषित है। स्त्री हर वर्ग में शोषित है। और एक-दूसरे के ख़िलाफ़ यूँ खड़ी की गईं जैसे वो एक-दूसरे की दुश्मन हों। मेरी माँ मेरी दुश्मन नहीं थी, बस उनका वश मुझ पर चलता था। तुम भी मुझे कहाँ अपना मान पा रही थीं। बहुत सी लड़कियाँ अपने खाँचों में कैद तुम्हारी तरफ़ शायद दोस्ती का हाथ न बढ़ा पाएँ। उन्हें उपेक्षा या उदासीनता से नहीं, शिकायत से भी नहीं सहानुभूति से देखो। उन्हें अभी न जाने कितना समय लगेगा ग्रो होने में। बात-बात पर हर्ट होना, हर बात पर कॉम्पलेक्स फील करना बन्द करो। अपनी यह कहानी सुनाकर मैं तुम्हारी तरफ़ दोस्ती का हाथ बढ़ाना चाहती हूँ।' कनिका ने हाथ बढ़ा दिया।

'लेकिन दोस्त तो हम हैं न?'

'नहीं, अभी हम सिर्फ़ जान-पहचान वाले हैं। दोस्त तब होंगे जब तू मेरे सामने कुछ भी कहने में किसी क़िस्म का कोई कॉम्प्लेक्स महसूस नहीं करेगी।'

तृप्ति की आँखें बह निकलीं। कनिका की भी और सामने बहती नदी की भी...।

नदी की आँख की नमी को किसने देखा...।

•

तंग आ चुके हैं कशमकश-ए-ज़िन्दगी से हम
ठुकरा न दें जहाँ को कहीं बे-दिली से हम।

(साहिर)

दुराय नैनाँ बनाए बतियाँ

'चले आओ सैंया रंगीले, मैं हारी रे...। चले आओ सैंया...' ढोलक की थाप पर महिला संगीत अपने उठान पर था। शर्मिला भाभी बिना जरा भी शरमाए अपनी मोटी कमर मटकाने में मगन थीं और बड़ी ताई ने ढोलक सँभाल रखी थी। सीमा सजी-धजी बीच में बैठी चटख पीली साड़ी में। रंग उस पर खिल रहा था। तृप्ति हमेशा की तरह सलवार कमीज पहने, दुपट्टे को कमर में कसे सबको कोल्ड ड्रिंक और नाश्ते का दोना सर्व कर रही थी। अंशुल बाहर लड़कों में अपनी कुछ बकैती काटने में लगा था और पापा हैरान-परेशान जाने किस हिसाब में डूबे हुए थे। उनके चेहरे पर बेचैनी साफ झलक रही थी।

सीमा ख़ुश थी या नहीं यह अभी तक न वो ख़ुद समझ पाई थी, न तृप्ति। उसने एक ही बार महेश के बारे में शिकायत की थी, जिस पर उसे मम्मी ने काफी डाँटा था। उसके बाद उसने कभी कुछ नहीं कहा। सीमा को सजने-सँवरने का जैसा चाव है, उसके लिए शादी एक उपयुक्त जरिया है। सब भड़ास निकाल लो। जम के शॉपिंग चल रही है महीनों से। जैसे पैसे अचानक से बरसने लगे हों। हालाँकि पापा की शक्ल देखकर एकदम ऐसा नहीं लगता। लेकिन घर में लगातार बढ़ते जाते सामान के ढेर को देखकर ऐसा ही लगता। दहेज का सामान सीधे लड़के वालों के यहाँ डिलीवर हुआ, यह गनीमत हुई, वरना और ही भसड़ मच जाती। हालाँकि मम्मी का मन था कि सामान यहीं आए, दरवाजे पर सजाया जाए फिर विदाई के समय साथ में भेजा जाए। आख़िर लोग देखें तो हमने कितना दिया। लेकिन मम्मी की यह बात चली नहीं। एक तो घर में रखने की समस्या, दूसरे पापा के हिसाब से ऐसा कुछ दे भी नहीं रहे हैं, जिसे दिखाया जाए। एक बाइक ही है जो

बड़ा सामान है और कैश वो तो बैंक में ही जाएगा तो सोफे, टीवी, वॉशिंग मशीन, ड्रेसिंग टेबल और बर्तन आदि की नुमाइश क्या लगाना। नुमाइश में कैश दिए गए 15 लाख तो होंगे नहीं। फिर क्या फायदा।

शादी में दो विरोधी मनोदशा चल रही थीं। मम्मी को लग रहा था कितना ज़्यादा दे रही हैं और पापा को लग रहा था कहाँ कुछ दे ही पा रहे हैं। हालाँकि लड़के वालों की डिमांड पूरी की जा चुकी थी, इसलिए वो तनाव नहीं था। सीमा इन सबसे निर्विकार मैचिंग ज्वेलरी, साड़ी, चूड़ी झुमके पार्लर आदि में व्यस्त थी।

तृप्ति इन सबमें कहीं नहीं थी सिवाय उन तानों के जिन्हें मम्मी दिन भर सम्पुट की तरह रटा करतीं कि बड़ी बैठी है, छोटी को ब्याहना पड़ रहा है। लोग कितनी बातें कर रहे हैं।

एक तो ये लोग जाने कौन हैं जो हमेशा लकड़ी करने को तैयार रहते हैं। कौन हैं ये लोग। ये कभी कुछ अच्छा कहने के समय, साथ देने के वक़्त कहाँ होते हैं। ये लोग या तो ताना देते हैं या सहानुभूति और दोनों में रिटर्न गिफ्ट के तौर पर लेते हैं मजा।

मुश्किल यह है कि इन्हीं नकारा लोगों की चिन्ता में सब डूबे हैं। कल यही मम्मी लोग थीं आज जिन्हें लोगों की चिन्ता खाए जा रही है। तृप्ति किसी तरह शादी निपट जाए तो थोड़ी शान्ति मिले की आस में लगातार कामवाली बाई बनी हुई थी। चाचियाँ, बुआ, ताई जी, मामी सब सजधज के बैठने ही आई हों जैसे। एक भाभी ही थीं जो तृप्ति का हाथ बँटा रही थीं। ये भाभी मौसी के उसी लड़के की बीवी हैं जिसने सीमा के बचपन पर काली स्मृति दर्ज की थी। निशा भाभी। बड़ी तारीफ़ होती है निशा भाभी की। एकदम सुघड़ बहू हैं। दबा-दबा के पैर छूती हैं सबका। सब काम सुभीते से दौड़-दौड़ के करती हैं। सब जिम्मेदारी उठाना, सबसे हँस के बोलना। जब भी मम्मी निशा भाभी की तारीफ़ करतीं, सीमा और तृप्ति को लगता है यह तारीफ़ नहीं ताकीद है उनके जैसे होने की। निशा भाभी तृप्ति का हाथ बँटाने लगीं तो तृप्ति को कुछ आराम तो हुआ लेकिन उसे यह भी लगा कि क्या यह औरत इसी बात से ख़ुश रहती है कि सब उसकी तारीफ़ करते हैं। और

वो ख़ुशी-ख़ुशी ख़ुद को ठेले रहती है। यह क्या, ज़्यादातर औरतें यही करती हैं और उन्हें तो तारीफ़ भी नहीं मिलती।

वैसे आजकल यह नया ट्रेंड है अपनी बहू की तारीफ़ करने का और यह दिखाने का कि सास कितनी स्मार्ट और आधुनिक हो गई है, अपनी बहू से उसे कोई शिकायत नहीं है। इट्स अ न्यू नॉर्मल कि सास बहू की और बहू सास की बुराई न करें, बल्कि तारीफ़ करे। यह न्यू नॉर्मल ट्रेंडिंग तो है लेकिन सिर्फ़ दिखाने के लिए अभी असल में यह होने में देर है। कम-से-कम कुएँ पर पानी भरने जानेवाली चाचियाँ, भाभियाँ सासों की शिकायत करके तनिक राहत तो पा लेती थीं। वैसे अभी भी सब जगह यह न्यू नॉर्मल पहुँचा नहीं है, इसलिए निन्दा रस की फुहारें बरसती रहती हैं। गोल घेरे में बैठी औरतों के सुख-दुख खुलने लगते और भीतर कुछ सुकून की रोशनी पहुँचती। हालाँकि सारे दुख कहाँ कहे जा सकते थे।

तृप्ति को हमेशा लगता था कि क्या स्त्रियों को ही स्त्रियों से परेशानी होती है, क्या वो ही निन्दा करती रहती हैं एक-दूसरे की लेकिन कुछ साल पहले कॉलेज की सहेली शबनम ने उसे समझाया था कि 'औरतें निन्दा रस का आनन्द लेकर बात खत्म कर लेती हैं, आदमी तो बिना मार-काट से नीचे बात ही नहीं करते। मीठी छुरी से कब किसको घाव करें पता भी न चले। भाई-भाई का दुश्मन बना है, बाप-बेटे में ठनी है, नौकरियों में उठापटक लगी रहती है।'

शबनम की बात तृप्ति को समझ में आ तो गई थी लेकिन थोड़ी-सी फँस भी गई थी। शबनम तृप्ति के साथ बहुत कम दिनों पढ़ी लेकिन उन कम दिनों में ही दोनों में ठीक बनने लगी थी। उसने बी.ए. फर्स्ट ईयर में एडमिशन लिया था, सेकेंड इयर में उसकी शादी हो गई। अचानक तृप्ति को शबनम की याद आ गई। उसने मोबाइल खँगाला उसका नम्बर नहीं था वहाँ। अगर होता तो उसे शादी के लिए बुला सकती थी। इस बहाने मिलना भी हो जाता। 'अम्म्म...। किसके पास मिल सकता है नम्बर' तृप्ति सोचने लगी तभी मम्मी की आवाज़ कानों में गिरी 'अरे, देखो समोसे खत्म हो रहे हैं यहाँ, बिटिया ले आओ तो।' तृप्ति समोसे से भरी ट्रे लेकर पहुँची तो जिनके पेट में समोसे

जाने थे, उन आंटियों के उद्‌गार फूट पड़े, 'अब बस इस बेचारी की भी लगन हो जाए तो तुम गंगा नहाओ सुशीला।'

मम्मी चुप। तृप्ति को ग़ुस्सा आ ही रहा था कि चौधरी आंटी बोल पड़ीं, 'रंग दबा है तो क्या हुआ लड़की गुनी तो बहुत है। सब काम सँभाल लेती है, है न?' उन्होंने मम्मी की तरफ़ देखते हुए कहा। मम्मी ने तुरन्त हाँ में हाँ मिलाई 'अरे एकदम भाभी जी। पूरा घर इसी ने सँभाला हुआ है। रसोई का सारा काम, घर का सार काम और इसके हाथ में इतना स्वाद है कि इसके पापा इसके ही हाथ का खाते हैं। मुझे तो कुछ नहीं करने देती। बहन की शादी का भी जिम्मा उठा रखा है इसी ने।' मम्मी उसकी तारीफ़ों के पुल बाँध रही थीं लेकिन उन्हें नहीं पता था कि वो तृप्ति का दिल दुखा रही थीं। उन्होंने उन कामों की लिस्ट प्रशंसा के तौर पर निकाली, जो वो मजबूरी में करती है। उन्होंने क्यों नहीं कहा कि पढ़ाई में कितनी तेज है, क्यों नहीं कहा कि पहली बार में प्रिलिम निकाला है लड़की ने। क्यों नहीं कहा कि रंग दबा होने और कद छोटा होने से बेचारी नहीं हुई है वो, क्यों नहीं कहा कि वो शादी नहीं करना चाहती।

पैर पटकते हुए तृप्ति किचन में आई तो उसके आँसू फूट पड़े। लेकिन तभी उसके कान में सीमा का स्वर पड़ा, 'ताई जी यह सब काम तो कोई भी कर लेता है लेकिन मेरी जीजी जैसा होनहार आपको पूरे ऋषिकेश में नहीं मिलेगा। टॉपर है कॉलेज की और पहली बार में प्रिलिम निकाला है उसने। सोचो अगर फाइनल में निकल गई तो यह सब काम करने के लिए जिनकी आप तारीफ़ कर रही हो, दसियों नौकर लगा लेगी वो।' सीमा ने मानो बदला ले लिया हो। आंटियाँ हें हें हें करके हँस दीं और मम्मी को सीमा के मुँहफट होने पर ग़ुस्सा आया, जिसे उन्होंने दबाते हुए आंटियों की हें हें में अपनी हें हें मिला दी।

•

ज़े-हाल-ए-मिस्कीं मकुन तग़ाफ़ुल दुराय नैनाँ बनाए बतियाँ
कि ताब-ए-हिज्राँ नदारम ऐ जाँ न लेहू काहे लगाए छतियाँ।

(अमीर ख़ुसरो)

दामन में आँसुओं का ज़ख़ीरा न कर अभी

'हाय मेरा बच्चा...। कितना मारा है हरामियों ने...कीड़े पड़ेंगे सालों हराम के जनों तुमको...' सुशीला बीच सड़क पर दर्द से बिलखते खून से लथपथ अपने बेटे अंशुल को सँभाल रही थीं। मदद माँगती जा रही थीं और गाली देती जा रही थीं। ज़्यादातर लोग गाड़ियाँ धीमी करते हुए देखते हुए निकले जा रहे थे। किसी को ऑफिस पहुँचने की जल्दी थी, किसी को घर। कुछ गाड़ियों की रफ्तार धीमी करके अपनी संवेदना व्यक्त करते हुए और कई दिनों तक च्च च्च चच करते हुए सुनाने के लिए एक कहानी साथ लिए जा रहे थे। कुछ आपस में फुसफुसाकर पूछ रहे थे क्या हुआ, क्या हुआ... ज़्यादा मालूम किसी को नहीं था इसलिए आसपास जमा भीड़ में अन्दाज़े मँडराने लगे थे। 'शायद झगड़ा हुआ है किसी से, नहीं गाड़ी ने टक्कर दी है। अरे नहीं औरत जैसे गालियाँ दे रही है, उससे तो लगता है वो जानती है मारनेवालों को। अरे तो मारा गाड़ी को टक्कर देकर भी जा सकता है।' लोग अन्दाज़ों के साथ अपने-अपने विचार भी व्यक्त करते जा रहे थे। 'खून बहुत बह रहा है। कोई अस्पताल ले जाओ न भाई इसे...' एक बुजुर्ग ने कहा तो कारवाले साहब ने कार की स्पीड बढ़ा दी। वो अपनी गर्लफ्रेंड के साथ थे और लड़के की जान बचाने के चक्कर में अपनी जान फँसाना नहीं चाहते थे। एक नीली कार वाले साहब अपनी पत्नी और बच्चों के साथ थे, उन्होंने पूरी घटना को ऐसे इग्नोर किया जैसे उन्हें सिवाय इसके कारण लगे जाम के कुछ दिखा ही न हो। वो सरकते हुए भीड़ के सैलाब से निकल गए। एक साहब रुके, गाड़ी से उतरने को हुए तो उनकी पत्नी ने अन्दर खींचते हुए कहा 'क्या कर रहे हो? पुलिस केस है, कहाँ तक चक्कर काटते फिरोगे तुम

पुलिस स्टेशन के।' वो भी चले गए। तब तक आ गई पुलिस। सुशीला जी मदद के लिए चिल्ला-चिल्लाकर हलकान हो चुकी थीं। उनकी आवाज़ अब धीमी पड़ने लगी थी। उन्हें लगा जो गाड़ी अंशुल को ले जा रही है उसमें वो भी लेट जाएँ। अस्पताल में अंशुल को एडमिट किया गया क्योंकि पुलिस ही लेकर आई थी इसलिए इलाज में ज़्यादा देर नहीं हुई। अब तक तृप्ति, पापा, सीमा सबको मम्मी के फ़ोन पहुँच चुके थे। सब भागकर पहुँचे अस्पताल। अंशुल को अभी तक होश आया नहीं था। सबको आया देख मम्मी फिर से जोर-जोर से रोने लगीं।

'बहुत मारा उन लोगों ने मेरे लाल को। देखो क्या हाल बना दिया।' मम्मी सुबक रही थीं। पुलिस पूछताछ में लगी थी। मम्मी सब स्पष्ट बता रही थी, 'सात आठ लड़के थे ऊँचे टोला के।' अंशुल मम्मी के साथ मौसी के यहाँ जा रहा था बाइक पर। उन्होंने बाइक रोकी और गाली-गलौज शुरू की। माँ के सामने माँ की गाली सुनकर खून खौल उठा अंशुल का। उसने भी गालियाँ बकना शुरू कर दिया, बस फिर उन्होंने बहुत मारा। क्रिकेट के बैट थे उनके पास। सुशीला जी ने विस्तार से बताते हुए पिछली बार पिटे अपने लाल की पिटाई का बदला भी ले लिया।

पुलिस अब पिछली बार के अन्दर चली गई। सुरती खाते चौबे जी बोले, 'अब यह पिछली बार का मामला क्या है भाई?'

तृप्ति आगे आ गई, 'अरे कुछ नहीं सर वो आपस की खेल-खेल में हुई लड़ाई थी।'

'तो तब इन्होंने उन लड़कों को पीटा था, इसलिए आज इनकी पिटाई हुई है?' सुरती नीचे वाले होंठ के नीचे दबाते हुए चौबे जी अस्पताल की बेंच पर आराम से बैठ गए थे। 'तो बदलापुर चल रहा है यहाँ?

'अरे नहीं सर पिछली बार मेरे भाई ने उन्हें मारा नहीं था उनसे मैच में जीत गया था। इसी बात से चिढ़कर मारा था उन्होंने।'

'आठ टाँके आए थे...' मम्मी ने जोड़ा।

'ये क्या बात हुई। ये जीता इसलिए पिटा।' चौबे जो को बात हजम नहीं हुई।

'हम लोग शेड्यूल कास्ट हैं सर और वो लोग ऊँची कास्ट के इसलिए वो लोग ये मान ही नहीं पाए कि हम लोग जीत भी सकते हैं।' सीमा ने तल्ख तरह से बात कह तो दी लेकिन तृप्ति ने देखा सामने बैठे पुलिस वाले जो सर जी हैं उनकी सीने पर जो नाम की पट्टी लगी है, उस पर रामशंकर चौबे लिखा है।

'अरे नहीं सर, हमें पता नहीं असल मामला क्या था। बच्चों की आपस की लड़ाई थी। आप अभी तो मेरे भाई के इलाज हो जाने दें प्लीज।' तृप्ति ने मामले की नज़ाकत को भाँपते हुए कहा।

'नहीं उन लड़कों को सजा भी मिलनी चाहिए।' सीमा ग़ुस्सा हो रही थी। अब तक सीमा के पतिदेव महेश बाबू भी आ गए, मामा और चाचा भी आ गए। चौबे जी बोले देखिए अगर यह जाति संघर्ष है तो मामला राजनीतिक रंग भी ले सकता है।' चौबे जी थोड़ा गम्भीर मुद्रा धारण करते हुए बोले।

'तो ले ले न राजनीतिक रंग। आख़िर कब तक हम लोग मार खाएँगे।' सीमा उफन रही थी। नई ब्याहता सीमा की आवाज़ उसकी चूड़ियों की छनछन से ऊपर निकल रही थी।

महेश ने सीमा को घूरा। 'जब घर के आदमी लोग खड़े हैं तो तुम्हारा बोलना ज़रूरी है?'

'घर के आदमी लोग आए हैं लेट और उनका भाई नहीं है, मेरा भाई है। मुझे मत रोकिए आप।' सीमा ने पति को जवाब दिया तो पति बाबू को लगी बेइज़्ज़ती। वो ग़ुस्से में फुफकार के चले गए वहाँ से।

अब मम्मी के भीतर का डर जागा कि जमाई नाराज हो गए ये तो अलग ही स्यापा हो गया। वो लगीं सीमा पर बरसने, 'कुछ सोच के बोला कर। अभी चार महीना हुआ है ब्याह को और जबान देख कैसे चल रही है। तृप्ति तुम जाओ मना लाओ जमाई जी को। इसका तो दिमाग खराब हो गया है।'

तृप्ति को जो काम टिकाया मम्मी ने उससे बेहद नफरत है उसे। जमाई को मनाने का काम।

मामा ने अचानक कमान हाथ में लेते हुए कहा, 'अ़रे तुम लोग फैमली शो बन्द करो, अंशुल कैसा है यह पता करने दो। चौबे जी से रिक्वेस्ट की उन्होंने, 'सर बच्चे की तबियत का कुछ पता चल जाए तो।'

चौबे जी थे कुछ भले से आदमी, बोले 'आप लोग सही कह रहे हैं, बहुत मनबढ़ हो गए हैं ऊँची जात वाले। कितनी धारा लगेगी पता नहीं चलेगा। आप लोग बच्चे का ध्यान दीजिए। उन लोगों से निपट लिया जाएगा। थोड़ा राजनीतिक रंग दे दिया न तो भागने को जमीन नहीं मिलेगी सालों को। जो पुरानी गवर्नमेंट होती तो सीधे अन्दर कर दिए होते अभी तक लेकिन अभी थोड़ा प्लानिंग से काम करना पड़ेगा।' चौबे जी ख़ुद भी ठाकुर साब के सताए हुए थे, ऐसा सुनने में आया बाद में और वो ख़ुद बदलापुर का अगला एपिसोड लिखने में लग गए।

उधर नर्स ने आकर कहा, 'खून बहुत बह गया है। ब्लड का अरेंजमेंट कीजिए।'

'बी पॉजिटिव है उसका। मेरा भी है।' सीमा ने चूड़ी भरी कलाई आगे करते हुए कहा।

'नहीं, तुम रहने दो मैं देता हूँ' पापा बोले। 'मेरा भी यही है।'

'क्यों पापा लड़की ब्याह देने के बाद वो अपने भाई को ब्लड भी नहीं दे सकती?' सीमा गुर्राई।

'ऐसा नहीं है बेटा वो ससुराल वाले क्या सोचेंगे?' पापा ने गर्दन झुकाए हुए कहा।

'ससुराल वाले खून पिएँ इससे अच्छा भाई को ही दे दूँ।' सीमा ने व्यंग्य करते हुए कहा तो मानकर लौटते महेश बाबू दिख गए। अच्छा हुआ सुना नहीं महेश ने। मम्मी ने मन-ही-मन सोचा और खैर मनाई।

सीमा चली गई ब्लड देने। चौबे जी पुलिसिया कार्रवाई पूरी करने में लगे। कुछ बयान लिए कुछ जगह साइन करवाए और बोले लड़के को होश आए तब तक हम खाना खाकर आते हैं। वो सिपाहियों के साथ चले गए लंच पर।

'भैया, आप हर बार पीछे हट जाते हो। अबकी बार अति हो गई है। ये मामला अब रुकने नहीं देंगे। अंशुलवा ठीक हो जाए तब बताते हैं सालों को।' चाचा मसाला मुँह में दबाए उचक रहे थे। चाचा हर रोजगार में फेल होकर स्थानीय राजनीति चमकाने की कोशिश कर रहे थे, जिसमें दलित नेता

हर्मन प्रसाद के चमचे की भूमिका पर नये-नये नियुक्त हुए हैं और हर मुद्दा दलित मुद्दा बनाकर नेता जी के सामने परोसने में लगे रहते हैं।

'तुम अपनी राजनीति हमारे लड़के से दूर रखो। हम समझ लेंगे।' पापा ने हताश आवाज़ में कहा। अब तक मौसी के लड़के भी अस्पताल में आ गए थे।

सीमा उनको देख अब भी सिहर जाती है।

'कुछ नहीं देख लेंगे आप, जाकर उन्हीं से माफी माँगेंगे जिन्होंने पीटा है आपके लड़के को। आपने माफी माँगने के सिवा कुछ सीखा है। बिटिया का नम्बर ज़्यादा आया था तो जाकर माफी माँग आए थे। अभी बिटिया कलक्टर बन जाएगी तब भी माफी माँगते फिरिएगा। ये हम लोग की आदत ही हो गई है झुके-झुके चलने की, बिना बात माफी माँगते रहने की। अब यह सब बदलना होगा।'

बात तो चाचा ठीक ही कह रहे थे लेकिन उस ठीक में राजनीति की शुरुआती कक्षाओं में पढ़ाए गए पाठों की जो झलक थी, उसमें खासा बासीपन था।

कलक्टर बनने से पापा को याद आया कि तृप्ति का तो कल मेन्स का एग्जाम है और वो यहाँ अस्पताल, पुलिस थाना-कचहरी में उलझी हुई है।

तृप्ति को ग़ुस्सा इस बात पर आता है कि हमेशा स्वार्थ और लालच के बिलों में घुसे रहनेवालो ये रिश्तेदार ऐसे मौकों पर क्यों निकल आते हैं और सारा रायता फैला देते हैं।

'चाचा आप अभी रहने दीजिए कुछ करने को। पहले अंशुल को होश आ जाए फिर सोचते हैं।' तृप्ति ने सख्त आवाज़ में कहा तो चाचा बोले, 'जैसी आप लोगों की मर्जी। हम तो हमेशा ही साथ में हैं।'

पापा तृप्ति को देखते हुए बोले, 'बेटा तुम घर जाओ कल तुम्हारा इम्तिहान है।' आँसू आ गए तृप्ति के।

'ज़िन्दगी का इम्तिहान सामने खड़ा है पापा। अंशुल को होश आ जाए तब ही जा पाऊँगी।' तृप्ति ने आँसू गटकते हुए कहा।

'अरे वो चली जाएगी, वो घर की है। पहले सीमा को भेजो। जमाई जी कबसे खड़े हैं।' मम्मी ने पापा से फुसफुसाकर कहा तो पापा ऑपरेशन थियेटर की तरफ़ देखने लगे।

अगली चिन्ता थी इलाज में लगनेवालो पैसे की। चार महीने पहले बेटी का ब्याह करके कर्ज में डूबे पापा का सर भन्ना रहा था, किससे माँगेंगे, जिससे माँग सकते हैं उन सबका तो पहले से कर्ज है सर पर। पीएफ शादी में खाली हो ही चुका है। पापा ने चाचा और मामा की तरफ़ देखते हुए कहा, 'कुछ पैसे का इन्तज़ाम करना होगा इलाज के लिए। मैं तो एकदम खाली हूँ अभी।'

अब चाचा और मामा की सारी दिलेरी जेब में जाकर बैठ गई। 'आप चिन्ता न करिए जीजा जी। मैं जाकर अम्मा से पूछता हूँ, कुछ हो सकता है क्या। बचवा को कुछ होने नहीं देंगे हम लोग, घर का बच्चा है भाई...' कहकर बात को गोल करते हुए नानी पर टाल दिया। उधर चाचा बगलें झाँकते हुए बोले, 'मैं तो कुछ कमाता हूँ नहीं, आप लोग जानते ही हैं, कुछ उधार का जुगाड़ करता हूँ।'

पापा समझ गए कुछ नहीं होगा कहीं से। ऑपरेशन का खर्चा, अस्पताल का खर्चा बेटे की चिन्ता से बड़ा हो गया था। सीमा ने महेश से इशारे में मदद के लिए आगे बढ़ने को कहा, जिसे समझकर भी न समझने का अभिनय करते हुए महेश ने पापा से कहा, 'अरे आप चिन्ता मत करिए, सब ठीक होगा। मेडिकल लोन अप्लाई कर दीजिए। मिल जाएगा आसानी से।' उसे यह भी स्पष्ट करना था कि मुझसे भी उम्मीद न रखे कोई। सीमा को बहुत ग़ुस्सा आया।

'अरे, कितना लोन लेंगे पापा? आप कुछ करते क्यों नहीं। अभी तो पापा ने शादी में इतना पैसा दिया है, उसी में से कुछ दे दीजिए। रहने दीजिए मैं पापा जी (ससुर जी) से बात करती हूँ।' सीमा ने सीधा वार किया था अब महेश पर।

'वो पैसा अब नहीं है अपने पास। पापा ने जमीन खरीद ली है उसमें और पैसे मिलाकर। तुम्हें कुछ पता तो है नहीं, कूदती रहती हो हर जगह।' महेश ने सीमा को डपटते हुए कहा।

'पता कैसे होगा, जब बताया जाएगा तब न। पापा आप चिन्ता न करिए मैं भाई के इलाज के पैसे का इन्तज़ाम करूँगी। आप बढ़िया से बढ़िया इलाज करवाइए। मेरा भाई मुझे दौड़ता हुआ, हँसता हुआ चाहिए बस।' सीमा ने मन-ही-मन कुछ सोच लिया था। मैं जाती हूँ पैसे का इन्तज़ाम करने। आती

हूँ पैसे लेकर। अँधेरा होने को था। जीजी आप भी घर जाकर थोड़ा रेस्ट कर लो, कल एग्जाम भी तो है न आपका।

तृप्ति एग्जाम का नाम सुनकर ही रुआँसी हुई जा रही थी। 'अब क्या पढ़ूँगी ऐसे में।' तृप्ति ने लगभग रुलाई फूटने से ख़ुद को रोकते हुए कहा।

'जीजी तुम चलो मेरे साथ। कुछ देर रेस्ट करना और लौटते समय तुमको ले लूँगी, तुम अपनी किताबें ले आना। कुछ पलट ही लो शायद।' यह बात तृप्ति को कुछ ठीक लगी। वो सीमा के साथ ऑटो करके घर को निकली। महेश बाइक से घर को ही निकला, जहाँ से सीमा को लेकर उसे अपने घर जाना था।

'तू कहाँ से अरेंज करेगी?' तृप्ति ने सीमा से पूछा।

'तुम ये सब फिक्र न करो, मैं हूँ न।' सीमा ने कहा फिर भी तृप्ति को चिन्ता हो रही थी।

'जीजी, क्या हमेशा तुम ही सब जिम्मेदारी उठाओगी? कभी मुझे भी तो मौका दो।' सीमा ने कहा तो तृप्ति का रुका हुआ रोना छलक ही पड़ा।

'कुछ ऐसा मत करना, जिससे महेश नाराज हो। अभी नई शादी है तुम्हारी।'

'नई शादी है तो नई शादी से ही साधना पड़ेगा न सबको। घर में इतना पैसा है और मेरा भाई इलाज के लिए पड़ा है। या तो वो मुझे उस घर का न कहें या फिर मेरी मदद करें। इनसे कुछ नहीं होगा मैं सीधे पापा से बात करूँगी।' सीमा ने कहा। उसके मन में अन्तिम विकल्प में अपने जेवर बेचना भी था वो तो उसका स्त्री धन है, उसके बारे में कुछ नहीं कह पाएगा कोई। हालाँकि सास चिनकेंगी लेकिन वो उन्हें समझा लेगी, इसका विश्वास था उसे। ऑटो और महेश की बाइक साथ ही रुकी घर के बाहर।

'तुम खाना मत बनाने लगना। मैं ले आऊँगी सबके लिए खाना भी और इलाज के पैसे भी। तुम बस थोड़ा रेस्ट करो, कल के लिए फोकस करने की कोशिश करो।' सीमा ने कहा तो तृप्ति को राहत महसूस हुई। क्योंकि उसके मन में यही चल रहा था कि घर से खाना बनाकर ले जाना है।

तृप्ति को आज अपनी उस नकचढ़ी बहन पर बहुत प्यार आ रहा था, जिसने अपने सर पर हमेशा कामचोर होने का ताज ख़ुशी से पहना। तृप्ति

घर गई तो अपने कमरे में बिस्तर पर लुढ़क गई। पंखा लगातार बड़ा होता जा रहा था। किताबें छोटी होती जा रही थीं। सब लोग पढ़ने में किस कदर डूबे होंगे और एक वो है। उन झगड़ा करनेवालो लड़कों ने मारा तो अंशुल को है लेकिन चोट तृप्ति को लगी है ये वो नहीं जानते। या शायद जानते हैं। इसीलिए उन्होंने अंशुल के बहाने समूची जाति को, समुदाय को चेतावनी दी है।

इसे ही तोड़ना चाहती थी वो कुछ बनकर लेकिन हालात का क्या करे। आरक्षण भी कितना काम आ पाता है इन हालात में जब तक कोई जिएगा नहीं, इस सच को कभी नहीं समझ पाएगा। तृप्ति की आँखें बह निकलीं और आँसुओं का गीलापन कानों तक जा पहुँचा।

•

दामन में आँसुओं का ज़ख़ीरा न कर अभी
ये सब्र का मक़ाम है गिर्या न कर अभी।

(साक़ी फ़ारुकी)

दस्तक पे अब घरों से कोई बोलता नहीं

अगस्त 7, कश्मीर तो देश का वो हिस्सा भी अब हमारा हुआ, जिस पर पाकिस्तान अपना हक़ समझता था। सिर्फ़ समझता था, उसका हक़ था नहीं। लेकिन यह राजनीतिक रूप से समझना सामान्य समझने से अलग होता है। इसमें गोली, बारूद और इनसानों की जानें शामिल होती हैं। अख़बार पढ़कर अनुभव का मन कसैला हो रहा था। उसे समझ में नहीं आ रहा था कि जब सब ख़ुश हैं तो उसे अच्छा क्यों नहीं लग रहा। उसका तो कोई कश्मीरी दोस्त भी नहीं है, जिसके बारे में वो सोचे। सारा दिन टीवी चैनल भोंपू के तरह बजते रहे कि कश्मीर से धारा 370 हटा दी गई है और अब कश्मीर बिलकुल अन्य राज्यों की तरह ही सामान्य राज्य हो गया है। उधर टीवी चैनल कश्मीर की ख़ुशहाली के गीत गा रहे थे, इधर वाट्स्प यूनिवर्सिटी की रिसर्च भी जोरों पर थी, उसमें दो चीज़ें मुख्य थीं एक कि अब वहाँ जमीन ले सकेंगे और दूसरी वहाँ की लड़कियों से शादी कर सकेंगे।

जिनके घर में दो वक़्त की खाने की मुश्किल है, वो भी कश्मीरी लड़कियों से शादी करने के सपने में मुंगेरीलाल बने हुए थे। जैसे धारा 370 हटते ही कश्मीर की जमीन और लड़कियाँ सारे लार टपकाते लोगों में बाँट दी जाएँगी। और कहा जा रहा है कि अब कश्मीर पूरी तरह से हमारा हुआ तो हमारा होने का अर्थ है, उसकी धज्जियाँ उड़ाने के, अपमान करने के सपने देखना।

मन उदास था अनुभव का हालाँकि तमाम उमस के बावजूद मौसम खुला हुआ था। लाल पंख वाली चिड़िया बार-बार खिड़की के आसपास मँडराते हुए सामने खाली शाखों वाले पेड़ पर बैठ जाती। फिर सर्र से उड़ती और नींद में ऊँघती रातरानी की बेल में जाकर छुप जाती। वो आज अकेली नहीं

थी। उसके दोस्त भी साथ में थे। अनुभव के मन का कसैलापन चिड़िया का खेल देखकर कुछ ठीक हुआ। घड़ी पर निगाह डाली तो कोचिंग जाने का समय हो चुका था। एक बार सोचा न जाए, फिर उसे लगा घर पर बैठकर कुढ़ने से अच्छा है कि कोचिंग चला जाए।

कोचिंग पहुँचने पर अनुभव ने देखा, वहाँ भी यही चर्चा चल रही थी। संजीव बीच में बैठा बरात कश्मीर ले जाने के मंसूबे बना रहा था और बाक़ी सब भाभी जी के हाथ की ख़याली बिरयानी निपटा रहे थे। मजे लेनेवालों में मिताली, रश्मि और वैष्णवी भी थीं। अनुभव को ग़ुस्सा आता यह सोचकर कि क्यों लड़कियाँ या औरतें अपने ही ख़िलाफ़ बुने गए दुष्चक्र को समझ नहीं पातीं और उसे बुनने की प्रक्रिया में ही साथ हो जाती हैं। कैसे हँसी आ जाती है, उन्हें महिलाओं पर बनाए गए चुटकुलों पर। सच में यह सदियों की जड़ता है, वर्षों में कैसे टूटेगी। बहरहाल, आज तो अनुभव ख़ुद को काफी ऑड मैन आउट फील कर रहा था। तृप्ति भी नहीं आई थी और कनिका भी सुधांशु के साथ दिल्ली गई हुई थी।

पता चला आज क्लासेज सस्पेंड हैं। क्यों भाई, पूछने पर पता चला कि कि धारा 370 हटने के उपलक्ष्य में पार्टी रखी है लड़कों ने। 'अजीब हाल है। यार तुम लोग भावी प्रशासनिक अधिकारी हो सकते हो, ऐसी हरकतें शोभा देती हैं क्या? थोड़ी तो गम्भीरता रखो रिएक्शन में। सोचो तो सही जो हुआ क्यों हुआ। कौन सा पॉलिटिकल माइलेज ले रही है सरकार और इससे कश्मीर की अवाम क्या सच में ख़ुश होगी?' अनुभव की नाराजगी फूट ही पड़ी।

संजीव फुल मस्ती में था। 'अरे भाई तुमको क्या प्रॉब्लम है, अगर हमें कश्मीरी लड़कियाँ मिल जाएँ तो। अरे तू तो ख़ुद ही इतना हॉट है, तुझे तो चार मिल जाएँगी।'

'यार, वो हिन्दू है।' अभिषेक ने हँसते हुए कहा। 'चार हूरों के लिए मैं तो चार बार मुसलमान बन जाऊँ।' संजीव ने अजीब सा मुँह बनाते हुए कहा तो सब हँस पड़े।

अनुभव बिफर पड़ा। 'इनफ। बन्द करो यह बकवास। वो लड़कियाँ हैं कोई अखरोट या बादाम नहीं, जो तुम लपक लेने की फिराक में हो। और

तुम? तुम मुसलमान होने की बात करते हो! घर में तुम्हारे मुसलमान दोस्त कोई जा नहीं सकता। लड़की से शादी करोगे? कश्मीर में कर्फ्यू लगा हुआ है। जाने वहाँ के लोग किस हाल में होंगे, किसका बच्चा भूखा होगा, कौन बीमार होगा। कैसे अचानक उन पर एक आफत की तरह फैसला सुना दिया गया। तुम लोगों को कश्मीरी लड़कियों से शादी करनी है। और रश्मि तुम, तुम भी शामिल हो इन सब में?' अनुभव का ग़ुस्सा देख रश्मि सकपका गई।

अनुभव ग़ुस्से में वहाँ से निकला तो रामझूला की तरफ़ निकल गया। यह जगह आमतौर पर विदेशी पर्यटकों के सन बाथ के लिए जानी जाती है। ऋषिकेश का मरीन ड्राइव है यह। यहाँ के खुलेपन में स्थानीय प्रेमियों की मोहब्बत के अंकुर फूटते ख़ूब देखे जा सकते हैं। अनुभव का सिगरेट पीने का तेज मन किया। चूँकि नियमित वह पीता नहीं है, इसलिए उसके पास सिगरेट थी नहीं। कुछ देर उसने तलब को महसूस किया फिर जाकर दो सिगरेट खरीदी और ऐसा कोना ढूँढ़ने लगा जहाँ कोई न हो और वो आराम से सारा जहर ख़ुद अपने भीतर सोख ले।

अनुभव सिगरेट के कसैलेपन से अपने भीतर के कसैलेपन को भिड़ा देना चाहता था। क्या पता कुछ देर को राहत मिले। दोनों सिगरेट बैक-टू-बैक फूँकने के बाद वो उसी किनारे पर गया, जहाँ एक रोज़ तृप्ति और वो बैठे थे। आज वहाँ कोई प्रेमी जोड़ा बैठा था। लड़का नाराज लड़की को मनाने की कोशिश कर रहा था और लड़की और मनाए जाने की इच्छा के चलते जल्दी से मान नहीं रही थी। हालाँकि उसकी भंगिमाएँ बता रही थीं कि वो मानी ही हुई है। अनुभव का कसैलापन जो सिगरेट से कम नहीं हुआ था, वो इन दोनों को देखकर कम हुआ। उसे तृप्ति की जोर से याद आने लगी।

गंगा की लहरों में झाँकती और कुछ गिर पड़ी कुछ तैरती रोशनी बेहद लुभा रहा थी। ऐसा लग रहा था आधा शहर पानी में तैर रहा हो। ख़ुशक़िस्मत होते हैं वो शहर और वहाँ के लोग, जिस शहर में कोई नदी होती है। ऋषिकेश तो इस मामले में दुर्लभ शहर है। बाक़ी दुनिया के मुकाबले यहाँ के लोगों का भोलापन लुभाता है अनुभव को लेकिन जो जितना ज़्यादा भोला होता है, वो उतना ही ठगा जाता है। यही तो कारण है कि वाट्स्प यूनिवर्सिटी हिट है और

उसका असर अच्छे खासे पढ़े-लिखे ख़ुद को स्मार्ट समझनेवालों पर और ज़्यादा ही हो रहा है। कनिका इन लोगों को चंट कहती है और अनुभव कहता है मासूम। तृप्ति कहती है, 'अनुभव जब तुम इन्हें मासूम कहते हो तो असल में तुम ही मासूम लगते हो'। तृप्ति की याद इतनी ज़्यादा आने लगी अनुभव को कि उसका मन किया कि उसे फ़ोन कर ले। उसे पता है इन दिनों वो भाई के इलाज में व्यस्त है। मेन्स का एग्जाम भी बेचारी सिर्फ़ दे भर पाई बिना तैयारी के। यह लड़की कितना सहती है। उसका दिल चाहा उसके सारा दुख सोख ले।

कश्मीर और तृप्ति एक साथ ज़ेहन में तैरने लगे। गंगा में पैर डालकर बैठे अनुभव के मन में ढेर सारे सवाल घूमने लगे जैसे पानी की भँवर घूमती है गोल-गोल-गोल-गोल।

क्या किसी ने पूछा उस नीली आँखों और गुलाबी गालों वाली बच्ची से जो शालीमार गार्डन में हाथ में पीला फूल लिए अपने अब्बा की उँगली थामे घूम रही थी। क्या किसी ने पूछा उन सईदा बेगम से जो डल झील के किनारे बेहतरीन कहवा पिलाते हुए मेहमानों को प्यारी-सी मुस्कराहट एकदम फ्री में भेंट करती हैं और वो राशिद भाई जो बोट में ज्वेलरी लिए घूमते हैं और शिकारे में हनीमून पर आए जोड़ों को एक से एक रंग और डिजाइन दिखाते हैं। क्या किसी ने पूछा शौकत भाई से जो गुलमर्ग और पहलगाम घुमाते हुए कश्मीर का मीठा संगीत सुनाते हुए ले गए थे। गुलमर्ग की उस शाम से किसी ने पूछा जिसके आँचल में उतरते सूरज की किरनें नगीने गढ़ती हैं। क्यों नहीं पूछा किसी ने उस दिव्य दृश्य से जो पहलगाम से दिखता है। शफ़्फ़ाक़ बर्फ से लदी पहाड़ियों की ओर देखते हुए शौकत भाई ने बताया था यहाँ से अमरनाथ बस जरा-सी दूरी पर है। हाथ थामकर साथ चलती लिदर नदी से किसी ने क्यों नहीं पूछा कि वो क्या चाहती है। क्यों नहीं पूछा गोल चक्कर लगाकर हवा में गोले बनाते हुए इतराते हुए गिरती चिनारों की सुनहरी पत्तियों से, केसर के खेतों से, सेबों के बागानों से। अनुभव की आँखों में आँसू उतर आए और नाक में कहवे की गन्ध भर गई। वो कॉलेज के रिसर्च प्रोजेक्ट के तहत एक बार कश्मीर गया था। उसकी तमाम यादें ताजा हो गईं। कश्मीर पर कब्जेदारी से ज़्यादा ज़रूरी था वहाँ के लोगों के दिलों में जगह बनाना। उनके

मन की असुरक्षा, भय को निकालना, उन्हें अवसर देना बेहतर सुरक्षित जीवन के। तब सचमुच ख़ुश होती कश्मीर की अवाम। बन्दूक़ की नोक पर फतह तो हासिल हो सकती है लेकिन सिर्फ़ सीमाओं और संसाधनों पर, दिलों पर नहीं।

अनुभव के ज़ेहन में उथल-पुथल चल ही रही थी कि पास खेलते एक बच्चे ने उसका कन्धा पकड़ लिया शायद वो रात के अँधेरे में उसे अपना पापा समझ बैठा था। उन नन्हे हाथों की छुअन इतनी नर्म, इतनी मुलायम थी कि अनुभव एकदम रुई की तरह हल्का हो गया। उसने पलटकर मुस्कराते हुए बच्चे को देखा तो वो चौंककर पीछे हट गया। पास में ही बैठे अपने मम्मी-पापा को पहचानकर उधर चला गया लेकिन अपनी छुअन अनुभव के कन्धे पर छोड़ गया।

जिसने जीवन में एक बार इस छुअन को महसूस कर लिया हो, वो भला कभी भी किसी भी तरह की हिंसा का शैदाई कैसे हो सकता है समझ में नहीं आता। हिंसा किसी का उपहास करने से लेकर किसी को मार देने तक की।

अनुभव की उदासी में तृप्ति की याद दिपदिपा रही थी। दुनिया में जहाँ-जहाँ शोषण है, वो सब एक देश के वासी ही तो हैं। शोषितों का देश, भाषा, धर्म कोई भी हो, उनका दर्द एक सा ही होता है। दर्द ही उनका देश है। अनुभव के मन में एक ख़्वाब अंखुआया कि तृप्ति को दर्द के देश से निकालने का प्रयास करेगा वह। हालाँकि जिस दुनिया में वो है, वहाँ भी कौन सी इनसानियत की नरमाई है। तरह-तरह की हिंसाओं के समाज में वो ख़ुद को शोषितों के विरुद्ध खड़े समाज में पाता है, जिसका उसके पास कोई विकल्प नहीं। लेकिन अपने जीने से वो इस सच को बदलना ज़रूर चाहता है।

गंगा की लहरों की दिपदिप अनुभव के साथ चल पड़ी थी...।

•

दस्तक पे अब घरों से कोई बोलता नहीं
पहले ये शहर शहर-ए-'अदम-रफ़्तगाँ न था।

(अनीस अशफ़ाक़)

जान-लेवा थीं ख़्वाहिशें वर्ना...

सिन्दूरी किनारी पर लगी हल्की-सी जरी, खिलते हुए स्लेटी रंग की साड़ी पर मुकेश की कढ़ाई की हल्की-सी पड़ती छींट ऐसे लग रही थी, जैसे किसी ने साड़ी पर मुट्ठी में भरकर सितारे उछाल दिए हों। हल्के रंग में उजाला बिखेरती उस चमक को पल्ले का गाढ़ा सिन्दूरी रंग और जरी का भरा हुआ काम सादगी की ख़ूबसूरती को उभार रहा था। यही रंग चुने थे कनिका ने अपने खास दिन के लिए। उसकी गोरी हथेलियों में मेहँदी के गोले इतरा रहे थे। तरह-तरह की डिजाइन से पूरे हाथों की भरी-भरी कलाइयाँ कनिका की हथेलियों में रखे इन सादा से गोलों और उनकी कत्थई रंगत से ईर्ष्या से भर उठें ऐसा सौन्दर्य था। हल्के मेकअप में कनिका बेहद ख़ूबसूरत लग रही थी। यूँ ही अचानक एक दिन सुधांशु से शादी करने का कनिका का निर्णय वैसे तो सबको चौंकानेवाला था लेकिन इस चौंकाने में ख़ुशी भी बहुत थी। सबसे ज़्यादा ख़ुश था सुधांशु। जैसे उसे मुँह माँगी मुराद मिल गई हो। यूँ दोनों का साथ पुराना था और दोनों लम्बे समय से लिव-इन में रह रहे थे, फिर भी जाने क्यों सुधांशु कनिका से शादी करने को मरा जा रहा था।

शादी कोर्ट में होनी थी। शादी में कनिका की तरफ़ से तृप्ति और अनुभव को शामिल होना था और सुधांशु की तरफ़ से उसके मम्मी-पापा और दीदी। सुधांशु के जीजा गौरव ने कनिका की तरफ़ से शामिल होना चुना। वो उसे तबसे बहन मानते थे, जब वह पहली बार दिल्ली आने पर कुछ दिन उनके घर रही थी। कनिका के लिए गौरव भाई का होना परिवार की कमी को पूरा कर रहा था। यूँ शादी रीति-रिवाज से तो होनी थी ही नहीं, फिर भी भाई का रोल निभाने के लिए गौरव काफी उत्सुक थे। शादी ऋषिकेश में होनी

तय हुई क्योंकि कनिका का मन था गंगा नदी जो उसकी नई सहेली बनी है उसके बिना शरीक हुए शादी न हो। अब गंगा दिल्ली तो आ नहीं सकती थी तो शादी को ऋषिकेश आना ही था। सुधांशु कनिका के मन के लिए कुछ भी कर सकता था। उसके घरवाले भी काफी उदार विचारों के लोग थे यानी बच्चे जिसमें ख़ुश, उसी में राजी वाली सोच के, तो जब सुधांशु ने प्रस्ताव रखा कि बेहद सादा ढंग से कोर्ट में शादी करने को कनिका कह रही है तो सबसे ख़ुश तो हुए पापा। क्योंकि उन्हें अपने बेटे का तो पता था कि वो शादी करना चाहता है लेकिन कनिका सुधांशु से शादी को लेकर असमंजस में थी, इसका अन्दाज़ा उन्हें था। सुधांशु के पापा डीसीपी अवनीश चौधरी कनिका को पसन्द करते थे। कनिका भी उन्हें बहुत मान देती थी। उन्होंने काफी मदद की थी कनिका की। लेकिन वो बिलकुल नहीं चाहते थे कि कनिका अपने किसी भी फैसले में इस परिवार से मिले साथ या सहयोग का किसी भी तरह का स्ट्रेस ले। यूँ दबाव सुधांशु ने भी उस पर कभी नहीं बनाया था लेकिन वो इतनी शिद्दत से शादी करना चाहता था कि वह शिद्दत ही कनिका पर एक क़िस्म का दबाव थी। हालाँकि कनिका ने शादी का फैसला किसी दबाव में नहीं लिया। इस बात को कन्फर्म करने के लिए अवनीश जी ने कनिका से काफी देर तक बात की। उनके सवाल थे 'शादी क्यों? अब क्यों? अब तक क्यों नहीं?

कनिका कुछ स्पष्ट थी कुछ कन्फ्यूज। उसने साफ कहा, 'अंकल सुधांशु मुझे पसन्द है, बहुत पसन्द है लेकिन मैं उससे प्यार करती हूँ इसको लेकर कन्फर्म नहीं थी। मतलब वो कहते हैं न कि उसके बिना जी नहीं पाऊँगी टाइप फीलिंग नहीं आती थी। लेकिन पिछली बार जब वो दिल्ली आकर बीमार पड़ा था और मैं वहाँ ऋषिकेश में थी, उससे दूर तब मुझे लगा कि फर्क तो पड़ता है इन जनाब के मेरी ज़िन्दगी में न होने से। हाँ, यह ज़रूर लगा हमेशा कि शादी क्यों। बिना शादी के भी तो रह ही रहे थे साथ में। जाने क्यों लगता था, अब भी लगता है कि शादी रिश्तों के खुलेपन को, मिठास को खा लेती है। मैंने बहुत कम जोड़े देखे जो शादी के बाद की दोस्ती को बचा पाए हैं।

लेकिन पता नहीं अंकल पिछले कुछ दिनों में मैंने एक अजीब-सी असुरक्षा को महसूस किया। मेरे घरवालों का साया अब भी मुझे डराता है। अब भी लगता है कहीं कुछ हो न जाए। फिर मुझे लगा कि शादी के संरक्षण में आ ही जाती हूँ। आप सब यूँ भी हमेशा मेरे साथ हैं लेकिन अब मैं इस परिवार में साधिकार शामिल होना चाहती हूँ अगर सुधांशु के पास इतना ख़ूबसूरत परिवार नहीं होता, आप सब, अंकल आप और गौरव भाई, ऋतु दी, आंटी तो शायद यह फैसला लेना इतना आसान नहीं होता। सच कहूँ तो आप सबके जीवन का हिस्सा बनने का लालच आ गया। डर लगा कि कहीं सुधांशु का धीरज टूट गया और उसने किसी और से शादी कर ली तो मेरा क्या होगा...' यह कहकर कनिका अवनीश अंकल को ताली देकर जोर से हँस पड़ी। असल में वो सच में अपने घरवालों से डर गई थी। क्योंकि घरवालों ने काफी मान-मनौव्वल और धमकी आदि देने के बाद यह घोषित करके भी कि उनकी बेटी उनके लिए मर गई है, उसकी खोज-ख़बर लेना नहीं छोड़ा था।

'अंकल, सुधांशु तो बहाना है मैं तो आप सबके साथ और ज़्यादा प्यार के लालच में आपके लाड़ले से शादी कर रही हूँ।' कनिका ने मुस्कराकर कहा तो सुधांशु की मुस्कराहट भी खिल गई। 'अंकल बस इतना ही चाहती हूँ कि शादी एकदम सादगी से कोर्ट में हो। शादी मतलब लीगल स्टैम्प। बाक़ी क्या बदलना है हमारे बीच। और न ही बदले इसका आशीर्वाद भी दीजिए।'

अवनीश जी कोर्ट में सादगी से शादी की बात तो मान गए लेकिन शादी के बाद फॉर्मल डिनर के लिए कनिका को भी मानना पड़ा। आख़िर अवनीश जी को अपने डिपार्टमेंट वालों और रिश्तेदारों को ख़बर तो देनी थी अपने दोबारा ससुर बनने की।

ऋतु दी की दोनों बेटियों का मुँह फूला हुआ था कि मामा की शादी में ठीक से सजने-सँवरने और बारात में डांस करने का मौका भी नहीं मिलेगा। दीदी ने कोर्ट मैरिज के लिए ही दोनों को सुन्दर ड्रेस दिलाई और डिनर वाले कार्यक्रम में डीजे रखवानेवाली बात को अप्रूवल दिलाया।

कनिका ने दीदी से इतना ही कहा, 'लेकिन कोई स्टेज मत बनवाना प्लीज दी।' और दीदी इस बात पर हँस दी थीं। 'मैं समझ सकती हूँ मंच पर बैठना

काफी अजीब लगता है। मैं ख़ुद अपनी शादी में स्टेज से लगातार नदारद थी। कभी इसके पास, कभी उसके पास। गौरव बेचारा स्टेज सँभाले था। मुझे ढूँढ़-ढूँढ़कर पकड़कर स्टेज पर लाया जाता, फोटो खिंचवाई जाती और कुछ देर बाद मैं फिर ग़ायब। एक बार तो मुझे दोस्तों के साथ गोलगप्पे वाले स्टॉल पर पकड़ा गया। हा हा हा...।' ऋतु दी बताते-बताते याद करके लोट-पोट हुई जा रही थी। 'तू फिक्र न कर जैसा तू चाहेगी वैसा ही होगा। शादी तेरी है, तेरे हिसाब से होगी। बस एक चीज ज़रूरी है और वो है—दूल्हा-दुल्हन की ख़ुशी। बाक़ी सब बाद की बात।'

कनिका सच में इस परिवार की मोहब्बत में थी। वो सुधांशु से मज़ाक़ में कहा करती थी कि, 'अगर कभी तुझसे शादी करूँगी तो तेरे परिवार के कारण।' शायद वही सच हो रहा था।

ऋषिकेश में शादी होनी थी और दिल्ली में तैयारी। ऋषिकेश की तैयारियों का जिम्मा अनुभव और तृप्ति के हिस्से आया था। कोर्ट में एप्लीकेशन देने से लेकर गेस्ट हाउस की व्यवस्था देखने तक। हालाँकि परिवार के लिए गेस्ट हाउस बुक तो अवनीश अंकल ने करा दिया था लेकिन फिर भी काफी इन्तज़ाम थे देखने को। जयमाल, मिठाई, फोटोग्राफर, शादी के बाद फैमिली लंच और भी न जाने क्या-क्या। तृप्ति और अनुभव ने चार दिन में सारा इन्तज़ाम किया। इस बीच इन दोनों के ज़्यादा साथ रहने की ख़बर अनुभव के घरवालों तक पहुँच गई। एक तरफ़ अनुभव ख़ुश था कि दिन तृप्ति के साथ कभी फूल, कभी जयमाल सिलेक्ट करने में बीत रहे हैं। इन दोनों ने अपने लिए भी शॉपिंग की दोस्त की शादी के लिए, दूसरी तरफ़ जैसे ही अनुभव घर पहुँचता पिता जी उस पर चढ़ाई कर देते।

'आजकल किसके साथ घूम रहा है तू। नीच जात है वो। उसके हाथ का छुआ भी नहीं खाते हम लोग और तू उसके साथ घूम रहा है। उन लोगों की परछाईं पड़े तो स्नान करना पड़े हम लोगों को और तू उसे पीछे बिठाकर घूम रहा है। यह सब नहीं चलेगा।'

'नीच जाति कुछ नहीं होता। यह सब हमारा बनाया हुआ है।' अनुभव ने ग़ुस्से में कहा तो पापा और भड़क उठे।

'मुझे मत समझाओ तुम।'

अनुभव जानता था कोई भी जवाब देना मुसीबत मोल लेना है। इसलिए चुपचाप अपने कमरे में चला गया। मम्मी का रिकॉर्ड बजना शुरू हुआ उसके बाद।

'बहमन के लड़के को फँसा रही है वो। सब जानते हैं। ऊँची बिरादरी में आने का लालच है उसके बाप को। तभी इतनी छूट दे रखी है लड़की को, वरना कौन ऐसा करता है।'

'मम्मी ऐसा क्या है तुम्हारी बिरादरी में कि कोई तुम्हारी बिरादरी में आने को, तुम्हारे लड़के को फँसाएगा। अरे वो मुझे भाव तक नहीं देती है। तुम्हारा लड़का ही उसकी बिरादरी में जाना चाहे तो क्या करोगी।'

'देखो, जिस लड़के ने कभी जवाब तक नहीं दिया, पलट के उसे कैसा बना दिया उस लड़की ने।' मम्मी ने रोना शुरू कर दिया। बड़बड़ाने में रोना शामिल होकर काफी विद्रूप स्थिति को जन्म देता है, यह उस रोज़ अनुभव ने महसूस किया।

'अरे, मम्मी उसने कुछ नहीं किया। घास नहीं डालती मुझे वो। वो तो कनिका और सुधांशु हमारे दोस्त हैं, उनकी शादी है परसों। उसी की तैयारी की वजह से साथ रहना पड़ रहा है और कोई बात नहीं।'

'वही निर्लज्ज कनिका जो बिना शादी के सुधांशु के साथ रहती थी? चलो पाप कटे इस शहर के, जाने किसको फँसाती उसके बाद।' मम्मी का रिकॉर्ड बजे जा रहा था बस निशाना बदल गया था।

अनुभव यह सब सुनकर भन्ना गया। 'जो मन में आता है वो बके जा रही हो, जैसे इस खानदान की इज़्ज़त के सिवा किसी की कोई इज़्ज़त ही नहीं। ऐसा क्या है इस खानदान में। ऐसी जाहिलियत भरी बातें हैं जो हर जगह हैं। कभी मिलना सुधांशु के परिवार से। छोड़ो उनसे मिलकर भी तुम उन्हें ही गरिया दोगी' कहते हुए चाबी उठाकर बाहर निकल गया अनुभव। देर तक गंगा किनारे टहलता रहा। उसका घर जाने का मन ही नहीं कर रहा था।

उधर तृप्ति के घर में भी ख़बर तो पहुँच ही गई थी। वहाँ रोना-धोना मचा हुआ था। 'बेटा तुम नहीं जानतीं, ऊँचे खानदान वाले हैं वो लोग, लड़का तो

भला ही लगता है लेकिन कोई भरोसा नहीं इन लोगों का। हमारी जात वालों से दूर रहे हैं सब। किसी दिन चुपके से वार करेंगे। उससे दूर रहो बिटिया। कहाँ मरवा के फिंकवा देंगे पंडित जी, पता भी नहीं चलेगा।'

तृप्ति ने कोई जवाब नहीं दिया। कपड़े बदलकर हाथ-पैर धोकर सीधे रसोई में जा पहुँची। रात का खाना उसका इन्तज़ार कर रहा था खाने को नहीं, बनाए जाने को। सिंघाड़े की सब्जी बननी थी। वो खड़े-खड़े सिंघाड़े छीलती जा रही थी और मम्मी प्रवचन सुनाए जा रही थीं। उसे सचमुच ग़ुस्सा आता था पापा पर कि वो कुछ कहते क्यों नहीं। पूरी ज़िन्दगी विक्टिम मोड में काट दी उन्होंने। उसने पापा का सर हमेशा झुका ही देखा। ऑफिस, घर, रिश्तेदारी। उन्हें लगता है इस जाति में जन्म लेकर सर झुकाकर ही जैसे-तैसे जीवन काटा जा सकता है।

यूँ विक्टिम तो माँ भी कम नहीं थीं लेकिन वो बोलकर कहनेवाली विक्टिम थीं, पापा चुपचाप सहनेवालो। तृप्ति की आँखें भर आईं। क्या संरचना है समाज की, जिस जन्म में हमारा कोई योगदान नहीं, कोई पैदा होने से पहले नहीं जानता, कहाँ कब जन्म लेगा उसे जन्म के कारण मिले जाति, धर्म, देश, रंग को न सिर्फ़ ढोना पड़ता है, बल्कि उसी में धँसे रहना पड़ता है। उच्च वर्ण वाले उच्चता बोध में मरे जा रहे हैं और निम्न जाति वाले तुच्छता बोध में। बाबा साहब भी संविधान में कितनी ही व्यवस्था कर गए हों लेकिन यह भेद जो नसों में पल रहा है, वो कानून मात्र से कैसे दूर होगा।

उसे बाबा साहेब की 'वेटिंग फॉर वीजा' का वो प्रकरण याद आ गया जब उनका सामान गेस्ट हाउस से उठाकर बाहर फेंक दिया गया था, वो भी आधी रात को, सिर्फ़ जाति के कारण। ठीक वैसे ही जैसे गांधी जी को सेकेंड क्लास के कम्पार्टमेंट से बाहर फेंक दिया गया था, रंग के कारण। कितनी तरह के भेदभाव हैं समाज में।

अमेरिका में एक अश्वेत का सर कुचल दिया जाता है, भारत में सड़क चलते किसी लड़की का बलात्कार हो जाता है, कोई बस्ती जला दी जाती है धर्म के कारण। गरीबी एक अलग हाशिया है। इस वर्ग के लोग हर ओर

से मारे जाते हैं। लेकिन शायद यह पूरा सच भी नहीं। सवर्ण स्त्री और दलित स्त्री का दर्द एक सा है क्या, गरीब सवर्ण और गरीब दलित का दर्द एक सा है क्या? एक गरीब ब्राह्मण सम्पन्न दलित से श्रेष्ठ ही मानता है हमेशा ख़ुद को। समाज भी मानता ही है।

मम्मी की बड़-बड़ बैकग्राउंड म्यूजिक़ की तरह चले जा रही थी, फ्रंट में ये सब विचार चल रहे थे तृप्ति के मन में। तभी सिंघाड़े का काँटा चुभ गया उसकी उँगली में कच्च से। खून की कुछ बूँदें छलक आईं। तृप्ति मुस्कराई जैसे उसे अब तक उमड़ते सवालों का जवाब मिल गया हो। रंग एक है लहू का सबकी रगों में। उसे अपनी उँगली पर छलछला आई खून की बूँदें प्यारी लगने लगीं। मजरूह सुल्तानपुरी याद आ गए और वो सब्जी का मसाला भूनते हुए बेसाख्ता गुनगुनाने लगी—

लहू का रंग एक है
बने हो एक ख़ाक से, तो दूर क्या क़रीब क्या
लहू का रंग एक है, अमीर क्या गरीब क्या
वो ही जान वो ही तन, कहाँ तलक़ छुपाओगे—
पहन के रेशमी लिबास, तुम बदल न जाओगे
के एक जात हैं सभी
तो बात है अजीब सी
लहू का रंग एक है...
गरीब है वो इसलिए, तुम अमीर हो गए
के एक बादशाह हुआ, तो सौ फ़क़ीर हो गए
खता यह है समाज की
भला बुरा नसीब क्या
लहू का रंग एक है...

अभी तृप्ति इस गीत में ही गुम थी कि कनिका का फ़ोन आ गया। उसने एक हाथ से कुकर में ढक्कन लगाते हुए कन्धे से फ़ोन को कान के बीच दबाते हुए उठाया।

'यार रायता फ़ैल गया है। जाने कैसे पापा को शादी की ख़बर लग गई है। उनका अवनीश अंकल के पास फ़ोन आया था। कल आ रहे हैं वो लोग।' कनिका एक साँस में बोल गई। उसकी आवाज़ में घबराहट थी।

'कैसे लगी ख़बर उन्हें यार!' तृप्ति को कुछ समझ ही नहीं आया कैसे रिएक्ट करे।

'यह तो पता नहीं लेकिन मुझे बहुत डर लग रहा है।' कनिका की आवाज़ का डर छलक रहा था।

'तुझे डर लग रहा है? तू तो हमेशा मुझे हिम्मत देती है।' तृप्ति ने उसे हौसला देने के इरादे से कहा। 'अच्छा बता, अवनीश अंकल क्या कह रहे हैं', तृप्ति ने पूछा।

'वो क्या कहेंगे यार। हमेशा की तरह वही—जैसा तुम कहोगी, वैसा होगा।' आने दो, आने से कुछ नहीं होगा।' मुझे पता है न आने से ही बहुत कुछ होगा। कितने टंटे फँसेंगे, मैं ही जानती हूँ।' कनिका की आवाज़ का उलझाव बोले जा रहे वाक्यों को भी उलझा रहा था।

'देखो एक काम करो, अंकल से बोलो कि उन्हें अगले हफ्ते बुलाएँ। तब तक तेरी शादी हो जाएगी।' तृप्ति को तुरत-फुरत में यही आइडिया सूझा।

'यार वो लोग निकल चुके हैं।' कनिका ने तृप्ति के आइडिए को ध्वस्त करते हुए कहा।

'अंकल बता रहे थे—पापा उनसे माफी माँग रहे थे कि बहुत गलतियाँ कीं उन्होंने। बेटी को खोकर एहसास हुआ गलतियों का।'

'तो हो सकता है हो गया हो एहसास।' तृप्ति ने कनिका के उफान को थामने का प्रयास करते हुए कहा।

'अरे हाँ, मैं जानती हूँ अपने घरवालों को। मुझे अपना डर नहीं यार, मुझे अब सुधांशु की फैमिली का डर है। वो लोग कुछ भी कर सकते हैं।'

'पागल है क्या तू? अंकल डीसीपी हैं। मज़ाक़ समझ रखा है क्या।'

'लेकिन अंकल डीसीपी होकर भी भले इनसान हैं। पुलिस की नौकरी ने उनकी भलमनसाहत को कैसे बचा रहने दिया नहीं जानती लेकिन यह भला होना ही उनकी कमजोरी है। वो पापा के आँसुओं के नाटक में न आ जाएँ?'

'मुझे लगता है तू ज़्यादा ही सोच रही है। आने दे उन्हें और डर मत। अंकल सब सँभाल लेंगे।' तृप्ति ने सामान्य होते हुए कहा।

'तू नहीं जानती तृप्ति, किसी भी पोजीशन से बड़ा होता है जाति धर्म का दम्भ और किसी भी कमजोरी से बड़ी होती है भले होने की कमजोरी। मुझे इस परिवार को सेफ करना है यार। मुझे लगता है मुझे ये शादी नहीं करनी चाहिए। यह ख़तरा तो शायद शादी के बाद भी बना ही रहेगा।' कनिका का डर पूरा का पूरा बाहर आ गया था।

'क्या बात कर रही हो?' तृप्ति चौंकी।

'सच कह रही हूँ, अब मेरे परिवार के लिए यह नाक का सवाल हो गया है।'

'उफ्फ्फ...।' तृप्ति ने ठंडी आह भरी।

'सुधांशु क्या कह रहा है?'

'वह भी थोड़ा डरा हुआ लग रहा है।'

'ओह्ह...। तेरे घर वाले बकैत हैं क्या जो पुलिसवालों तक को डरा रखा है।' तृप्ति ने व्यंग्यात्मक लहजे में कहा।

कनिका चुप रही।

'देख तू ज़्यादा सोच मत, कल आने दे उन्हें। अच्छा है तू सुधांशु के घर पर है, सेफ है। अगर तू कहे तो मैं और अनुभव आ जाएँ कल। वैसे हम क्या ही कर लेंगे आकर।'

'प्लीज आ जाओ न...अवनीश अंकल को समझा दो कि मुझे मेरे घर नहीं जाना। न उन लोगों को शादी में शामिल करना है।'

'चल ठीक है मैं अनुभव से बात करती हूँ, कल पहुँचती हूँ तेरे पास।'

'प्लीज आ जा तृप्ति, मुझे बहुत डर लग रहा है।'

'ओके बाबा, अब रोना बन्द कर मेरी लक्ष्मीबाई। कल तेरी सेना तेरे साथ खड़ी होगी।'

फ़ोन रखने के बाद आख़िरी रोटी बेलते हुए तृप्ति ने सोचा, कह तो दिया उसने जाने को लेकिन अब घर में एक नई जंग शुरू होगी, क्यों जाना है, कहाँ जाना है, किसके साथ जाना है। ज़रूरत नहीं इस सब पचड़े में पड़ने की वगैरह।

'खाना आज ही मिलेगा न बिट्टो!' मम्मी का स्वर किचन तक आ ही गया था।

'हाँ, बस बन गया मम्मी।' तृप्ति सब्जी का डोंगा, रोटी का कैसरोल लेकर ड्राइंगरूम में पहुँची। बारिश आ गई थी, बादल थे तो शाम से लेकिन बरसेंगे भी यह अन्दाज़ा नहीं था।

खाना परोसते हुए तृप्ति ने सोचा, खाना खाकर अनुभव को फ़ोन लगाएगी लेकिन पहला कौर तोड़ा ही था कि अनुभव का फ़ोन आ गया। अनुभव का फ़ोन कम ही आता है लेकिन जब भी आता है तृप्ति को पहली अनुभूति ख़ुशी की होती है। वही इस बार भी हुई। उसने कौर को चबाते हुए कहा, 'मैं खाना खाकर फ़ोन करती हूँ।'

खाने का स्वाद बढ़ गया सा मालूम हो रहा था तृप्ति को। उसके मन में अनुभव के संग दिल्ली जाने का रोमांच भी कुलाँचें लेने लगा था।

•

जान-लेवा थीं ख़्वाहिशें वर्ना
वस्ल से इन्तिज़ार अच्छा था।

(जौन एलिया)

मरने के थे लाख बहाने...

नई शादी का ख़ुमार किसका कितना लम्बा चलता है, यह सब पर अलग-अलग निर्भर करता है। सीमा की शादी भले ही 19 साल में ही हो गई लेकिन समझ में वह काफी परिपक्व थी। खासकर शादी, प्यार और सेक्स को लेकर तो एकदम क्लियर थी। उसे पता था जो वह करने जा रही है यह शादी है जिसमें सेक्स अनिवार्य रूप से होगा लेकिन प्यार का कोई पता नहीं तो उसे प्रेम की कोई उम्मीद भी नहीं थी। न ही वो दिन-रात आसपास मँडराते महेश की प्यार की चाशनी में लिपटे आई लव यू से भ्रमित ही होती थी। बस कि उसने भी प्रतिदान स्वरूप आई लव यू बोलना सीख लिया था, जिसका कोई अर्थ नहीं था यह भी वह जानती ही थी। जाहिर है वो ख़ुश तो नहीं थी लेकिन उसने समझौता कर लिया था।

गृहलक्ष्मी और मनोरमा पढ़-पढ़कर उसने काफी ज्ञान तो ले लिया था और कुछ कसर पूरी कर दी थी सहेलियों ने। प्रेम और वासना का अन्तर पहली बार सीमा को तभी पता चल गया था, जब शादी से पहले वाली एक शाम घूमते हुए आँखों से लार टपकाते हुए सीमा को चूमने की कोशिश की थी महेश की उस हरकत ने। बचपन की स्मृतियों में दर्ज उस घिनौने स्पर्श की याद ताजा कर दी थी जो मौसी के लड़के ने उसे दिया था। लिजलिजापन तैर गया था, जैसे छिपकली रेंग गई हो देह पर। सिहर उठी थी वह। उसके हालात नहीं थे शादी को मना करने के क्योंकि इंगेजमेंट पर काफी पैसा खर्च हो चुका था, साथ ही बदनामी का डर भी था, वरना वो साफ इनकार कर देती इस शादी के लिए। कोशिश की भी थी उसने घर पर बताने की लेकिन घरवालों ने यही कहा, यह सामान्य बात है। सीमा समझती थी कि बात

बदनामी से ज़्यादा पैसों की है। गरीबी सर पर हो तो इज़्ज़त बड़ी बात नहीं होती, पैसा होता है। जिस रोज़ मम्मी ने रोते हुए इंगेजमेंट में 25 हजार खर्च होने की बात कही थी उसी दिन सीमा ने तय कर लिया था कि शादी तो वो करेगी ही भले ही शादी के बाद फाँसी पे लटककर घर भर को चक्की पीसने भेजना पड़े। आख़िर दहेज तो माँगा ही है न महेश के पापा ने, हालाँकि ग़ुस्से में सोची गई अपनी बात से उसे ख़ुद पर हैरत भी हुई और हँसी भी आई। मन भी क्या-क्या सोचता है। 'मैं मरनेवाली नहीं हूँ। जीनेवाली हूँ' सीमा ने अपने ही सुसाइड वाले ख़याल के फुग्गे को सुई चुभा दी।

सीमा का मन पढ़ने में नहीं लगा, इसके कई कारण रहे होंगे लेकिन सीमा का दिमाग चाचा चौधरी से भी तेज चलता है। वह स्वभाव में तृप्ति जैसी एकदम नहीं है। यूँ एक जैसी ही हैं दोनों बहनें कि आहत दोनों होती हैं, किसी भी क़िस्म के गलत से लेकिन तृप्ति जहाँ ख़ुद को सहेजकर रखती है वहीं सीमा बिखर जाती है। वहीं के वहीं हिसाब करनेवाली है सीमा, मन में गाँठ बाँधकर गलने व सहनेवाली नहीं। माँ उसे मुँहफट कहती थीं, पापा बकबकिया मशीन। ससुराल में आकर इज़ाफा ही किया उसने अपनी इस प्रशंसा में।

मायके से आए सामान को लेकर जब सास और जिठानी ने चिनक-पिनक की तो चूड़ियों भरे हाथों से पल्ला सँभालते हुए उसने भी जम के सुना दी थी सबको, 'जितना बन पड़ा है किया है हमारे पापा ने। कोई कमी नहीं है, किसी सामान में। ज़्यादा स्टैंडर्ड दिखाना हो तो पहले ख़ुद का स्टैंडर्ड भी तो बनाइए। हमको तो इस घर में कोई स्टैंडर्ड दिखता नहीं है। एक ढंग का बाथरूम तक तो बना नहीं है। मीनमेख निकालना आसान है।' भनभनाते हुए सीमा किचन में गई और सिर्फ़ अपने लिए चाय बनाकर लेकर चली गई छत पर।

सासू माँ ने कलपना शुरू कर दिया, जिसमें धार दी जिठानी प्रीती ने। 'हमारे यहाँ से इत्ता सामान आया था, तब भी हम कभी जबान नहीं खोले, इनका महारानी का आते ही मुँह खुल गया है। आगे-आगे देखिए क्या करती हैं ये...'

सास तो सास क्या छोटी बहू, क्या बड़ी, वो तमक के प्रीती भाभी को आड़े हाथ लेकर चिल्लाई, 'ज़्यादा इतराओ नहीं तुम, तुम्हारे यहाँ से वो जो सोने की अँगूठी के नाम पर पीतल की टिका गए थे लोग, उसका कोई हिसाब ही नहीं है।'

‘क्यों हिसाब क्यों नहीं? कितनी बार सुनाएँगी आप वही बात। बनवा के दे तो दी थी पापा ने अँगूठी उसके बदले। कित्ती बार देंगे।’ प्रीती भाभी एकदम झल्ला पड़ीं।

‘वो तो उन्होंने गुड़िया की शादी में दी थी, उसका हिसाब उस अँगूठी से कैसे पूरा होगा। हमको ज़्यादा न समझाओ तुम्हारे घर वाले भी कोई कम नहीं हैं। गुड़िया की शादी में उनसे मदद माँगी तो हाथ फैला दिए, तब वही अँगूठी टिका गए थे।’ तमाम देखी हुई फिल्मों की सास उनके भीतर प्रवेश कर चुकी थी, तमाम धारावाहिकों की स्क्रिप्ट जैसे उन्हें सास वाले किरदार के साथ किसी ने थमा दी हो।

इधर प्रीती भाभी और सासू माँ में ठन गई थी और जो बात सीमा की शादी में आए दहेज की बुराई से शुरू हुई थी, वो प्रीती भाभी के घर से आई पीतल की अँगूठी और उस बहाने उनके मायके वालों को कोसने पर आ लगी थी। जिस बात की शुरुआत सासू माँ के टसुए बहाने से हुई थी उसका अन्त प्रीती भाभी के अश्रु और क्रन्दन से होने को था। उधर सीमा मजे से अपनी शाम की चाय का लुत्फ ले रही थी। लेकिन जैसे ही महेश दफ्तर से घर लौटा घर का माहौल एकदम ही बदल गया। सीमा ने प्रीती भाभी को साइड आर्टिस्ट की तरह साइड करते हुए और सासू माँ को कैरेक्टर रोल में फिट करते हुए हिरोइन की तरह इंट्री ली। महेश को देखते ही उसने सुबकना चालू कर दिया। महेश इन दिनों नई शादी के नशे में रहता था सो उसने अपनी नवेली बीवी को रोते देखा तो उसे आ गया गुस्सा। किसने रुलाया उसकी शोना बेबी को यह सोचकर ज्वालामुखी फूट पड़ा उसका। ऊपर से सीमा ने बाँह पकड़ ली रोते-रोते महेश की। इतना किक काफी था महेश के लिए। सीमा ने महेश की नस पकड़ ली थी। महेश ने सीमा से ही मामले को जाना और अपनी माँ को दोषी पाते हुए उनके ख़िलाफ़ अनर्गल प्रलाप की कार्रवाई शुरू कर दी। इस कार्रवाई में प्रीती भाभी का बदला भी पूरा हो गया था। उन्हें लगा उनके आँसुओं का हिसाब भी हो गया। उधर सासू माँ अपने बेटे की करतूत के लिए अपनी ही कोख और दूध को कोसने की मुद्रा में आ गई थीं। सीमा को वो अचानक काफी बेचारी लगने लगी थीं। उसने महानता का आवरण ओढ़ते हुए महेश

से कहा, 'जाने दीजिए। माँ हैं। बड़े बुजुर्गों का निरादर नहीं करना चाहिए। दो बात कह लें तो कोई बात नहीं लेकिन उनका अपमान शोभा नहीं देता।'

महेश पड़ गया चक्कर में, ये क्या हो रहा है। उसने जूते के फीते खोलते हुए माँ से कहा, 'देख लो कितनी अच्छी बहू मिली है।' माँ को अपने बेटे की इस बात पर कितना ग़ुस्सा आया, यह तो पता नहीं लेकिन सीमा को बड़ा मज़ा आया। लेकिन इस मजे की कीमत उसे रात में चुकानी पड़ेगी यह सोचकर उसका मजा थोड़ा कम हो गया।

उसने जाकर पति के लिए चाय बनाई तो सबके लिए बना दी। सासू माँ ने चाय मेज पर ही छोड़ दी और मुँह फुलाए हुए चली गईं कमरे में। सीमा को अब थोड़ा दुख हुआ। लेकिन वो क्या करती यूँ अपने घरवालों के ख़िलाफ़ सुन तो नहीं सकती थी न। फिर भी उसे सासू माँ की स्थिति पर दुख हुआ और उसने तय किया कि सासू माँ को मना लेगी। रात के खाने के समय वो जब सासू माँ को बुलाने गई तो पाँव पकड़कर बैठ गई, 'आप हमारी मम्मी की तरह हैं। अब हमारी मम्मी को कोई कुछ कहेगा तो बुरा लगेगा न बस वैसे ही बुरा लगा हमको। लेकिन आपका मन दुखाना नहीं चाहते थे, माफ कर दीजिए कहते हुए सीमा ने कान पकड़ लिया।' सासू माँ को अब प्यार वाला रोना आ गया। उन्हें याद ही नहीं कि कभी किसी ने उनके ग़ुस्से को इतना मान दिया हो, मनाया हो। हालाँकि वो ग़ुस्सा बात-बात पर होती रही हैं और ख़ुद ही मानती रही हैं। उन्हें सीमा का माफी माँगना उनका मान बढ़ने जैसा लगा और उन्होंने प्यार से सीमा के सर पर हाथ फेर दिया।

खाने के वक़्त महेश और बड़े बेटे सुरेश दोनों को सुनाते हुए कहा, 'कहने को तुम दोनों हमारी औलाद हो लेकिन सीमा ने आज हमको बहुत मान दिया।'

अब बारी प्रीति भाभी और महेश के चौंकने की थी। 'जिसकी वजह से झगड़ा हुआ वही प्यारी है और हम सब दुश्मन...वाह।' प्रीती भाभी से रहा नहीं गया।

'उसकी वजह से क्या झगड़ा हुआ हमारी वजह से हुआ। हमको ऐसे बोलना ही नहीं चाहिए। किसी के माँ-बाप को ऐसे बोलेगा कोई तो बुरा तो लगेगा ही।' सासू माँ एकदम आइसक्रीम की तरह पिघल रही थीं। सीमा उनकी थाली में खीर की कटोरी रखते हुए मुस्करा दी।

यह तृप्ति की संगत का ही असर था कि सीमा को चीज़ें तनिक ज़्यादा स्पष्ट दिखने लगी थीं। वह देख पा रही थी कि सास और जिठानी तो असल में मोहरा हैं खेल तो कोई और ही रहा है। वही जिसे इस तरह औरतों को औरतों से आपस में भिड़ा के पूरी सत्ता को अपनी मुट्ठी में रखना है। माँ भी बेटे के मोह में बहू से पंगे लेती है, ईर्ष्या रखती है और बहू भी पति पर अधिकार जमाए रखने के लिए। भाई, भाभी और ननद का भी ऐसा ही मामला है। वो भाई जो शादी के पहले भी कभी भाव नहीं देता, शादी के बाद इसका कारण भाभी बन जाती है। लड़का चाहिए, लड़की नहीं यह सोच भी औरतों में रोपी गई क्योंकि पुत्र के जन्म के साथ ही स्त्री का मान बढ़ता है कुछ समय के लिए ही सही क्योंकि आगे चलकर बेटे ने भी अपनी लैंगिक सत्ता पर इतराते हुए माँ को कुछ नहीं समझना है। यह सब जब तृप्ति उसे बताया करती थी तो सीमा को लगता था, तृप्ति जीजी पागल है ज़्यादा पढ़ लेने से उनका दिमाग खराब हो गया है। लेकिन समझ के बीज जरा धीमे उगते हैं। आज जब अपनी ससुराल में सास बहू और पितृसत्ता की साजिश के चक्रव्यूह में वह फँसी तो उसे तृप्ति की बात धीरे-धीरे समझ में आ रही है। 'इस चक्रव्यूह से निकलने के लिए तमाम खाँचों को तोड़कर हर स्त्री को दूसरी स्त्री का हाथ थामना होगा।' तृप्ति का कहा सीमा के कानों में तैर गया। वो प्रीती भाभी के पास गई और उनके कन्धों को हल्के से दबाते हुए धीमे से बोली, 'भाभी, सॉरी। आपका दिल दुखाया, मेरा इरादा नहीं था ऐसा। माफ कर दीजिए।' भाभी का मन भर तो आया था लेकिन प्रकट में उन्होंने 'हुँह...' कहकर मुँह फिरा लिया। सीमा समझ गई बात बनने में वक़्त लगेगा।

सीमा ने घर की औरतों के मन में जगह बना ली थी। इसका असर यह हुआ कि घर के मर्द सीमा से खिंचने लगे थे। चाहे जेठ जी हों या ससुर या महेश ख़ुद। हालाँकि महेश ज़्यादा खिंच नहीं पाता था, जिसका कारण उसकी नई-नई शादी थी। जिस दिन महेश दिन में सीमा से खिंचता उस रात सीमा को पेट दर्द या सर दर्द होने लगता और महेश को ख़ुद पर ही ग़ुस्सा आने लगता कि क्यों वो पापा और भैया के चक्कर में पड़ गया। ठीक ही तो करती है सीमा। कितनी अच्छी बहू है जो चार दिनों में सास और जिठानी से दोस्ती कर ली।

सीमा ऐसा कर पाई क्योंकि उसने रिश्ते में बड़ी दोनों औरतों की सत्ता में दखल नहीं दिया। बिना प्रीती भाभी से पूछे वो कोई काम नहीं करती, बिना सास की सेवा के उसका दिन न पूरा होता। भाभी से सास के गुणों का बखान और सास से बड़ी भाभी के गुणों का बखान। धीमे-धीमे तीनों गुइयाँ होने लगीं।

उस रोज़ सासू माँ आँगन में पन्नी बिछाकर बड़ियाँ बना रही थीं कि महेश दुकान से घर आ गया। माँ ने पूछा क्या हुआ तो बोला सरदर्द है। यह अंशुल के एक्सीडेंट के बाद की बात है। अंशुल के एक्सीडेंट के बाद से महेश सीमा से चिढ़ने लगा था। उसे लगता था कि सीमा ने सबके सामने उसकी बेइज़्ज़ती की है। उनके रिश्तों पर इसका असर यूँ पड़ा कि 3 महीने के गर्भ से चढ़ी सीमा ने महेश को हर रात इनकार करना शुरू कर दिया था। सीमा महेश के साथ हर दिन एक युद्ध में थी लेकिन दैहिक रिश्ते की कमान उसने अपने हाथ से छूटने नहीं दी थी। महेश इस बात से भी चिढ़ता था।

उस रोज़ जब दिन में आया तो उसने सीमा को दवा देने को कमरे में बुलाया। उसके बाद कमरा बन्द। कुछ दर्द भरी आवाज़ें जिन्हें सास और जिठानी सुनकर अनसुना करती रहीं। करीब घंटे भर बाद महेश कमरे से निकला और सीधे बाहर चला गया। देर तक जब सीमा बाहर नहीं आई तो सास ने प्रीती को देखने भेजा। सीमा कमरे में बेहोश पड़ी थी। उसकी टाँगों के पास खून रिस रहा था। कपड़े पहने नहीं ओढ़े हुए थी वो। प्रीती ने सास को बुलाया।

सीमा का गर्भ गिर चुका था और घर की औरतों का नया-नया उभरता गर्व भी।

•

दुनियादारी तो क्या आती दामन सीना सीख लिया
मरने के थे लाख बहाने फिर भी जीना सीख लिया।

(ख़लील-उर-रहमान आज़मी)

...उम्र बस उस पे ग़ौर करने में कट रही है

एक तरफ़ मौसम का पारा चढ़ा जा रहा था दूसरी तरफ़ तृप्ति का ग़ुस्सा। इतना ग़ुस्सा उसके भीतर है यह उसे मालूम भी नहीं था। मौसम की गर्मी से गंगा तट पर जाकर भी राहत नहीं मिल रही थी। तृप्ति के भीतर अब तक की सही गई तमाम उपेक्षा मानो उफनाकर सामने आ गई हो। अनुभव अपनी उस एक गलती के लिए ख़ुद को कोस रहा था, जिसके कारण तृप्ति इस कदर भड़की हुई थी। उसे अन्दाज़ा नहीं था कि उसका मज़ाक़ इतना भारी पड़ जाएगा। बात जरा-सी थी लेकिन सामने तृप्ति थी। एक ऐसी लड़की, जिसने अपने हर हक़ को सिर्फ़ इसलिए खोया कि एक रोज़ ज़रूर पलटकर मजबूत दीवार बन खड़ी होगी। ये नई उम्र के हौसलों की उड़ान हो या उसका ख़ुद की काबिलियित पर भरोसा, ख़्वाब देखने की आदत उसने कभी छोड़ी नहीं और छोटी लड़ाइयों में कभी ख़ुद को जाया नहीं किया। उसे यक़ीन था कि वो ज़रूर सिविल्स क्लियर कर लेगी और उसके बाद वो अपने परिवार का सर हमेशा के लिए उठा सकेगी।

उसकी काबिलियत पर उसे ही नहीं उसके जाननेवालो लगभग सभी को यक़ीन था। पहली बार में प्रिलिम क्लियर होते ही उसने सबका यह यक़ीन बढ़ा ही दिया था। उन सब में अनुभव भी शामिल था। लेकिन आज अनुभव ने जो कहा, भले ही मज़ाक़ में ही सही उसे चुभ गया। 'इनसान का व्यक्तित्व उसके मज़ाक़ में सबसे ज़्यादा खुलता है', हमेशा से मानती रही तृप्ति का यक़ीन एक बार फिर पुख़्ता हो गया।

कनिका की शादी के समय दिल्ली जाते समय अनुभव ने अपने दिल की बात तृप्ति को कही थी, जिसे तृप्ति ने बिना इनकार या इकरार के अपनी

मुट्ठी में बाँध लिया था। हालाँकि तुरन्त इनकार न करना लगभग इकरार ही था ऐसा अनुभव को लग रहा था। उसके पाँव जमीन पर नहीं पड़ रहे थे।

जिन हालात में कनिका की शादी हुई वो भी काफी फिल्मी थे। लेकिन सुधांशु के पापा की समझदारी और पावर दोनों ने मिलकर परिस्थिति को सँभाल लिया था। कनिका के घरवाले ज़्यादा कुछ कर नहीं पाए। आए थे अपनी नाक ढूँढ़ते हुए और अवनीश अंकल ने उन्हें उनकी कटी हुई नाक को ऊँचा करके ही लौटाते हुए कहा, 'इतनी होनहार है आपकी बेटी। पक्का निकाल लेगी आई.ए.एस. और उम्मीद है मेरा बेटा भी निकाल लेगा और अगर न भी निकला तो कुछ न कुछ तो बेहतर कर ही लेंगे दोनों। आपका दुख मैं समझता हूँ, मैं भी एक बेटी का बाप हूँ लेकिन अगर आप बेटी की शादी में शामिल होंगे तो आपकी नाक ऊँची ही होगी। होनहार बेटी के खुले दिल वाले पापा बनेंगे आप। आप आज देख रहे हैं, कल नहीं देख रहे हैं, पूरे घर की दशा बदल देगी कनिका। कहाँ आप पुराने जमाने की सोच वाली बेइज़्ज़ती इज़्ज़त के चक्कर में पड़े हैं। बेटी को पढ़ने भेजा था, बोलिए रिश्तेदारों को और शादी में शामिल होइए। जाकर बढ़िया दावत दीजिएगा सबको। देखिए कैसे आपकी नाक ऊँची होती है।' कनिका के पापा दम्भी तो थे ही लेकिन पावर के आगे झुकने की आदत भी थी ही उनमें। अवनीश जी की बात उन्हें कितनी समझ आई यह तो पता नहीं लेकिन रौब-दाब, बड़ा घर-परिवार और पुलिसिया शान ने उन्हें डराया भी और उकसाया भी कि एक बार अगर उन्होंने कनिका को माफ किया तो यह सब रौब-दाब उनका भी हो सकता है आख़िर वो समधी हो जाएँगे। उन्हें उनकी कटी हुई नाक जब ज़्यादा ऊँची होकर वापस मिली, तो उनकी मूँछों के नीचे की मुस्कराहट खिल गई। कनिका को कुछ समझ में नहीं आया कि ये कैसे हुआ तो अवनीश अंकल ने सर पर हाथ रखकर इतना ही कहा शादी की तैयारी करो, हमें ऋषिकेश के लिए निकलना भी है।

जब तक अनुभव और तृप्ति वहाँ पहुँचे मामला सुलझ चुका था। चूँकि अनुभव और तृप्ति दिल्ली आ चुके थे तो उन्हें सुधांशु की शेरवानी और कनिका

की साड़ी के फॉलोअप की जिम्मेदारी दे दी गई। अनुभव उस दिन अवनीश अंकल की समझदारी का कायल हो गया। अवनीश अंकल हीरो हो चुके थे, उन्होंने मुस्कराकर इतना ही कहा हर लड़ाई हथियार से नहीं लड़ी जाती, ज़्यादा लड़ाइयाँ दिमाग से लड़ी जाती हैं। तृप्ति उनकी बात पर मुस्करा दी। यही तो वह भी सोचती है और इसी की कोशिश में लगी भी है।

शादी के लिए सब साथ में ऋषिकेश आए। शादी सादगी और शान्ति से हुई। शादी के तुरन्त बाद कनिका के पापा, चाचा और भाई के साथ वापस चले गए। गौरव भाई, भाई के हिस्से की रस्में करने को उतावले थे तो बोले, 'भाई विदाई ही कर लो ठीक से। मैं अपनी बहन को गाड़ी में बिठा दूँ कम-से-कम।' सब हँस पड़े। 'गौरव भाई साठ किलो की हूँ, उठा नहीं पाओगे आप?' कनिका ने कहा तो गौरव भाई को जोश आ गया और उन्होंने कनिका को गोद में उठाकर गाड़ी में बिठा दिया। कनिका ने सुधांशु को देखते हुए कहा, 'अब तुम मुझे उठाने से मना नहीं कर सकते?'

'क्या जीजू आपने मेरे लिए मुश्किल बढ़ा दी। वैसे भी हनीमून के लिए पहाड़ पर जा रहे हैं ख़ुद ही चलना मुश्किल, ऐसे में इसे कौन उठाएगा।' सुधांशु ने मुस्कराकर कहा।

'तुमसे न उठे तो हम हैं भाई' अनुभव ने मस्ती में सुधांशु को छेड़ा तो सब हँस दिए।

'कोई सामान नहीं हूँ मैं, कोई भी उठा ले। मैं ख़ुद चुनूँगी उसे जो मुझे उठाए और वो मैंने चुन लिया है। अनुभव तुम्हारा नम्बर हो सकता था लेकिन अब देर हो चुकी है।' कनिका ने अनुभव को उलटे छेड़ा तो अनुभव झेंप गया।

गेस्ट हाउस में दो दिन पूरा परिवार रुका और शादी के बाद वाली चहल-पहल चलती रही। उधर अनुभव और तृप्ति के घर में अलग ही माहौल था। एक के घर में डर का दूसरे के घर में खंडित होते दर्प का। इस अफरा-तफरी में अनुभव की मम्मी ने ब्रह्मास्त्र निकाला और अनुभव के लिए रिश्ते देखना शुरू किया। जब तक अनुभव सुधांशु की शादी से फ्री होकर घर लौटता, लड़कियों की फोटो के ढेर लग चुके थे।

अनुभव को कुछ समझ में नहीं आ रहा था, ये क्या हो रहा है। जब यह पहले से तय था कि जब तक कुछ बन नहीं जाएगा, वो शादी करेगा ही नहीं, फिर यह सब क्या शुरू हो गया। लेकिन पंडितजी की पारखी नज़रों ने बदलती हवा को भाँप लिया था और इसके पहले कि कोई नीच जात की लड़की घर में आने के सपने देखना शुरू करे, उस सपने को ही नेस्तनाबूद कर देना बेहतर समझा। सुधांशु की शादी ने यह रास्ता भी खोल दिया था उसके सामने कि सिलेक्ट होने के बाद शादी होगी। जब सुधांशु तैयारी के बीच में शादी कर सकता है तो वो क्यों नहीं कर सकता।

'यार तूने बड़ा गलत उदाहरण सेट कर दिया है।' अनुभव ने सुधांशु को बताया तो सुधांशु को हँसी आ गई।

उस रोज़ जब तृप्ति का पारा चढ़ा था, उसका कारण यही था कि अनुभव ने घर में चल रही लड़कियों की फोटो और लड़की दिखाई के बारे में उसे बताते हुए मज़ाक़ में कह दिया था कि, 'सोचता हूँ कर लूँ शादी। घर में तैयारी में सेवा करनेवाली आ जाएगी और मन लगेगा पढ़ने में। अब तुम तो भाव दे नहीं रही।'

बात सादा-सी थी और मज़ाक़ में कही गई थी लेंकिन तृप्ति को चुभी गहरे। वो किस बात से ज़्यादा आहत थी, उसे ख़ुद पता नहीं। हालाँकि प्रकट में तो वह लड़की को सेवा करने के टूल के तौर पर देखने से नाराज थी अनुभव पर। अनुभव भी जान रहा था बात उतनी सी है, नहीं जितनी दिख रही है।

अनुभव उसे मनाता रहा, 'यार मज़ाक़ कर रहा था। मैंने सोचा शायद तुम्हारा अटका हुआ इकरार शायद इस तरह बाहर आ जाए। मुझे कहाँ शादी करनी है किसी और से।'

'करनी है तुम्हें। बाहर एक इंटीलेक्चुल गर्लफ्रेंड भी मिल जाए। घर में माँ-बाप और रिश्तेदारों की पसन्द की जाति बिरादरी वाली बीवी भी, यही तो चाहते हो तुम लोग।'

'यार अब ये ज़्यादा हो रहा है। मैंने कहा न सॉरी, मेरा वो मतलब था ही नहीं।' अनुभव ने कहा लेकिन तृप्ति के मुँह से गर्लफ्रेंड सुनकर उसे गुदगुदी ही हुई और उसे अपने प्रेम की नैया पार लगती नज़र आने लगी।

'फिर क्या था मतलब?' तृप्ति भन्नाते हुए गंगा के किनारे भागती जा रही थी।

अनुभव को अपना जवाब मिल गया था। वो मुस्करा रहा था। थोड़ी देर वो अपनी जगह खड़ा रहा फिर पीछे से पानी उछालते हुए बोला, 'लो थोड़ा माथा ठंडा करो पहले। गंगा मैया इस लड़की को अक्ल दे दो और बता दो कि इकरार का यह तरीका पुराना हो चुका है।'

तृप्ति की पीठ थी अनुभव की तरफ़ और उस पीठ पर ही उग आई तृप्ति की मुस्कान को देखा था अनुभव ने।

सूरज धीरे-धीरे पहाड़ियों से उतरते हुए दिन की ड्यूटी पूरी कर घर जाने की फिराक में था। तपता हुआ दिन एक ठंडी शाम देकर विदा हो रहा था। अनुभव और तृप्ति दोनों उस ठंडक के आगोश में सिमटे हुए थे।

तृप्ति गुनगुनाते हुए घर पहुँची तो देखा घर में ताला लगा है। फ़ोन करने को पर्स से निकाला तो देखा फ़ोन साइलेंट पर था और अंशुल और पापा की 20 मिस्ड कॉल थीं। 2 कॉल महेश की भी थीं।

मैसेज भी पड़ा था कि हॉस्पिटल जा रहे हैं सीमा एडमिट है।

•

किसे ख़बर है कि उम्र बस उस पे ग़ौर करने में कट रही है
कि ये उदासी हमारे जिस्मों से किस ख़ुशी में लिपट रही है।

(तहज़ीब हाफ़ी)

रोएँगे हम हज़ार बार कोई हमें सताए क्यों...

सीमा को ड्रिप चढ़ रही थी। उसके पूरे शरीर पर काले निशान थे जो चोट के थे। उसका बच्चा गिर चुका था। मुँह खोलने की सजा उसे दी जा चुकी थी।

तृप्ति को पास देख, सीमा उससे लिपटकर रो पड़ी।

सीमा को टूटी, बिखरी और चोटिल हालत में अस्पताल में देखकर तृप्ति ग़ुस्से से भर उठी। ससुराल में चल रही बातचीत के बारे में तृप्ति को बताती रहती थी सीमा कि कैसे धीरे-धीरे माहौल बदलने की उसकी कोशिश रंग लाने लगी है और सास और जेठानी अब उसे पहले की तरह तानों और उपेक्षा का शिकार नहीं बनाते हैं। तृप्ति इस बात को लेकर सन्तोष में थी। अंशुल जब हॉस्पिटल में एडमिट था तब भी जिस सक्रियता और अधिकार से सीमा आई और उसने अपनी उपस्थिति को परिवार की ताकत के रूप में दर्ज भी किया, वह किसी भी परिवार के लिए सुखद था। कोई भी परिवार अपने परिवार की बेटी को ससुराल में ख़ुश ही तो देखना चाहता है। भले ही वो मायके में कैसे भी रही हो।

सीमा का हाथ थामते ही तृप्ति की आँखें छलछला पड़ीं। बच्चा खोने के दुख में शरीर और मन पर दर्ज चोटें भी शामिल थीं और शामिल था वह अपमान जो इस वक्त सबसे बडा हो गया था। 'दीदी...। दीदी...। उसने...।' सीमा कुछ कह नहीं पा रही थी। फफक पड़ रही थी, कुछ भी बोलने की कोशिश में। शब्द टूट रहे थे। छूट रहे थे। शब्द यहीं तो बौने पड़ जाते हैं। तृप्ति ने बिना कुछ कहे भरी-भरी आँखों से सीमा की हथेलियाँ सहलाईं।

'इनका बयान लिया जाना है।' महिला पुलिस ने आकर कहा तो तृप्ति की चेतना जागी। अरे हाँ, यह तो पुलिस केस हुआ। तृप्ति को महिला पुलिस की बयान वाली बात से ध्यान आया लेकिन किसने पुलिस को सूचित किया होगा इस बारे में। शायद अस्पताल वालों ने? सीमा की हालत ख़ुद ही सब बयाँ कर रही है, ऐसे में छुपा क्या है।

'अभी पेशेंट की हालत नहीं है बयान देने की। आपको थोड़ा इन्तज़ार करना होगा', कमरे में आई नर्स ने ड्रिप में कोई इंजेक्शन भोंका और महिला पुलिस को कमरे से बाहर जाने का इशारा किया। सावित्री सिंह उसके सीने पर टँके बैच में लिखा हुआ था। इंजेक्शन शायद नींद और पेन किलर का था। सीमा धीरे-धीरे नींद में चली गई। 'कैसा हरामी होता है ये आदमी लोग', नर्स ने सीमा के घावों की ड्रेसिंग करते हुए कहा।

तृप्ति को अचानक वह नर्स बहुत अपनी-सी लगने लगी।

'मैडम, आप लोग छोड़ना नहीं कमीने को। कौन है, जिसने किया ये आप लोग जानते हो? हालत देखकर तो लग रहा है घर का ही है कोई।'

'इसका पति है।' तृप्ति ने बर्फ से ठंडे शब्दों में कहा।

'ओह, अपनी ही बीवी का रेप किया कमीने ने। बहुत अन्दरूनी चोटें आई हैं। बहुत बुरी हालत की है। बच्चा भी गिर गया। बहुत खून बहा है।' नर्स सीमा की हालत बयान करते हुए दर्द की पूरी एक दास्ताँ बयान कर रही थी।

इसे यहाँ लाया कौन, तृप्ति के मन में सवाल चल रहा था। उसने कमरे के बाहर देखा कि सीमा के ससुराल वाले भी जमा हैं। सिर्फ़ महेश नहीं है, बाक़ी सब हैं।

सीमा कमरे से बाहर जाने को हुई तो नर्स ने कहा, 'मैडम पति है करके छोड़ना मत साले को।' नर्स जैसे अपने भी कुछ दर्दों का हिसाब लेना चाह रही हो। तृप्ति उसकी बात सुनते हुए कमरे से बाहर निकल आई।

'आप लोग ज़्यादा भीड़ मत लगाइए।' दूसरी नर्स ने आकर कहा तो सब लोग बाहर की तरफ़ चल दिए। सीमा के पास बैठने को मम्मी रुक गईं।

बाहर आते-आते तृप्ति ने सीमा की सास को आँखें पोंछते देखा। प्रीती भाभी ने तृप्ति को अलग ले जाकर कहा, 'दीदी शैतान चढ़ गया था, उस

दिन देवर जी पर। बहुत मारा। हम बाहर ही तो थे। कैसे रोके हैं अपने को, हम ही जानते हैं।'

प्रीती अपनी स्थिति को सँभालने की कोशिश कर रही थी लेकिन और ज़्यादा उलझ गई।

'क्यों नहीं रोका आपने? आपकी आँखों के सामने हुआ सब और आप कुछ नहीं कीं और आंटी आप? कितनी तारीफ़ करती थी सीमा आपकी लेकिन आप...। सब अपनी आँखों के सामने होते देखती रहीं। क्यों नहीं रोका किसी ने? दिन दहाड़े आपकी आँखों के सामने ये सब हो गया। दो औरतें जो घर में थीं, वो चुपचाप देखती रहीं। आप दोनों की गलती महेश से कम है क्या?' तृप्ति ने ग़ुस्से में भरकर कहा तो सीमा के सारे ससुराल वाले घबरा गए। वो पहले से ही डरे हुए थे। अगर एफ.आई.आर. हो गई तो घरेलू हिंसा से बड़ा मामला बन सकता है।

घटना की सूचना मिलते ही कनिका, सुधांशु, अनुभव भी आ गए थे। परिवार में चर्चा यह चल रही थी कि पुलिस के मामले को रफा-दफा किया जाए या लड़ाई लड़ी जाए। मम्मी पापा दोनों झिझक रहे थे एफ.आई.आर. कराने से। मामला एक बार पुलिस में गया तो कुछ भी सँभल सकता है लेकिन रिश्ता नहीं सँभल सकता। पति नाम का प्राणी कभी वापस अपनी पत्नी के साथ सहज सम्बन्ध में नहीं आ सकता, जिसने उसे जेल भेजा हो। हालाँकि सीमा की हालत ऐसी थी कि बिना ज़्यादा जोर लगाए ही महेश के ख़िलाफ़ कार्रवाई की जा सकती थी। तृप्ति और उसके दोस्तों को भी लग रहा था कि एफ.आई.आर. होनी चाहिए। जबकि सीमा के ससुर और जेठ दोनों हाथ जोड़ रहे थे कि बेटे को समझाएँगे, इस बार माफ कर दीजिए। हमेशा ऐंठे रहनेवालो ससुर जी और जेठ जी को यूँ देखना अजीब ही लग रहा था सबको। एकदम गिड़गिड़ाने, नाक रगड़ने के अन्दाज़ में थे दोनों। तृप्ति का कहना था कि इस बात का फैसला सीमा पर छोड़ना चाहिए। लेकिन सीमा अभी किसी फैसले पर पहुँचने की स्थिति में नहीं थीं।

गर्भपात के कारण खून काफी बह गया था। डॉक्टर्स का कहना था खून की ज़रूरत पड़ सकती है। बी पॉजिटिव वाली कलाई सुधांशु और अनुभव

दोनों ने आगे बढ़ा दी। हालाँकि ब्लड की ज़रूरत पड़ी नहीं। अस्पताल के बगीचे में चाय पीते हुए कनिका ने तृप्ति का हाथ अपनी हथेलियों में लेते हुए कहा, 'आज मुझे मेरा बचपन या कह लो टीनयेज का एक किस्सा याद आ गया।' कनिका की आँखें टप्प-टप्प टपकने लगीं।

सुधांशु ने उसकी पीठ सहलाते हुए बिना बोले सँभल जाने को कहा तो लेकिन आज शायद कनिका सँभलना चाहती नहीं थी। 'मैं नौवीं में थी जब मुझे यह सब समझ में आने लगा था। पापा अक्सर दोपहर में घर आते और उनके कमरे का दरवाजा बन्द हो जाता। भैया बाहर दोस्तों के साथ खेलने जाता था और मैं वह सब देखने, सुनने को बाध्य थी जो ज़्यादा समझ में नहीं आता था। अन्दर से मारपीट की, रोने की, सिसकने की, कराहों की आवाज़ें आतीं और कुछ देर बाद पापा चले जाते या सो जाते और मम्मी अपना सर ढँककर लंगड़ाते हुए कमरे से बाहर निकलतीं। वो सामने पड़ने से बचतीं। मुझे मम्मी के दर्द से सहानुभूति से ज़्यादा शर्मिन्दगी होती थी। ग़ुस्सा भी आता था क्यों वो पापा को मना नहीं करतीं। एक बार मैंने माँ को बोला तो चमाट मेरे ही गाल पर पड़ा। मम्मी ने कहा, 'यह औरतों का नसीब होता है ज़्यादा चूँ चाँ करी तो घर-परिवार से भी जाऊँगी और तुम भी समझ लो यह बात। कभी चूँ चाँ न करना।' इतना ग़ुस्सा आया था, उस वक़्त कि क्या कहूँ।

एक बार तो ग़ज़ब ही हो गया। मैं स्कूल से लौटी तो मेरे साथ कुछ सहेलियाँ भी घर आ गईं। सोचा गप्पें मारेंगे, मुरमुरा खाएँगे कुछ देर फिर सब चले जाएँगे। घर पहुँची तो देखा कमरे का दरवाजा बन्द था। मैं समझ गई। सहेलियाँ पीने को पानी माँगें तो मैं कहाँ से लाऊँ फ्रिज तो मम्मी के कमरे में था। मैं किचन से सादा पानी ले आई। लेकिन उन आवाज़ों का मैं क्या करती जो कमरे से आ रही थीं। पापा शायद मम्मी को उस दौरान कभी-कभी बेल्ट से मारते भी थे क्योंकि बेल्ट के पीठ पर पड़ने की आवाज़ के साथ ही चीख की आवाज़ आती थी। मैंने सहेलियों से कहा, तुम लोग घर जाओ। मेरे आँसू बह निकले। वो सब भी समझ गईं थीं शायद। उसके बाद मैंने कभी किसी दोस्त को घर नहीं बुलाया।' कहते-कहते कनिका सिसक उठी। अनुभव सुधांशु और तृप्ति की आँखें भर आईं थीं।

कनिका ने अपनी आवाज़ को सामान्य करते हुए कहा, 'एक्शन लेना चाहिए यार, वरना इन कानूनों के होने का भी क्या फायदा।'

'मुझे भी लगता है लेना चाहिए एक्शन। जो हमारी माँओं ने, दादियों ने, चाचियों ने सहा, वो हमारी बेटियाँ न सहें, इसके लिए अभी तो एक्शन लेना ही चाहिए' सुधांशु ने कनिका के कन्धे पर हाथ रखते हुए कहा।

'देखते हैं सीमा क्या कहती है?' तृप्ति ने सीमा की मर्जी पर निर्णय छोड़ दिया।

'बेटा वो पुलिसवाले बयान लेना चाह रहे हैं, जरा आ जाओ तो तुम। पापा की आवाज़ तृप्ति के कानों में पड़ी। वो कनिका के बचपन के दर्द की गलियों में सिसक रही थी।

सब सीमा के कमरे की तरफ़ दौड़े। तृप्ति की माँ ने तृप्ति को समझाया कि कोई शिकायत न करे, कह दे गिर गई थी। तृप्ति मम्मी को हैरानी से देख रही थी। सीमा की आँखों में दर्द का समन्दर लहरा रहा था। उसे निर्णय करना था कि महेश के ख़िलाफ़ केस दर्ज करे या कह दे कि गिर गई थी। तभी सीमा की सास कमरे में आईं, सीमा का हाथ अपने हाथ में लेकर बोलीं, 'जो सच है वो बता दे सबको। बिना डरे। मैं साथ हूँ तेरे।'

सीमा की दर्द भरी आँखों से नेह के आँसू बह निकले।

•

दिल ही तो है न संग-ओ-ख़िश्त दर्द से भर न आए क्यों
रोएँगे हम हज़ार बार कोई हमें सताए क्यों।

(ग़ालिब)

फ़र्ज़ करो तुम्हें ख़ुश करने के ढूँढ़े हमने बहाने हों

रातरानी की ख़ुशबू की चहलकदमी बढ़ गई थी तृप्ति की ज़िन्दगी में। हालात कैसे भी हों उस ख़ुशबू की आहट तृप्ति को उम्मीद और सुख से भर देती थी। इन दिनों उसे ख़ुद पर यक़ीन बढ़ता हुआ महसूस होने लगा है। लेकिन हालात ने उसे, जिस कदर डराया हुआ है वह जरा-सा ख़ुश होते ही उदासी की चादर लपेट लेती है। उसके पास कभी कोई सुख अकेले नहीं आया। हमेशा एक डर, संकोच साथ लाया। डर कि कहीं कुछ बुरा न हो जाए, नज़र न लग जाए किसी की। ऐसे में रातरानी की ख़ुशबू लाल पंखों वाली चिड़िया के साथ मिलकर उसका हाथ थामती और डर से कहती, 'तुम जाओ अभी।'

वह भी ऐसा ही दिन था जब वह सुख और उदासी के बीच गोते लगा रही थी। इसका कोई लेना-देना मेन्स के आनेवालो नतीजों से नहीं था। क्योंकि उसे इस नतीजे से कोई उम्मीद थी नहीं। फिर भी कोई धुकधुकी तो लगी ही थी उसके मन में। पहली बार दिए गए मेन्स एग्जाम का नतीजा आने को था। हालाँकि इस बीच एक दौर की परीक्षा और दी जा चुकी थी, जिसका प्रिलिम का नतीजा भी सकारात्मक ही रहा था। लेकिन पहली बार प्रिलिम क्वालीफाई करने पर अलग ही ख़ुशी होती है, उसके बाद प्रिलिम की ख़ुशी का ज़्यादा मायने नहीं रह जाती और यही हाल मेन्स का है। पहली बार मेन्स निकल जाए तो दिल बल्लियों उछलता है। चाल में जरा ऐंठ आ जाती है। लेकिन एक बार इंटरव्यू में औंधे मुँह गिरते ही सारी अकड़ हवा हो जाती है। फिर भी ऐंठ नहीं जाती उसमें फ्रस्टेशन और जुड़ जाता है। इंटरव्यू से लौटे हुए लोग ख़ुद को आधा आई.ए.एस. तो मानने ही लगते हैं। अगले अटेम्प्ट की

तैयारी करते हुए नये आए इच्छुकार्थियों को प्रवचन भी देने लगते हैं। कोचिंग के डायरेक्टर विक्रम सर भी तो उसी प्रजाति के हैं।

तीन बार इंटरव्यू के महायुद्ध में पराजित योद्धा ने यह कोचिंग खोलकर गुरु द्रोणाचार्य होने की भूमिका अपनाते हुए शहर ऋषिकेश के वांछित और वंचित योद्धाओं को युद्ध-कौशल सिखाने का बीड़ा उठाया। पिछले दस बरसों से सफलतापूर्वक यह महाअभियान जनहित में चले जा रहा है। कभी-कभार कोई एक-आध छात्र उत्तीर्ण हुआ तो हुआ, वरना प्रिलिम और मेन्स निकालने को ही बेचकर गुरु द्रोणाचार्य अपनी तीन मंजिला हवेली में किसी तरह गुजर कर रहे हैं।

तो मेन्स का नतीजा आने का दिन था और सबकी हालत नर्वसिया के एकदम पतली हो रखी थी। नहीं नर्वस थी तो सिर्फ़ तृप्ति क्योंकि उसे पता था कि इस बार उसका कुछ नहीं होना है। मेन्स एग्जाम के टाइम पर ही तो अंशुल हॉस्पिटल में था।

ज़िन्दगी का क्या है, उसके इम्तिहान तो उम्र भर चलने ही हैं। लेकिन सिविल्स के मेन्स के एग्जाम के जो कुछ परचे होने थे वो खत्म हो गए। तृप्ति ने इस उम्मीद के साथ राहत की साँस ली थी कि अगली बार वो और अच्छे से तैयारी करेगी।

आज जब ज़िन्दगी के इम्तिहान के दिनों में होनेवालो इम्तिहानों का नतीजा निकलनेवाला था, तृप्ति इत्मिनान से मटर छील रही थी, इस पक्के यक़ीन के साथ कि उसका तो होना ही नहीं है। अनुभव, कनिका, सुधांशु, ऋषि, रश्मि, मेहुल इनसे उम्मीदें थीं कोचिंग वालों को। अनुभव के पेपर अच्छे हुए थे इसलिए वो थोड़ा कान्फिडेंट तो था लेकिन कनिका को ज़्यादा उम्मीद नहीं थी। सुधांशु को उम्मीद तो नहीं थी ज़्यादा लेकिन उसके मन के किसी कोने में था कि काश किसी तरह उसका सिलेक्शन हो जाए। यही हाल ऋषि, रश्मि और नवीन का था।

कनिका का कहना था, 'यार इंटरव्यू से रिजेक्ट होकर लौटने से अच्छा है यहीं से लौट आएँ। अगली बार और तैयारी करूँगी।'

रिजल्ट आया और जाने क्या आया। सिर्फ़ और सिर्फ़ तृप्ति का सिलेक्शन हुआ और किसी का नहीं। इस रिजल्ट की किसी ने कल्पना नहीं की थी।

सबको तृप्ति के हालात पता थे और उससे सहानुभूति भी थी लेकिन उन हालात के बावजूद वो क्लियर कर लेगी और उन सबको ही सहानुभूति की ज़रूरत पड़ेगी, ये किसी ने नहीं सोचा था। तृप्ति को जब कनिका ने फ़ोन पर बताया कि उसने क्लियर कर लिया है तो तृप्ति को मानो विश्वास ही नहीं हो रहा था। उसने अनुभव को फ़ोन लगाया कन्फर्म करने के लिए। अनुभव ने उसे बधाई दी तो तृप्ति को यक़ीन हुआ।

ख़ुशी और आश्चर्य का ऐसा मिला-जुला संसार रच गया तृप्ति के आसपास कि उसे अनुभव की आवाज़ की उदासी महसूस नहीं हुई। और... और वो उससे यह पूछना भी भूल गई कि उसके रिजल्ट का क्या हुआ।

अपने कमरे में जाकर देर तक हिचकियों और सिसकियों से रो लेने के बाद तृप्ति ने घरवालों को बताया। अब तक शहर में ख़बर फ़ैल गई थी और बधाई के फ़ोन आने लगे थे। हालाँकि यह ख़ुशी सिर्फ़ मेन्स क्वालीफाई करने की ही थी लेकिन इसके बाद बस एक सीढ़ी चढ़ना ही रह गया था उसके लिए। थोड़ी देर बाद जब तृप्ति को थोड़ा होश आया तो उसे ध्यान आया कि उसके दोस्तों के रिजल्ट का क्या हुआ। उसने अनुभव को फ़ोन किया तो घंटी जाती रही, फ़ोन उठा नहीं। कनिका को फ़ोन लगाया तो उसने उठा लिया और उठाते ही कहा, 'फिर से बधाई मेरी जान।' तृप्ति ने अपनी छलकती हुई ख़ुशी को आवाज़ से टपक जाने से रोकते हुए कहा, थैंक्यू लेकिन बाक़ी के रिजल्ट तो बता। तेरा क्या रहा, बाक़ी सबका क्या रहा?'

'हम याद आ गए मैडम को?' कनिका ने स्नेह से उसकी खिंचाई करते हुए कहा, 'तेरे सिवा किसी का नहीं हुआ है सिलेक्शन, किसी का भी नहीं। अपने शहर से सिर्फ़ तेरा हुआ है।'

'क्या...?' तृप्ति की बारी अब चौंकने की थी। मेरे सिवा सबने ठीक से पेपर दिए थे, सबने पढ़ाई की थी। मेरे सिवा सबने तैयारी की। मेरे सिवा सबको उम्मीद थी कि उनका हो जाएगा। लेकिन हुआ सिर्फ़ उसका। इस बात पर उसे ख़ुश तो होना चाहिए लेकिन दोस्तों का न होने से मन कुछ उदास भी हुआ। उसने फिर से अनुभव को फ़ोन मिलाया। फ़ोन उठा नहीं।

माँ ने सूजी का हलवा बनाया। सीमा ने फ़ोन करके बधाई दी। 'जीजी आख़िर तुम्हारी मेहनत रंग लाई।' तृप्ति खिलखिलाकर हँस दी।

सामान्य बैठे पापा से तृप्ति ने कहा, 'पापा ख़ुश हो लीजिए, इस बार आपको अपनी बेटी की सफलता के लिए माफी नहीं माँगनी पड़ेगी।' पापा की आँखों से दो बूँदें लुढ़क गईं।

सारी रात रातरानी की ख़ुशबू तृप्ति का सर सहलाती रही।

●

फ़र्ज़ करो तुम्हें ख़ुश करने के ढूँढ़े हमने बहाने हों
फ़र्ज़ करो ये नैन तुम्हारे सच-मुच के मय-ख़ाने हों।

(इब्न-ए-इंशा)

वो तो ख़ुशबू है हवाओं में बिखर जाएगा...

इधर रातरानी की ख़ुशबू तृप्ति के जीवन को ख़ुशनुमा बना रही थी, उधर इस ख़ुशी में एक उदासी का छींटा पड़ गया था। जिन दोस्तों को सबसे ज़्यादा ख़ुशी होनी थी उसके क्वालीफाई करने की वो ख़ुद क्वालीफाई न करने की उदासी में जो डूबे थे। तृप्ति असल में ख़ूब ख़ुश होना चाहती थी लेकिन उसके भीतर कोई चोर डर भी आकर बैठ गया था। तृप्ति के लिए इंटरव्यू अब हिमालय सरीखा सामने खड़ा था। देखने में बेइन्तिहा ख़ूबसूरत और चढ़ने में साँस फुला दे ऐसा। अगर अनुभव का सिलेक्शन भी हो गया होता तो वो उससे खुलकर इस बारे में बात कर सकती थी लेकिन ऐसे में जबकि उसका ख़ुद का सिलेक्शन नहीं हुआ है, तब उससे कैसे कहेगी वह कुछ भी। यूँ भी शाम से उसका फ़ोन उठ नहीं रहा है। अपनी ख़ुशी में दोस्तों की उदासी के टुकड़े बीनते-बीनते सो गई थी तृप्ति।

सुबह आँख खुली तो धूप कमरे में झाँकने की जुगत लगा रही थी और परदे उसकी जुगत के संग खेल रहे थे। हवा में हिलते हुए कभी दाएँ से उसे रोकते, कभी बाएँ से। लेकिन धूप की एक पतली लकीर ने फिर भी गुंजाइश निकाल ली थी और वो तिरछी होकर तृप्ति के बिस्तर पर पड़ रही थी। यह पतली-सी धूप की लकीर कमरे में लटके पर्दों को मुँह चिढ़ा रही थी। तृप्ति की नींद खुली तो कमरे में आई धूप देखकर समझ गई कि उसे जगने में देर हो गई है। कितनी देर तक सोई रही आज वो, उसने मन-ही-मन सोचा और मुस्करा दी। अंगड़ाई लेते हुए उठी और बिस्तर पर करीने से सजी धूप की लकीर के नीचे हथेलियाँ रख दीं। उसकी दोनों हथेलियाँ जगमगा उठीं। रातरानी की ख़ुशबू जो अब ऊँघने लगी थी, ऊँघते-ऊँघते भी इस सुन्दर दृश्य को देखकर खिलखिला

दी। मन ख़ुश था तृप्ति का। लेकिन उस ख़ुशी को वो किससे बाँटे। अनुभव तो कल से फ़ोन ही नहीं उठा रहा। उसका बड़ा मन हुआ अनुभव से बात करने का लेकिन उसने कनिका को फ़ोन मिला दिया। 'हाय मेरी जान मुबारक हो...कित्ती ख़ुशी की बात हुई कल, बस अब एक सीढ़ी और उसके बाद हमारी सहेली फाइनली आई.ए.एस.।' कनिका की आवाज़ में दिल से ख़ुश होनेवाली ख़ुशी की महक थी। तृप्ति को राहत हुई कि उसके फ़ोन का बुरा नहीं माना कनिका ने। कोई तो है जो ख़ुश है उसकी ख़ुशी से। दोस्त तो ऐसे ही होने चाहिए।

सुबह उठते ही बिस्तर पर पड़े-पड़े उसका जोर से जी चाहा कि अनुभव को फ़ोन मिला ले। इस फ़ोन मिला लेने में अनुभव को गले से लगा लेने की भीनी-सी इच्छा भी शामिल थी। अपनी उस इच्छा पर संकोच हो आया तृप्ति को। आज पहली बार वह अनुभव को लेकर इस तरह आज़ादी से महसूस करने से रोक नहीं पा रही थी।

यूँ कई बार पढ़ाई के वक़्त की किताबों में उसका चेहरा उभरा तो है, लेकिन उसने हमेशा उस ख़याल और चेहरे, दोनों को ही इग्नोर मारते हुए अपने ध्यान को कहीं दूसरी जगह टिकाया है। ज़िन्दगी यूँ भी कौन सी नर्म बिछावन रही है उसकी कि नाज़ुक ख़यालों को पालने-पोसने का वक़्त मिलता। इतने टंटे हमेशा से शामिल रहे कि ख़यालों का ख़याल भी ख़्वाब हो जाता। एक तो छोटा-सा घर असल में बहुत छोटा-सा घर उसकी बड़ी समस्या बनता जा रहा था। दो कमरे के घर में अपना एक कोना बना पाना, जहाँ घर के लोगों की बातचीत, रिश्तेदारों का आना-जाना, लड़ाई-झगड़े सब रखे होते थे। इसलिए रात के उस अंधियारे में जब सब नींद के शहर का रुख़ करते, तृप्ति अपने एकान्त को टटोलते हुए उस तक पहुँचती और टेबल लैम्प से कमरे के एक कोने को रोशन करती। उस टिमटिमाती रोशनी वाले कोने में अनुभव की याद कई बार जगमगाई है, यह बात तृप्ति ने ख़ुद से भी चुराकर रखी थी। अनुभव अगर यह जान पाता तो निश्चित ही बौरा जाता।

कनिका की शादी के समय दिल्ली जाते समय अनुभव ने जब तृप्ति से अपनी दिल की बात कहते हुए उसके साथ ज़िन्दगी बिताने का इरादा जाहिर किया था तो तृप्ति को सुख तो हुआ, बहुत हुआ था लेकिन उसे जाने क्यों

भरोसा नहीं हुआ था, उसके कहे पर। ये सारे चोंचले लड़की के करीब जाने के होते हैं, उसकी हाँ कहलवाने भर के। उसके बाद एक बार लड़की ने हाँ कही या वो प्यार में पड़ी तो ज़िन्दगी भर रोना उसने ही है। फिर इनके भाव न मिलनेवालो, यह तृप्ति का अब तक का अनुभव था, जो आसपास के लोगों के अनुभवों पर आधारित था। दूसरे उसके साथ, उसका एक डर रहता था जिसमें वो पल-बढ़ कर बड़ी हुई है कि उसके आसपास जो लोग नाटक करते हैं अपनेपन का, असल में ज़िन्दगी में एक पल को भी सहन नहीं कर पाते हम लोगों को और मौका मिलते ही हमें हमारी औकात बता देते हैं या हमारी जाति को, अस्मिता को गालियों के रूप में इस्तेमाल करते हैं। यही वजह रही कि तृप्ति कभी अनुभव की बातों पर, उसकी भावनाओं पर, उसकी सोच और समझ पर उस तरह से भरोसा नहीं कर पाई, जैसे बाक़ी लोग करते हैं। उसे कनिका ज़्यादा सहज लगती है या वो ख़ुद कनिका के साथ ज़्यादा सहज महसूस करती है। इसका कारण उसके ख़ुद के डर भी हो सकते हैं या वो भरोसा, जो अनुभव को बोना था वो अभी बो नहीं पाया था।

तृप्ति के जन्मदिन पर मोगरे की जो बेल अनुभव ने तृप्ति को गिफ्ट में दी थी, आज उसकी छोटी-सी बालकनी में फैलकर महकते हुए इतरा रही है। जाने क्या हुआ अचानक तृप्ति को कि मेन्स का रिजल्ट आते ही उसके तमाम डर कहीं उड़न-छू हो गए हों जैसे। उसके भीतर अनुभव को लेकर ढेर सारा प्यार उमड़ने लगा।

तृप्ति अपने रिजल्ट से ख़ुश तो थी ही, ज़्यादा ख़ुश इस बात से थी कि जिन हालात में उसने एग्जाम दिया था, वो बीहड़ ही थे। जब सारे दोस्त रात-दिन पढ़ाई में लगे हुए थे, वो कोर्ट कचहरी अस्पताल, में उलझी हुई थी। फिर भी उसका मेन्स निकल गया, क्या कमाल हुआ। इस ख़ुशी ने उसे बहुत सारा आत्मविश्वास भी दिया। शायद इसी की वजह से उसे अनुभव से गले लगकर बहुत सारा रोने की इच्छा जागी।

बिस्तर पर पड़े-पड़े ही उसने अनुभव को फ़ोन मिलाया। ये उन बहुत कम मिलाए गए फ़ोन कॉल्स में से एक कॉल थी, जो तृप्ति की ओर से अनुभव को मिलाए गए थे। अनुभव ने फ़ोन उठा लिया लेकिन उसके मुरझाए

हुए हैलो ने तृप्ति का सारा उत्साह ठंडा कर दिया। 'मुबारक हो' अनुभव ने एकदम मरी हुई सी आवाज़ में कहा तो बची-खुची बात करने की इच्छा भी जाती रही तृप्ति की। पीछे से आती अनुभव की माँ की आवाज़ उसे सुनाई पड़ गई, 'और चढ़ाओ इन लोगों को सर। तुम लोग पढ़-पढ़ घिस जाओगे, ये लोग तुम्हारे सर पर बैठेंगे आकर। देख लिया? हो गया कलेजा ठंडा? बड़ा तुमको ही लगाव था न उस कलूटी से। रिजर्वेशन है भाई उन लोगों का हमारे सर पर मूतने का रिजर्वेशन।' अनुभव ने फ़ोन काट दिया। लेकिन जो न सुनने के लिए अनुभव ने फ़ोन काटा था वो तृप्ति ने सुन लिया था।

बिस्तर पर लेटे-लेटे उसकी आँखें बह निकली थीं।

अपनी ख़ुशी में वो यह तो भूल ही गई थी कि उसके किसी भी दोस्त का मेन्स क्लियर नहीं हुआ था। अनुभव को लेकर तो सभी श्योर थे। वो ख़ुद भी था ही। इन सबको अपना न होना ज़्यादा खल रहा है या तृप्ति का हो जाना। वह भी एकदम विपरीत हालात में। कम-से-कम दोस्त तो जानते ही हैं कि वो किन हालात में थी एग्जाम टाइम में। यूँ तो ज़िन्दगी ही किसी इम्तिहान से कम नहीं लेकिन कभी-कभी कुछ ज़्यादा ही मेहरबान हो जाती है। जैसे मेन्स के एग्जाम टाइम में हुई थी।

अनुभव का दुख लाज़िमी है। उसने बहुत मेहनत की थी।

तृप्ति अनुभव से बात करना चाहती थी लेकिन उसने महसूस किया कि अब वो कुछ कटा-कटा रहने लगा था। शायद अपने नतीजों को लेकर उदास होगा, तृप्ति सोचती लेकिन वो बाकियों से तो बात करता है उससे ही क्यों कट रहा है। यह बात तृप्ति को दुखी करती। कनिका ही थी जो उसके संग पहले की तरह बर्ताव कर रही थी। सुधांशु से उसकी बात पहले भी कम ही होती थी। कोचिंग के बाक़ी दोस्तों से उसने पहले से ही एक दूरी बना रखी थी। इसलिए तृप्ति रह-रह कर अनुभव के व्यवहार से आहत महसूस कर रही थी।

उधर पापा के ऑफिस में लोगों ने पापा को बधाई के साथ ढेर सारे ताने भी दिए, जिसमें अन्तिम ताना दिया विनोद ने यह कहकर, 'अब क्या करें

ऐसी ख़ुशी का कि मिठाई भी नहीं माँग सकते इनसे।' बड़े बाबू ने झूठमूठ का उसे डपटते हुए कहा, 'देखो बिटिया अफसर बननेवाली है, अब तमीज से बात किया करो। अपने साहब मिठाई खिलाते हैं तो खाते हो न?'

'अरे वो तो फिर भी पिछड़ी जाति से हैं। बड़े बाबू आप कुछ भी कहो, चाहे कितने भी बड़े साहब बन जाएँ ये लोग, इनके घर का नहीं खा सकेंगे।'

'अबे, तो मिठाई तो हलवाई के यहाँ से आती है पता है उसकी जाति।' बड़े बाबू जान-बूझ के विनोद को छेड़ रहे थे और मजा ले रहे थे।

'मुल्ला और मेहतर तक तो नहीं ही जा सकेंगे भाई साहब! हमको माफ कीजिए। बाक़ी समानता, वमानता का राग चुनाव जीतने के लिए रहने दीजिए। हमको कौन प्राइम मिनिस्टर बनना है जो उन लोग की झोपड़ी में खाएँ जाकर।' विनोद ने दो टूक बात कहते हुए कॉलर सीधा किया।

'अबे बुड़बक कुच्छो नहीं जानते का तुम?'

'क्या?'

'वो सब खाना पहले से बनकर जाता है। फुल डिरामा चलता है राजनीति में।' बड़े बाबू ने रहस्य का पर्दा सरकाते हुए कहा।

'ईई स्स्स्साला...। हमको बोलेंगे सब एक हैं और असल में सब फेक हैं...' कहकर विनोद जोर से हँस पड़ा।

'ये ससुर पागल है, कमलेश बाबू आप पैसवा दे दीजिए हम मिठाई मँगवाते हैं। पैसे की कोई जाति नहीं होती।'

'अभी काहे बात की मिठाई बड़े बाबू अभी तो इंटरव्यू बाक़ी है।' कमलेश जी ने रूखे ढंग से कहा।

'माने कि आपको उम्मीद है कि इंटरव्यू भी निकाल लेगी बिटिया। भाई बहुत अच्छे...' विनोद आज चुप होने के मूड में नहीं लग रहा था।

तब तक बड़े साहब केबिन से निकल पड़े। 'क्या चकल्लस चल रही है? काम नहीं है आप लोगों को?'

'अरे सर कमलेश बाबू की बिटिया मेन्स का एग्जाम निकाल ली है, हम लोग मिठाई माँग रहे हैं। आप बताइए कि मिठाई बनती है न?' विनोद ने एकदम पाला बदल लिया।

'अरे वाह बधाई कमलेश बाबू। बिटिया को बधाई दीजिएगा हमारी तरफ़ से।' कहकर साहब निकल गए।

कमलेश बाबू बऊक की तरह विनोद और बड़े बाबू को देख रहे थे।

उधर तृप्ति कनिका के साथ लक्ष्मण झूला के सामनेवालो घाट पर गंगा जी में पाँव डालकर बैठे-बैठे अचानक अपनी उदासी के खोले से बाहर आ ही गई। 'कनिका मुझे लगा था अनुभव ख़ुश होगा मेरे रिजल्ट से, वो कहता भी था कि मेरा चाहे न हो तुम्हारा क्लियर होना बहुत ज़रूरी है लेकिन...' तृप्ति की आवाज़ को साँवली उदासी ने अपनी हथेलियों से ढाँप लिया।

'देख, है तो वो आदमी ही न और ऊपर से सवर्ण। जाते-जाते जाएगा जो भीतर भरा हुआ ईगो है सुपीरियटी का। यही सब तो दिख नहीं पाता सामान्य दिनों में।' कनिका ने गंगा की लहरों पर गिट्टी से निशाना लगाते हुए यूँ कहा जैसे कितनी तो सामान्य बात हो यह।

'लेकिन तुझे पता है, उसने मुझे प्रपोज किया था, जब हम तुम्हारी शादी के लिए दिल्ली के लिए आ रहे थे।' तृप्ति ने राज खोलते हुए कहा।

'हाँ, मुझे पता है और तूने 'हाँ' या 'न' कुछ भी नहीं कहा था। इस बात से काफी हर्ट हुआ था वो।'

'क्या? यार ऐसे कैसे हाँ, कह देती। कितना फर्क है उसमें और मुझमें। उसके घर वाले हमारे हाथ का छुआ पानी भी नहीं पीते और मैं एक बार में शादी के लिए हाँ कह दूँ। मज़ाक़ है क्या और तुझे कैसे पता चला ये?'

'उसने सुधांशु को बताया था एक दिन दोनों पी रहे होंगे तब और सुधांशु ने मुझे बताया।'

'और तूने मुझे नहीं बताया। वो लोग अच्छे दोस्त हैं तू नहीं।'

'हम सब अच्छे दोस्त हैं यार। हमारे बीच समाज की पपड़ाती बिवाइयाँ खाँचे बना रही हैं। इनमें से दर्द रिस रहा है लेकिन ये दूरियों को सँभाले हुए हैं और मैं क्या बताती तुझे। बताने लायक है क्या इसमें। देख, एक बात समझ, अनुभव अच्छा लड़का है। समझता है, जो वो कहता है न बराबरी

की, समता की बातें उन पर उसका सच में यक़ीन भी है लेकिन...' कनिका जाने क्या कहते-कहते रुक गई।

'क्या लेकिन...मेरा सिर्फ़ मेन्स का रिजल्ट तो झेला नहीं गया। जो कहीं इंटरव्यू भी क्लियर हो गया तब तो गंगा में डूब ही मरेगा वो।' तृप्ति ने ग़ुस्से से झटकते हुए कहा।

'हा हा हा...गंगा में नहीं तेरे प्यार में डूब मरेगा लेकिन तू अपने आगे कुछ सोचना नहीं चाहती। नहीं सोचना चाहती कि वो अच्छा है लेकिन लड़का है। ये जो सोशल कंडीशनिंग का झोल है, इसने नसों में वायरस इंजेक्ट कर रखे हैं। तुझे क्या लगता है सुधांशु में नहीं है ये वायरस। ख़ूब है, बस हमारे बीच सिर्फ़ आर्थिक भेद है और हम दोनों ही फेल हुए हैं, क्या पता मेरा क्लियर होता तो वो कैसे रिएक्ट करता। तुम दोनों के बीच तो फिर भी सामाजिक, आर्थिक हर तरह की खाईं है। कोई कितने क़दम चले, जो यह खाईं पार करे। एक छलाँग चाहिए। बड़ी छलाँग।' कनिका की समझ उसके शान्त ढंग से रखी गई बात में हमेशा दिखती है। कोई भाषण भी नहीं, कोई अतिरंजना भी नहीं, न ही भावुकता का पनीलापन।

'हाँ तुम सही कह रही हो। शायद हम इस पार से जितनी कोशिश कर रहे हैं खाई पार करने की, उस पार के लोग नहीं चाहते कि हम खाईं पार करें। न ही वो उस पार से इस पार आना चाहते हैं खाई पार करके। इस पार है ही क्या जो उन्हें इस पार आने को उत्सुक करे। एक रिजर्वेशन हैं, जिस पर सबकी आँख है ही कि आर्थिक आधार पर होना चाहिए, जातीय आधार पर नहीं। तुम बुरा मत मानना कनिका लेकिन जिसने जाति के नाम पर पड़नेवालो कोड़े पीठ पर नहीं खाए और हर कौर के साथ अपने वजूद पर पड़नेवाली गाली नहीं खाई, वो नहीं समझ सकता ये। कविता के बाद कहानी, उपन्यास लिख सकता है, भाषण दे सकता है यह बात अलग है। मेरे पापा कैसे अपनी नौकरी का हर दिन काट रहे हैं, हम ही जानते हैं। उनको नौकरी तो दिला दी रिजर्वेशन ने लेकिन इज़्ज़त, वो तो समाज से मिलनी थी। सवर्ण चपरासी भी ख़ुद को उनका अधिकारी मानता है। हर दिन पापा जब ऑफिस से लौटते हैं तो लगता है कोई सजा काटकर लौटे हों। जब उन लोगों से कुछ नहीं बन

पड़ता तो उन्हें बेमतलब के घोटालों में फँसाने में लग जाते हैं। अभी उनके ख़िलाफ़ एक जाँच चल ही रही है, जिसका कोई सर-पैर ही नहीं है।' पापा की बात करते-करते तृप्ति का मन कसैला हो गया।

'अच्छा हुआ अनुभव की कलई खुल गई। वैसे मेरे 'हाँ' या 'न' का एक कारण यह भी तो हो सकता था कि मैं शादी करना ही न चाहूँ। मेरे सामने मेरे परिवार का सम्मान है, जो उन्हें मिला नहीं। मैं चाहती हूँ मेरे पापा भी सर उठाकर चलें।' तृप्ति का ग़ुस्सा और हताशा बिखरने लगे थे। वो अनुभव को 'हुँह...' कहकर उससे दूर निकल जाना चाहती थी। लेकिन कनिका हार माननेवाली नहीं थी।

'ये गलत बात है अब। जिस तरह जो तुम जी रही हो, इसकी जिम्मेदार तुम नहीं उसी तरह अनुभव जिस तरह सोचता है उसके लिए वो भी पूरी तरह से जिम्मेदार नहीं है। इनफैक्ट उसने जो वो है और जो वो नहीं है के बीच की कुछ तो यात्रा तय की है। अभी परेशान है, कुछ दिन में वो ठीक भी हो सकता है, नहीं भी हो सकता है लेकिन तुम बताओ तुमने कितनी यात्रा तय की। तुमने अनुभव को समझने की कितनी कोशिश की। तुमने मुझे समझने की कितनी कोशिश की।' कनिका ने सीधा निशाना साध दिया था तृप्ति पर।

पानी में हिलती दोनों की सूरतें बेहद सुन्दर लग रही थीं। पानी में पड़े-पड़े पाँव फूलने को हो आए थे और उतरती शाम ने हल्की ठिठुरन की चादर दोनों के काँधे पर रख दी थी। तृप्ति ने पाँव से ही पानी उछालते हुए कनिका की ओर देखे बिना ही कहा, 'कह तुम शायद सही रही हो लेकिन जिसने कई दिनों से खाया न हो, उसे एक वक़्त के भूखे की भूख समझने को तो मत ही कहो। कुछ जी लें तो शायद समझ भी सकें दूसरों को भी, अभी तो अपने आपको समझने की हिम्मत जुटाने, सदियों से जुड़े हाथों को काम करने में, पढ़ने-लिखने में लगाने में ही कुछ पीढ़ियाँ निकलेंगी।' तृप्ति ने अपने ही पाँवों को हिलाते हुए पानी में तैरती अपनी ही छवि को तोड़ दिया।

'मेरे पास तुम्हारी हर बात के जवाब में कुछ स्मृतियाँ हैं। एक मेरी दादी का वो काम जिसके बारे में तुम लोग सोचकर घिना जाते हो और मेरे पापा का बार-बार होता अपमान। मेरे भाई को इसलिए बार-बार पीटा जाना कि वो

नीच जात होकर जीता सवर्ण लड़कों से। पापा का माफी माँगना कि उनकी बेटी फर्स्ट नहीं आ सकती, ज़रूर उसने नकल की है। बची हुई कसर सीमा की हालत है ने पूरी कर दी। वहाँ वो जाति के कारण नहीं, स्त्री जाति के कारण सह रही है।' तृप्ति ने कहा।

'बहुत देर हो गई न?' तृप्ति ने घड़ी देखते हुए कहा।

'हाँ, लेकिन एक चाय और पीकर चलते हैं।' कनिका ने चाय वाले को बुलाया और दो चाय के पैसे देकर चाय ली।

रोशनियाँ गंगा में झप्प से गिर पड़ी हों जैसे। लक्ष्मणझूला पर से आते-जाते लोगों की हिलती हुई परछाइयाँ डुबकी लगा रही थीं। बैठे-बैठे दिन से शाम, शाम से रात हो गई थी। कितना कुछ बाहर निकला था आज। चाय की पहली सिप लेते हुए कनिका ने कहा, 'मुझे लगता है, तुझे अनुभव से बात करनी चाहिए।'

'मुझे?'

'हाँ, क्यों?'

'मैंने की थी बात, वो ठीक से बात ही नहीं करता। उपेक्षा करता है।'

'और तू कभी उपेक्षा नहीं करती थी? हमेशा ठीक से ही बात करती थी उससे? अपनी स्थिति को अपना मोहरा बनाना बन्द कर। सेल्फ पिटी, विक्टिम मोड। यार प्यार न सही दोस्त सही। उसने तेरा साथ हमेशा दिया है।'

'मैंने माँगा था क्या?'

'अब ये ज़्यादा हो रहा है हाँ।' कनिका ने आँखें तरेरते हुए कहा।

'ठीक है सोचूँगी...' तृप्ति ने अनमनेपन से कहा।

'अब चलें?' पिए गए चारों चाय के कप डस्टबिन में डालने के लिए उठाते हुए तृप्ति ने कहा।

'एक ख़बर और सुनती जा...' कनिका ने उठती हुई तृप्ति को हाथ पकड़कर बिठा लिया।

'अभी कुछ बचा है क्या?' तृप्ति ने बैठते हुए पूछा।

'मूड ठीक कर तो बताऊँ।' कनिका ने मुस्कराते हुए कहा।

'ठीक है मूड, बता न'

'आई एम प्रेग्नेंट...' कनिका ने मुस्कराकर कहा।

'क्या...और तू ख़ुश है? तैयारी नहीं करनी आगे क्या? बस बीवी और माँ ही बनना था क्या तुझे?'

ख़ुशख़बरी पर ऐसे भड़केगी तृप्ति, कनिका को अन्दाज़ा नहीं था लेकिन उसे अच्छा लग रहा था।

'यार मैं तेरी बात समझती हूँ। लेकिन अब हो गया तो क्या करें। मैं इसे गिराऊँगी तो नहीं।'

'पर हो कैसे गया। मतलब बेवकूफ हो क्या।'

'अरे यार हो जाती है गलती कभी-कभी इतना न चिल्ला, तैयारी करूँगी। देखते हैं क्या हो सकता है।

तुम इतने नकारात्मक हालात में निकाल सकती हो तो हमारे लिए तो यह ख़ुशी ही है। हम दोनों मिलकर तैयारी भी करेंगे और बच्चा भी सँभालेंगे।'

'हे भगवान! चल फिर पार्टी दे।' तृप्ति चौथे गियर से एकदम फर्स्ट गियर में आ गई।

'हर चीज आप योजना बनाकर नहीं कर सकते' कनिका ने मुस्कराकर अपने पेट पर तृप्ति का हाथ फेरते हुए कहा। तृप्ति को गुदगुदी हुई और उसने हाथ हटा लिया।

उसकी ख़ुशी में सीमा के मन की उदासी जाने कैसे आ मिली।

'चल अपना ख़याल रखना, फिर पार्टी लेते हैं किसी रोज़।'

'हाँ, और तुम अनुभव से बात कर लेना। मर रहा होगा वो तुझसे बात करने के लिए।' कनिका ने उसे छेड़ा तो उठकर जाती तृप्ति की पीठ पर उसकी मुस्कराती हुई आँखें उभर आई।

•

वो तो ख़ुशबू है हवाओं में बिखर जाएगा
मसअला फूल का है फूल किधर जाएगा।

(परवीन शाकिर)

कर रहा था ग़म-ए-जहाँ का हिसाब...

'आख़िर आप लोग इसे कुछ समझाते क्यों नहीं? कब तक हम इसे बच्चों की तरह सँभालते रहेंगे। उन्हीं लड़ाइयों में ख़ुद को झोंके न, जिन्हें सँभाल पाए। आए दिन का हो गया है यह तो।'

अंशुल के सर पर लगे टाँके लगवाकर घर लौटी तृप्ति को इस तरह चिल्लाते हुए किसी ने घर में पहले शायद ही कभी देखा हो। इस घर में किसी ने अगर किसी की सबसे कम आवाज़ सुनी है तो वो तृप्ति की ही है। बचपन से ही कम बोलनेवाली तृप्ति का यह स्वभाव था या उसने किसी समझौते के चलते इसे अपना लिया था, यह शायद वह ख़ुद भी नहीं जानती थी। घर में तृप्ति और उसके पापा ने श्रोता होना चुना था, बाकियों ने वक़्ता होना। चुना था या उनके हिस्से आया था। लेकिन तृप्ति को अपनी बात जब सीमा की बात में शामिल होती दिखती तो वह मन-ही-मन मुस्कराती। उसे पापा का ज़रूरत से ज़्यादा चुप रहना बहुत अखरता था, माँ के ज़रूरत से ज़्यादा बोलने से भी ज़्यादा। पापा को हर उस मौके पर जब उन्हें बोलना चाहिए था, तृप्ति ने रोते हुए देखा है। शायद तृप्ति ने सीमा में ख़ुद को और पापा ने अंशुल में ख़ुद को तलाश लिया था। पापा बोलते नहीं, सहते थे और अंशुल ने सहना और चुप रहना सीखा नहीं था। क्या इसमें उसके पुरुष होने की भूमिका भी है? शायद हाँ, क्योंकि इस तरह के चुनाव की सुविधा घर की लड़कियों के पास नहीं थी। हालाँकि सीमा ने काफी हाथ-पाँव मारे तो थे। अंशुल के पाँव जबसे घर से बाहर निकले हैं—तबसे उसके झगड़े (पहले शरारत के तौर पर बाद में बड़े झगड़ों के रूप में) बाहर से घर में आने लगे थे। अंशुल को चाचा की शह थी। चाचा जो हर छोटी-सी बात को राजनीति

का मुद्दा बनाने की कला सीख रहे थे और छुटभैये नेता होने की ट्रेनिंग ले रहे थे, उनका दलित होना ट्रम्प कार्ड की तरह इस्तेमाल हो रहा था। स्थानीय स्तर की राजनीति में ऐसे छुटभैये नेताओं की थोड़ी-बहुत पूछ होने लगती है, खासकर चुनाव के समय पर। इनके ऊपर सबसे बड़ा दबाव होता है युवाओं को जोड़ना और जब घर ही के लड़के जवान हो रहे हों तो बाहर जाने की ज़रूरत क्या। चाचा को अंशुल के साथ उसके तमाम दोस्तों का गर्म खून भी अपने से बड़े छुटभैये नेता को परोसने की सहूलियत जो थी। अंशुल चाचा का लाड़ला था। माँ को लगता कि इस घर में उनकी कोई सुनता नहीं, तो वो चाचा को सारे दुखड़े सुनाया करतीं। एक दिन उन्होंने अंशुल की कमान बृजेश चाचा को देते हुए कहा था, 'इसके पापा से तो कुछ होगा नहीं। इसको तुम ही सँभाल लो बृजेश, वरना अपने पापा की तरह इसको भी गाली खाते रहने की आदत पड़ जाएगी।'

तृप्ति को चाचा से कोई दिक़्क़त नहीं थी लेकिन माँ और पापा से थी। दोनों पति-पत्नी एक दूसरे को जरा भी समझते नहीं थे। पापा की चुप, उनकी मजबूरी थी। उन्होंने डरते हुए, चुप रहते हुए, सबकी सहते हुए अपने परिवार को जैसे-तैसे पालने और सुरक्षित रखने का तरीका खोजा था।

'छोटी जात के लोगों को मुँह बन्द करके रहना चाहिए' यह बात उन्होंने अपने पिताजी से सीखी थी। 'ढोल गँवार शूद्र पशु नारी, ये सब ताड़न के अधिकारी' वाली तुलसीदास जी की यह एक लाइन अब भी पूरे संविधान पर भारी पड़ती है, यह पापा जानते थे भले ही पढ़-लिखकर लोग कहने लगे हैं कि अब यह सब नहीं होता। लेकिन सच्चाई को उन्होंने पढ़ा या सुना नहीं, जिया है। उस जिए से ही उन्होंने इस बात को ही काफी मानना सीख लिया है कि अब कम-से-कम उनके बच्चे पढ़ रहे हैं, उन लोगों को मैला नहीं ढोना पड़ रहा है, हालाँकि गटर में उतरने और साफ सफाई के काम से मुक्ति अब भी कहाँ मिली है उनके समाज को।

अंशुल चाचा के बहकावे में इस कदर आ चुका था कि उसका पढ़ने-लिखने से ज़्यादा मन बकैती करने में लगने लगा था। उसका मानना था कि 'पढ़ने से क्या होगा, पापा की तरह अगर नौकरी मिल भी गई तो ज़िन्दगी

भर गाली खा-खाकर नौकरी-करते-करते दम ही निकल जाएगा। ऊपर से आरक्षण का ताना सुनो अलग से। जैसे हमने ही कितनी नौकरियाँ खा ली हैं इनकी। जिनके लौंडे इंटर तक पास न कर पा रहे, वो भी आरक्षण के विरोध में हैं। काहे भाई? न होता आरक्षण तब भी तुम्हारे लौंडे को न मिलती नौकरी। बिना पढ़े तो नहीं मिलती आरक्षण वालों को भी, बस थोड़े बहुत नम्बर का ही तो फर्क है लेकिन भूसा-बुद्धि में कहाँ कुछ घुसता है। अपना तो सिद्धान्त है क्लियर अपने लिए ही नहीं पूरी जाति के लिए जिएँगे, लड़ेंगे, हक़ है हमारा सम्मान से जीने का।'

बात यही तृप्ति भी समझती थी लेकिन वह सम्मान से जीने के लिए लड़ने नहीं पढ़ने और बढ़ने को तरीके के रूप में अपना रही थी। तृप्ति अपने तरीके को अपनाकर मन से टूटती थी और अंशुल देह से टूट-टूटकर घर आता था।

इंटर करते-करते अंशुल को स्पष्ट हो गया था कि नौकरी-वौकरी करने से कुछ नहीं होगा, कौम के भले के लिए उसकी ज़रूरत है। राजनीति की भाषा कब आपकी भाषा बन जाती है पता कहाँ चलता है।

लेकिन सहारा देती हुई मालूम होती राजनीति भी आपका और आपके दुखों का दोहन ही तो कर रही होती है। अंशुल के सर पर 6 टाँके आए थे लेकिन वो इस बात से ख़ुश था कि उसने संजीव की टाँग तोड़ दी थी। यह अजीब तरह का सुख था। इस सबमें परेशान होती थी तृप्ति। उसके पढ़ने का समय जाता, रिदम टूटता और धैर्य चुकता जाता।

अंशुल से ज़्यादा तृप्ति को चाचा पर गुस्सा। चाचा ने अंशुल को नेता बनाने का ऐसा सपना माँ की आँखों में ठूँसा था कि उन्हें तृप्ति का सपना दिखना ही बन्द हो गया था। लेकिन आज जब फिर से अंशुल सर फुड़वाकर घर आया तो मम्मी डर गईं। ऊपर से तृप्ति का इस तरह तेज आवाज़ में गुस्सा करना भी मम्मी को सहमा गया। 'देख अंशुल, तू अभी छोटा है, तेरा इस्तेमाल कर रहे हैं वो लोग। तू अपनी पढ़ाई पर ध्यान दे।' तृप्ति की आवाज़ का सुर ग़ुस्से और समझाने के बीच कहीं उलझा हुआ था।

'क्या होगा पढ़ने से? पापा की तरह रोज़ चपरासी के ताने और बड़े बाबू की गाली खाएँ, ज़्यादा काम करें और ज़्यादा अपमान सहें। अरे, नहीं

करनी हमको नौकरी।' अंशुल भी उसी बहन से ग़ुस्से में लड़ने की मुद्रा में आ गया था, जिसकी बाँह पकड़े हुए कुछ देर पहले दर्द से चिल्ला रहा था।

'तो क्या करोगे? रोज़ की मारपीट? इसको राजनीति कहते हो तुम? कुछ नहीं समझते तुम, युवा-शक्ति के नाम पर तुम लोगों को बर्बाद कर रहे हैं ये छुटभैये नेता। तुम्हारी ज़िन्दगी खराब हो जाएगी और उनकी सँवर जाएगी। हम उनके लिए मुद्दा हैं, एक जाति का चेहरा हैं, जिसका उपयोग वो वोट के लिए करते हैं बस। दलित नेताओं को भी दलितों की कुछ पड़ी नहीं है, समझे कुछ?' तृप्ति उबल पड़ी थी। तृप्ति को इस तरह ग़ुस्सा करते देख पूर्णमासी का चाँद खिड़की के और करीब आ गया था। मम्मी भी हैरत से भाई-बहन की बात को समझने की नाकाम कोशिश कर रही थीं।

'दीदी, तुम कुछ नहीं समझतीं। किताबों के बाहर की दुनिया देखी नहीं हो तुम। कितना गन्दी-गन्दी गाली देते हैं ये लोग हम लोगों को। हमारी जाति ही गाली है।' अंशुल अचानक इतना बड़ा हो गया था कि उसे लग रहा था कि एक मर्द होकर वो जितना जानता है, वो औरतें कभी नहीं जान सकेंगी। जाति कोई भी हो, धर्म कोई हो, स्त्री की जाति पुरुष जाति से कमतर हमेशा ही मानी जाती रहेगी। सोचकर तृप्ति के चेहरे पर कसैली मुस्कराहट की लकीर खिंच गई। जिसमें दर्द भरा था।

'तो क्या ऐसे झगड़ा करने से सब ठीक हो जाएगा। बड़ी लड़ाई लड़ो भाई। बड़ी लड़ाई लड़ने के लिए बड़ी लकीर खींचो।'

'बड़ी लड़ाई? जो तुम लड़ रही हो? मेरे बस का नहीं है इतना पढ़ना। तुम ही लड़ो। वैसे दीदी सोचो अगर तुम्हारा और मेरा दोनों का सपना पूरा हो गया तो कितना अच्छा होगा न? तब अपने पास बंगला भी होगा और नीली बत्ती वाली और लाल बत्ती वाली दोनों गाड़ी भी।' अंशुल जोर से हँस दिया, अपने ही नामुमकिन से लगनेवालो सपने के बारे में सोचकर।

'मेरा सपना कोई बंगला, गाड़ी नहीं है भाई, मेरा सपना है जीवन। एक ऐसा जीवन, जिसमें इनसान बनकर इज़्ज़त से जीने को मिले। फिलहाल मुझे यह सपना इसी रास्ते होकर जाकर पूरा होता दिखता है तो इस रास्ते पर हूँ।' तृप्ति ने कहना तो चाहा लेकिन कहा नहीं कुछ भी।

अंशुल इंजेक्शन के असर में था, उसे नींद आने लगी। मम्मी बैठकर चाचा के सामने दुखड़ा रोने लगीं। तृप्ति का मन बेचैन हो उठा। वो गंगा किनारे कुछ देर बैठने के इरादे से घर से निकलने को हुई, तभी उसे लगा माँ को चाय बनाकर दे दे। पर्स कन्धे पर टाँगे-टाँगे वो किचन में दो कप चाय बनाने लगी। किचन तक चाचा की आवाज़ और मम्मी की सुबकियाँ आ रही थीं। चाचा मम्मी को समझा रहे थे, 'भाभी आप फिक्र न करो, अंशुल को हम कुछ होने नहीं देंगे। नेताजी कहे हैं इसका हिसाब लिया जाएगा। ऐसे ही थोड़े न छोड़ देंगे हरामियों को। मम्मी, चाचा की ओर ऐसे देख रही थीं जैसे वही उनकी आख़िरी आस हों। तृप्ति ने चाय की ट्रे रखते हुए बस इतना कहा, 'पहले आप नहीं छोड़ेंगे फिर वो नहीं छोड़ेंगे...यही चलता रहेगा। अंशुल ऐसे ही पिटता रहेगा।'

'अंशुल अकेला नहीं है न बिटिया। देखो न पूरे देश में दलितों के साथ क्या-क्या हो रहा है, जब तक अपना हक़ माँगेंगे नहीं, तब तक कोई परोसकर थोड़े ही दे जाएगा।' चाचा के भीतर का नेता भाषण देने की आस में कबसे था और मौका मिलते ही शुरू हो गया।

'और हक़ माँगने का एक ही तरीका है मारपीट?' तृप्ति ने ग़ुस्से से घूरते हुए पूछा।

'राजनीति में थोड़ा बहुत चलता है ये सब बिटिया। तुम परेशान न हो, पढ़ाई पर ध्यान दो। हर तरफ़ से घेरना होगा सालों को। तुम अफसर बनो हम राजनीति देख लेंगे। चारों तरफ़ से नहीं घेरेंगे तो ये जैसे भैया का जैसे जीना हराम किए हैं, वैसे करते रहेंगे।' चाचा एकदम क्लियर स्ट्रेटजी बनाए हुए थे और मम्मी, चाचा की सोच पर मुग्ध हुई थीं।

तृप्ति का मन बहस करने का एकदम था नहीं, वरना वो कहना तो चाहती थी कि दलित नेताओं ने दलितों का कितना भला किया है, यह किससे छुपा है। अब तो वैसे भी यह सिर्फ़ दलित और सवर्ण की लड़ाई बची भी नहीं। हिन्दू दलित मुसलमान से ख़ुद को बेहतर मानने का ग़ुरूर लिए भी तो घूम रहा है। दलित पुरुष, दलित स्त्री से बेहतर होने का दर्प लिए घूम रहा है। सवर्ण पीड़ित स्त्री, दलित पीड़ित स्त्री से ख़ुद को बेहतर समझने के दम्भ में

झुलसी जा रही है। इतनी नफरतें पाली-पोसी गई हैं कि हर कोई एक दूसरे को चबा जाने को आतुर बैठा है।

अपना सब कहा अपने भीतर समेटते हुए तृप्ति ने बस इतना कहा, 'मम्मी मैं अभी आ रही हूँ, जरा नोट्स लेने जा रही हूँ कनिका के पास।'

वो घर से निकल तो गई लेकिन मन में उलझन रही क्यों सच नहीं बोल सकी कि गंगा किनारे जा रही बैठने, कोई नोट्स लेने नहीं जा रही। क्यों सच की जगह नहीं है कहीं। गंगा किनारे जाकर बैठने की जगह गंगा आरती के लिए जा रही हूँ, कई बार पहले भी कह चुकी है वो। घर के बाहर के सारे काम करनेवाली तृप्ति को अपने लिए कुछ लम्हे जीने के लिए अभी तक सच बोलकर निकलने की गुंजाइश घर में नहीं बना सकी है। कैसे बनेगा देश में समाज में स्पेस। जाने कब बनेगा। उसके भीतर सर्द मौसम घना होने लगा। सिहरन देह तक तैर गई।

जिस कोने पर वह अक्सर बैठा करती है, आज वहाँ एक प्रेमी जोड़ा बैठा था। तृप्ति के मन में घिर आई तमाम उदासी, इस प्रेमी जोड़े को देख एक पल में रिहा हो गई। उनसे थोड़ी दूरी पर एक खाली-सी जगह पर तृप्ति जाकर बैठने को तत्पर हुई कि उसने देखा दो विदेशी लड़कियाँ फूलोंवाले दोने में जलता हुआ दिया लेकर वहीं आ गई हैं, शायद वे गंगा में उस दिए को बहानेवाली थीं। तृप्ति ऐसे दृश्यों को देखते हुए बड़ी हुई है, फिर भी उसे ये दृश्य हमेशा नवीनता लिए हुए से लगते हैं। कितनी बार उसने ख़ुद दिए बहाए हैं साथ में ख़ुद को भी बहा दिया है कितनी ही बार। कभी उसने उदासी में दिए बहाए, कभी किसी ख़ुशी में। गंगा जी को देने को दीयों की रोशनी ही उसे अप्रतिम भेंट लगती रही है। गंगा जी भी बड़े प्रेम से कुछ देर अपनी धार पर दियों को सवार कर लेकर चल देती और कुछ देर जाकर उन्हें गुड़प से अपने भीतर सहेज लेतीं। क्या इतने दियों की आँच से गंगा का पानी गुनगुना न हो गया होगा। पानी का तो पता नहीं लेकिन गंगा जी से उसका रिश्ता ज़रूर गर्माहट लिए रहा हमेशा। बेस्ट फ्रेंड की तरह अपने तमाम सुख उसने गंगा जी से तो बाँटे हैं।

आज पूर्णमासी की रात थी, इसलिए लगभग सब घाट भरे हुए थे तो तृप्ति ने टहलना शुरू कर दिया। एक नदी ही थी जो बिना कोई सवाल किए उसका हाथ थाम लेती थी। शॉल को बदन पर कसते हुए तृप्ति का बहुत जोर से रोने का जी हो आया। वजह पता नहीं। एकदम से इस वक़्त की कोई वजह तो है भी नहीं। शायद एकान्त देखकर भीतर भरी उदासी उफना आई थी। पानी के खेल-खेलकर लौट रहे राफ्टिंग के खिलाड़ियों के चेहरों को देखते हुए तृप्ति ने सोचा जीवन यह भी तो है, लेकिन यह जीवन सबका नहीं। यह जीवन उनका तो है जो दूर देश से आकर ज़िन्दगी में भर आई तमाम उदासी, कड़वाहट को इस तरह के ब्रेक से निकाल फेंकना चाहते हैं लेकिन उनका क्यों नहीं है, जो इसी से अपना गुजारा करते हैं। फूल बेचनेवाली अम्मा, गंगा किनारे केतली लिए घूमनेवालो नरेश, बिल्लू, सुनीता राधे का जीवन रोज़ की आमदनी का हिसाब भर है। यह आमदनी ही उनका जीवन है। विचारों का भी कुछ पता नहीं कब किस गली से कौन सा निकले और किस गली में विचरता हुआ जाने कहाँ जा पहुँचे। तृप्ति उदास आँखों से मुस्करा उठी।

तभी उसे कोने में सिगरेट फूँकता अनुभव दिखा। संकोच और सुख का मिला-जुला भाव तृप्ति के चेहरे पर तैर गया। वो अनुभव के पास तुरन्त पहुँच जाना चाहती थी लेकिन कोई बात थी, जो राह रोके खड़ी थी। वो चाहती थी कि जाकर थाम ले अनुभव की हथेलियों को। चाहती थी वो आए और उसके तमाम अनकहे के बीच छुपी उसकी इच्छा को चुरा ले। उसके सूखते गए आँसुओं को राह दे। लेकिन उसके कदमों को न जाने कितनी जंजीरों ने जकड़ रखा था। तृप्ति अनुभव के पास जाने की इच्छा को भीतर धकेलते हुए वापस मुड़ी ही थी कि उसके कानों में अनुभव की आवाज़ पड़ी, 'सुनो, तृप्ति...हाय।' अनुभव को लगा कि तृप्ति उसे देख नहीं पाई है। उसने वहीं से उसे दोबारा आवाज़ दी। ऐसी आवाज़ सुनने को तो कान उम्र भर तरसते हैं। ऐसी आवाज़ों पर तो जीवन निछावर किया जा सकता है। तृप्ति की आँखों में भरा अवसाद सुख बनकर फूटने को व्याकुल हो उठा। वापस पलटने की आतुरता एक बार फिर से 'सुनो तृप्ति...' की आवाज़ अपने कानों में पहनना चाहती थी। अनुभव इस बार लगभग दौड़ते हुए उसके एकदम करीब आ

गया था। 'सुनो, तृप्ति...' तृप्ति पल भर में ही अपने भीतर की तमाम उथल-पुथल से अनजान हो गई। उसने पलटकर देखा अनुभव उसकी ओर बढ़ा आ रहा था। वो मुस्कराई।

आज के दिन में वह अनुभव को इस तरह अपना नाम पुकारते हुए, अपनी तरफ़ आते देखने से ज़्यादा कुछ नहीं चाहती थी। एकदम करीब पहुँचकर अनुभव ने सिगरेट को कुचलकर बुझाया और तृप्ति की ओर देखते हुए कहा 'ठीक हो न तुम?'

तृप्ति के भीतर की सोई हुई नदी इस आवाज़ से जाग गई थी। 'ठीक हो न तुम?' की झंकार के साथ वह बह निकली। अनुभव ने तृप्ति के कदमों के साथ चलते हुए उसके कन्धे पर हाथ रख दिया। कहा कुछ नहीं। लेकिन उस अनकहे में जो साथ होने की इच्छा और 'मैं हूँ न' का भाव छुपा था, उसने टूटकर बिखरती तृप्ति को सहेज लिया था।

पूर्णमासी का चाँद टुकुर-टुकुर इन दोनों को देख रहा था। त्रिवेणी घाट की भीड़ में अकेले हो चले ये दोनों एहसासों की नदी में डुबकी लगा रहे थे। गंगा की लहरों की कलकल में इन दोनों की मुस्कराहट घुलने लगी थी।

•

कर रहा था ग़म-ए-जहाँ का हिसाब,
आज तुम याद बे-हिसाब आए।

(फ़ैज़)

माना कि तेरी दीद के क़ाबिल नहीं हूँ मैं

'तुम्हें ढूँढ़ रहा था मैं' अनुभव ने तृप्ति की छलछल करती आँखों को बिना फिल्मी अन्दाज़ में पोंछने या रूमाल बढ़ाने का उपक्रम किए देखते हुए कहा। तृप्ति चुपचाप अपने गालों पर बहती नदियों को मुक्त छोड़कर चलती रही। ऐसे किसी एक लम्हे की लौ पर उसके समूचे जीवन का अवसाद पिघलने को आतुर था। जबसे रिजल्ट आया था, तबसे अनुभव और तृप्ति इस तरह पहली बार ही मिल रहे थे। जब भी मिले कोचिंग में, भीड़ में या कनिका के घर पर। हर मुलाकात में अनुभव का अनमनापन उसकी उपस्थिति से ज़्यादा बड़ा होता था।

रिजल्ट ने अनुभव को असहज बना दिया था। वो ख़ुद नहीं समझ पा रहा था कि असफलता पर यह कैसा रिएक्शन है उसका। ऐसा तो नहीं कि यह कोई पहली असफलता हो। ऐसा भी नहीं कि उसे इसका अन्दाज़ा नहीं था। एक से एक मेधावी लोग इस परीक्षा में धराशाई होते उसने देखे ही हैं। ख़ुद को तीन मौके देने का वादा करके वो ख़ुद उतरा था, सिविल सर्विस की तैयारी के इस समर में। फिर उसके भीतर यह किस तरह की हलचल थी। जहाँ तक रिजल्ट की बात है तो उसकी कोचिंग में क्या पूरे शहर में सिवाय तृप्ति के किसी का भी नतीजा सकारात्मक नहीं रहा। कितने लड़के बाहर से आकर तैयारी कर रहे हैं। कुछ ऊँचे पहाड़ों से उतरकर आए हैं, कुछ दिल्ली जाकर तैयारी न कर पाने की कसमसाहट के साथ यहाँ ही अड्डा जमाए हैं। लड़कियाँ ज़्यादातर लोकल ही हैं। अनुभव हमेशा सोचता था कि यह भी क्या कम सुविधा है कि तैयारी घर पर रहकर कर रहा है। कम-से-कम बना हुआ खाना तो मिल जाता है हालाँकि साथ में बहुत सारे ताने भी मिलते ही हैं।

घर में रहकर तैयारी करने के फायदे कम नुकसान ज़्यादा हैं क्योंकि घर फोकस नहीं बनने देता लेकिन अनुभव के पिताजी ने अनुभव को ऊपर का कमरा देकर तीन साल के लिए आज़ाद कर दिया था। नाते-रिश्ते की शादी ब्याह में जाने की भी पाबन्दी नहीं थी उस पर। यही सब उसे और परेशान कर रहा था। कितनी सुविधाओं के बावजूद मैं नहीं निकाल पाया। अरे, मुझे तो प्याज टमाटर के भाव तक नहीं पता। जबकि यहाँ रहकर तैयारी करनेवालो तमाम और लड़के बेचारे रोज़ जाते समय चावल, सब्जी, दूध लेते हुए कमरे पर जाते हैं और जाकर पकाते हैं और पढ़ते हैं। हालाँकि नतीजा सबका सेम ही था। किसी का हुआ नहीं था सिलेक्शन। यह युद्ध ही ऐसा है जहाँ लड़ते हजार हैं और जीतता कोई एक है। इस बार वह एक थी तृप्ति।

तृप्ति के हालात किसी से छुपे नहीं थे। उलटे मेन्स के एग्जाम टाइम तो अंशुल अस्पताल में था। घर का सारा काम उसके जिम्मे है ही। सीमा थी तब तक कुछ तो साथ दे देती थी लेकिन सीमा की शादी के बाद तो वह सहारा भी जाता रहा था। मम्मी अपने गठिया के दर्द के कारण ज़्यादा कुछ कर नहीं पाती थीं। अनुभव तृप्ति के जीवन की तमाम मुश्किलों को जानता था लेकिन फिर भी कितना कुछ था, जो उसके जानने से छूटा था। जैसे पापा के ऑफिस में रोज़-रोज़ की अपमानजनक स्थितियाँ, अंशुल की लड़ाइयाँ, उसकी टूट-फूट, रिश्तेदारों की आवक, चाचा की दखलन्दाजी, मम्मी का ऑल इंडिया रेडियो जिसका स्टॉप का बटन खराब हुए जमाना हो चुका था।

इन सबके बीच आर्थिक स्थितियों की कसावट भी कम नही थी। कितनी ही महँगी किताबें उसने सेकेंड हैंड ली थीं। दूसरों से किताबें लेकर नोट्स बनाकर किताबें लौटने का दबाव अलग था। ऐसे हालातों से लड़ते हुए जब तृप्ति मेन्स का एग्जाम देने के वक़्त एग्जाम देने जाने से बच रही थी, तब अनुभव ने ही उसे समझाया था कि एग्जाम तो दे ही दो, अनुभव ही होगा। अनुभव ही होगा करके वो एग्जाम देने गई थी, अपनी पुरानी तैयारी और नई हैरानी के साथ। ख़ुद तृप्ति को उम्मीद नहीं थी कि उसका सिलेक्शन हो जाएगा। हालाँकि पेपर उसके अच्छे हुए थे। लेकिन इन इम्तिहानों में पेपर सबके अच्छे ही होते हैं, नतीजा ही अच्छा नहीं होता।

अनुभव को ख़ुद नहीं पता था कि इस नतीजे के लिए वो किस कदर तैयार नहीं था। तृप्ति का सिलेक्शन होना उसे ज़्यादा बुरा लगा या अपना न होना, वो अभी तक समझ नहीं पाया था। आज इसीलिए वह माफी माँग रहा था शायद।

'तृप्ति, क्या मैं माफी माँग सकता हूँ तुमसे?' कदमों की रफ्तार धीमी करते हुए अनुभव ने तृप्ति से कहा।

'किस बात की माफी?' तृप्ति ने अनुभव की तरफ़ बिना देखे ही कहा।

'मैं ख़ुद के भीतर चल रही इस उलझन को समझ नहीं पा रहा हूँ तृप्ति। मुझे लगता था मैं काफी लिबरल हूँ, लेकिन इस एक घटना ने मेरी अब तक अपने बारे में बनाई गई राय को खंडित कर दिया। मुझे महसूस हुआ कि मेरे भीतर काफी पाखंड भरा है, लिबरल होने का पाखंड। मैं आम आदमी ही हूँ, आम पुरुष, बल्कि उनसे भी बुरा। क्योंकि मैंने अपने भीतर लिबरल होने का झूठ पाल रखा है।' अनुभव की आँखें दूर आसमान में टँगी हुई थीं, यह शायद सामना न कर पाने के कारण भी था क्योंकि शब्द भले ही सामना कर लें, अगर भीतर जरा भी ईमानदारी बची हो तो आँखें सामना नहीं कर पातीं।

'क्या कह रहे हो? ऐसा कुछ नहीं है। हाँ, यह ज़रूर है मैंने तुम्हें काफी मिस किया।' तृप्ति को यह एक वाक्य कहने में ख़ुद को काफी खर्च करना पड़ा।

'मैंने इस दौरान काफी आत्ममन्थन किया यार। ख़ुद को बहुत बुरा पाया मैंने।'

'आत्ममन्थन कौन करता है आजकल' तृप्ति ने सोचा और राहत की साँस ली।

सलीम उन दोनों को देखकर चहक उठा, 'भैया बड़े दिन बाद आए आप। चाय लीजिए, 'उसने बिना पूछे, बिना माँगे ही दो कप चाय उन दोनों की ओर बढ़ा दी।

•

माना कि तेरी दीद के क़ाबिल नहीं हूँ मैं
तू मेरा शौक़ देख, मिरा इन्तज़ार देख।

(अल्लामा इक़बाल)

ज़िन्दगी तूने मुझे क़ब्र से कम दी है ज़मीं

सीमा अपने साथ हुए उस हादसे के बाद अलग रहने लगी थी। हालाँकि उसकी सास ने उसे घर चलकर रहने के लिए बहुत समझाया लेकिन वो मानी नहीं। बस उसने दहेज का सामान और पैसे ज़रूर माँगे ससुराल वालों से। बेटे को जेल नहीं जाना पड़ा इसके एवज में ससुर जी को पैसे देना सस्ता सौदा लगा। हालाँकि सारा पैसा तो वो न दे सके लेकिन जितना भी वो दे सके, वह सीमा के नये जीवन की शुरुआत के लिए पर्याप्त ही था। सीमा ने उन दहेज के पैसों से एक छोटा-सा ब्यूटी पार्लर शुरू किया और पढ़ाई भी जारी की। तृप्ति ने हर बार की तरह इस बार भी उसके इस निर्णय में उसका साथ दिया। हालाँकि मम्मी चाहती थीं कि सीमा महेश को माफ कर दे और ससुराल ही जाकर रहे लेकिन सीमा ने पक्का निर्णय कर लिया था कि न वो मायके जाएगी, न ससुराल और वही उसने किया भी। सीमा अपने इस निर्णय से ख़ुश थी और उससे ज़्यादा ख़ुश थी तृप्ति।

जिस रोज़ तृप्ति को इंटरव्यू के लिए इलाहाबाद निकलना था, वो बाजार से एक नई साड़ी और कुछ ज़रूरी सामान लेकर घर लौटी थी। मौसी की तबियत ठीक नहीं थी, इसलिए मम्मी कुछ दिन पहले मौसी के यहाँ गई हुई थीं। तृप्ति ने सीमा को कुछ दिन के लिए घर आकर रहने को बोला था, ताकि पापा और अंशुल को कोई दिक़्क़त न हो। कितनी ही कोशिश कर ली अंशुल सिवाय चाय और मैगी बनाने के कुछ सीख न पाया था। इसलिए खाने और जीने की दूसरी ज़रूरतों के लिए औरतों का घर में होना ज़रूरी बना ही हुआ था।

सीमा ने ही तृप्ति को इंटरव्यू के लिए नई साड़ी खरीदने को कहा था। जान-बूझकर तृप्ति ने स्लेटी रंग की साड़ी खरीदी कि काले रंग के ब्लाउज

पर पहना जा सकेगा उसे। इतनी जल्दी ब्लाउज बनवाना सम्भव नहीं था। तृप्ति पहली बार इंटरव्यू देने जा रही थी। वह बेहद नर्वस हो रही थी। कनिका अपने साहबजादे की लंगोट बदलते हुए तृप्ति का हौसला बढ़ाना भूल नहीं रही थी। पापा ने उपवास रखने शुरू कर दिए थे। अंशुल ने वादा किया था कि इंटरव्यू होने तक कोई पंगा नहीं करेगा वो, ताकि दीदी पढ़ाई पर फोकस कर सके और इस तरह अपनी तरफ़ से सहयोग करेगा दीदी को। चाचा कुछ दिन से इधर का रास्ता भूल गए थे। वैसे भी मम्मी, मौसी के यहाँ थीं और अंशुल कुछ दिन राजा बेटा बने रहने का प्रण ले चुका था, तो चाचा यहाँ आकर करते भी क्या। बस एक अनुभव का ही फ़ोन नहीं आ रहा था और तृप्ति की नज़र लगातार मोबाइल पर थी। कोशिश कितनी ही कर ले लेकिन अनुभव सहजता से तृप्ति की सफलता को स्वीकार कर नहीं पा रहा था। रिजल्ट आने के बाद तृप्ति यह लगातार महसूस कर रही थी। उस दिन की माफी के बाद भी सहजता आई नहीं थी अनुभव के व्यवहार में। उसके होंठों पर एक कसैली मुस्कराहट तैर गई। उसके जीवन के अनुभवों से अलग नहीं था यह अनुभव भी।

दूसरी बार दिल्ली जा रही थी तृप्ति। पहली बार कनिका की शादी के सिलसिले में गई थी। देहरादून गई है कभी-कभार काम हुआ कोई या शादी-ब्याह। पापा ने अपने दोस्त राजीव को फ़ोन किया था कि बिटिया के रहने के इन्तज़ाम करा दें। राजीव अंकल अख़बार में काम करते थे और एक बार एक ख़बर के सिलसिले में पापा से मिले थे और तबसे दोस्ती हो गई थी। सब व्यवस्था चाक-चौबन्द थी। हालाँकि सुधांशु के पापा भी थे ही अगर कोई ज़रूरत पड़े तो।

कई सामान के पैकेट एक्टिवा के आगे लटकाए तृप्ति सँभल के चला रही थी। दिमाग में इंटरव्यू के दौरान पूछे जानेवालो सवाल, प्रेजेंस ऑफ माइंड, करंट अफेयर्स आदि को दोहरा कर रही थी। एक पल उसे लगता कि डरने की क्या जरूरत है उसे जो आता होगा वो बता देगी और जो नहीं आता होगा वो कह देगी नहीं पता, क्योंकि इधर-उधर करने में फँसने के चांस ज़्यादा होते हैं लेकिन दूसरे ही पल उसे जैसे ही लगता है कि अगर

किसी एक छोटी-सी गलती से उसका सिलेक्शन होने से रह गया तो, वो फिर से जीरो पर आ जाएगी। साँप सीढ़ी वाले खेल के निन्यानबे पर हो जैसे और आख़िरी साँप मुँह खोले खड़ा हो। लेकिन यह साँप-सीढ़ी का नहीं ज़िन्दगी का खेल था।

यही घबराहट का बिन्दु था।

घर के सामने पहुँची तो देखा काफी भीड़ लगी है। उसे लगा फिर कोई झगड़ा हुआ है। कहीं अंशुल कुछ कर न बैठा हो सोचकर ही सिहर उठी तृप्ति। उसने वादा किया था कि वो इंटरव्यू तक किसी से कोई पंगा नहीं करेगा। घर से बाहर भी कम ही जा रहा था इन दिनों, बल्कि यह पहली बार था जब पढ़ाई के वक़्त दीदी को चाय बनाकर दी अंशुल ने। धड़कते दिल के साथ तृप्ति भीड़ को चीरते हुए आगे आई। अंशुल फर्श पर बेहोश पड़ा था। कुछ लोग उसके मुँह पर पानी डाल रहे थे।

कुछ कर ही दिया इसने आख़िर। फिर लड़ आया किसी से। तृप्ति ने मन-ही-मन सोचा और अंशुल के सर को गोद में लेते हुए कहा, 'क्या हुआ, फिर लड़ आया क्या किसी से?' पानी के छींटों से मुश्किल से आँखें खोलते अंशुल ने जैसे ही तृप्ति को देखा छोटे बच्चे की तरह चिपट गया उसकी छाती से। 'दीदी...दी...' हलक में शब्द अटक रहे थे। वो छोटे बच्चे की तरह बिलख रहा था। कोई अकड़ नहीं, कोई हेकड़ी नहीं। एक डर था उसकी आवाज़ में और आसपास थीं ढेर सारी खुसुर-फुसुर।

अंशुल की पीठ पर हाथ फेरते हुए तृप्ति को कुछ भी समझ नहीं आ रहा था, तभी उसके कानों में खुसुर-फुसुर पड़ी...बड़े भले आदमी थे...ऐसा करेंगे किसी ने सोचा नहीं था...

अब तृप्ति के चौंकने की बारी थी। ये लोग किसकी बात कर रहे हैं। 'क्या हुआ...अंशुल बता न हुआ क्या। किसने मारा तुझे...' तृप्ति ने घबराहट के साथ पूछा।

'दी...दी...। वो पा...पा...।' अंशुल ने लड़खड़ाती हुई आवाज़ में कहा।

पा...पा...सुनते ही सन्नाटे में आ गई तृप्ति। क्या हुआ पापा को। कहाँ हैं वो। कैसे हैं। क्या हुआ उनको। अंशुल का सर गोद से उतारकर खड़ी हुई। भीड़ से जवाब माँगने को हुई। घर के भीतर भागी।

पापा रोज-रोज की ज़िल्लत से मुक्त हो चुके थे। पंखे पर उनकी देह झूल रही थी।

•

ज़िन्दगी तूने मुझे कब्र से कम दी है ज़मीं
पाँव फैलाऊँ तो दीवार में सर लगता है।

(बशीर बद्र)

ज़ब्त लाज़िम है मगर दुख है क़यामत का

उस रोज़ पापा की आत्महत्या ने सिर्फ़ उनके प्राण नहीं लिए थे उस घर में दो लोग मरे थे। एक को फूँका जा चुका था दूसरा अभी फूँका जाना बाक़ी था। जिन्दा लाश-सी होकर रह गई थी तृप्ति। अँधेरे में ही जीवन का सफ़र करने का आदी तृप्ति का जीवन इस अँधेरे में डूब गया। जिस रोज़ उसे इंटरव्यू के लिए जाना था, उस रोज़ वह पिता के अन्तिम संस्कार में शामिल हो रही थी। माँ को जैसे लकवा मार गया था। भाई की सारी नेतागिरी धुआँ हो चुकी थी और वो तृप्ति के सीने में धँसा हुआ सुबक-सुबक कर रोता रहा था। तृप्ति जो हर विपरीत परिस्थिति में सब सँभाल लिया करती थी इस हादसे के बाद कभी उठ ही न सकी। पापा जो हमेशा चुप रहते थे, कुछ न कहते थे उनका चुप रहते हुए होना भी तृप्ति के लिए बड़ा सहारा था। ऊपर से मृत्यु भी आत्महत्या के रस्ते आई थी। घर काटने को दौड़ रहा था। जैसे हर वक़्त पापा की झूलती देह दिखती हो उसे।

कौन सा इंटरव्यू, कौन सा इम्तिहान। सामने जीवन खड़ा था अट्टहास करता।

कमलेश बाबू की आत्महत्या के पीछे के कारण किसी से छुपे नहीं थे कि किस तरह डिपार्टमेंट के सवर्ण लोग उन्हें सारी ज़िन्दगी परेशान करते रहे। जिस मामले से उनका कोई लेना-देना नहीं था, उस पुल के टूटने की जाँच में उन्हें फँसा दिया गया था। यह जाँच तो लम्बे समय से चल रही थी और पापा को भरोसा था कि जब कुछ किया ही नहीं है तो वो इस जाँच से भी निकल ही आएँगे। लेकिन यही मासूमियत उन्हें ले डूबी। उस रोज़ जब वो ऑफिस पहुँचे तो कहाँ जानते थे कि उनके ख़िलाफ पूरा जाल बिछ चुका है। एंटी करप्शन ब्यूरो के लोगों ने जब उन पर चल रही जाँच के

सन्दर्भ में उनकी ड्रार की तलाशी ली तो उसमें पहले से रखा गया लिफाफा उन्हें मिला। नोटों पर उनकी उँगलियों के निशान भी मिले जिसकी योजना में विनोद काफी समय से लगा था। कमलेश बाबू एकदम फँस चुके थे। बचने का कोई रास्ता नहीं था उनके पास। वो टूट चुके थे। वो जान चुके थे कि यह जाँच उनकी बलि लेकर ही मानेगी।

वो घर आए तो घर में कोई नहीं था। इतना तनाव और एकान्त दोनों ने एक-दूसरे को अपना लिया। हमेशा ख़ुद को सँभाले रहनेवालो कमलेश जी उस दिन ख़ुद को सँभाल नहीं पाए। बेटी के इंटरव्यू का ख़याल भी उन्हें ज़िन्दगी में रोक न सका।

काश उस दिन उन्होंने छुट्टी ले ली होती, काश उस दिन मम्मी घर पर होतीं और आते ही किसी बात पर गुस्सा करने लगतीं, तो पापा का तनाव उन पर निकल जाता। काश उस दिन अंशुल ने पापा के आने से पहले कोई झगड़ा ही कर लिया होता और पापा आते ही उस झगड़े को निपटाने में लग जाते। आत्महत्या से ठीक पहले अगर किसी भी काश का कोई भी टुकड़ा इनसान से टकरा जाता है तो जाती हुई ज़िन्दगी को रोका भी जा सकता है। लेकिन उस रोज़ सारे काश ग़ायब थे।

कमलेश बाबू आत्महत्या से पहले यह लिखकर गए कि उन्होंने कोई घोटाला नहीं किया है और न ही कोई रिश्वत ली है, उन्हें फँसाया गया है। लेकिन उन्होंने किसी का नाम नहीं लिखा था चिट्ठी में। उनकी आत्महत्या की जाँच हुई लेकिन दोषियों को कोई सजा नहीं मिली, सजा मिली घरवालों को।

अंशुल ने चूँकि सिर्फ़ इंटर ही पास किया था तो उसे पापा की जगह पर चपरासी की नौकरी मिली। एक अपमान की यात्रा खत्म होने के बाद उसी अपमान की यात्रा की कमान अगली पीढ़ी को सौंपकर पापा जा चुके थे। क्योंकि सवाल सिर्फ़ काम के छोटे-बड़े होने का नहीं उस नज़रिये का था, जिसमें छोटे-बड़े के बीच का हर भेद इतना गहरा था कि न जाने कितनी ज़िन्दगियाँ तबाह होकर भी इस फासले को मिटा नहीं पा रही थीं। अगर कुछ बदला था तो बस यह कहा जाने लगना कि 'अब कहाँ भेदभाव होता है, अब तो सब ठीक है।'

अनुभव इस दौर में भी तृप्ति को सहेज नहीं पाया। उसकी छोटी-छोटी कोशिशों में इतनी ताकत नहीं थी कि वे कोशिशें तृप्ति के मन के अँधेरों तक कोई रोशनी पहुँचा पातीं। तृप्ति इस सबसे बहुत दूर निकल चुकी थी। आगे तैयारी करने के बारे में सोचना भी उसके लिए मज़ाक़-सा हो गया था।

उदास तृप्ति का सैकड़ों बार जी चाहा गंगा में ख़ुद को बहा देने का। अब उसकी आँखों में कोई सपना बचा नहीं था। कनिका ने फिलवक़्त उसे टीचिंग ज्वाइन करने की सलाह दी ताकि उसका मन कुछ बहले और घर के आर्थिक हालत भी बहाल हों।

मम्मी जो बकबकिया मशीन थीं, अब खमोश हो चुकी थीं। जैसे अब उन्हें किसी से कोई शिकायत ही न रही हो सिवाय मौत के कि वो उन्हें भी क्यों नहीं आती।

कनिका की बात मान तृप्ति ने पास के एक स्कूल में पढ़ाना शुरू किया तो उसे सच में लगा बच्चों ने उसके भीतर के अँधेरे को जरा-सा बेधा तो है। उसका घर जाने का मन ही नहीं करता था। बस स्कूल में ही बैठे रहने का मन करता।

एक ही शहर में दो उदास नदियाँ एक साथ बहती रहतीं। दोनों एक-दूसरे की उदासी को थाम नहीं पा रही थीं। इसी बीच कनिका ने सरकारी स्कूल के लिए तृप्ति का फॉर्म भर दिया, जिसमें उसका चयन होना ही था। तृप्ति बिलकुल ज्वाइन करना नहीं चाहती थी लेकिन कनिका ने उसे यह कहकर मना लिया कि 'कुछ दिन यहाँ से दूर जाना तुम्हें अच्छा लगेगा। नौकरी तो बहाना है। सोचो बच्चों को उनके बचपन से ही कितनी सारी फालतू सोच से बचा सकोगी तुम।' ज़्यादा तो समझ में आया नहीं तृप्ति को सिवाय शहर से दूर जाने के। इसकी उसे बहुत ज़रूरत लग रही थी। उसने सुदूर पहाड़ के गाँव में जो दुनिया और दुनियादारी से बहुत दूर था, नौकरी ज्वाइन कर ली।

•

ज़ब्त लाज़िम है मगर दुख है क़यामत का 'फ़राज़'
ज़ालिम अब के भी न रोएगा तो मर जाएगा।

(अहमद फ़राज़)

मगर शाम ही तो है

स्कूल के बच्चे तृप्ति मैडम से जल्दी हिलमिल गए लेकिन प्रिंसिपल सुनीता त्रिपाठी मैडम और अरुण सर दोनों तृप्ति को खास पसन्द नहीं करते थे। नापसन्द करने का वही कारण था, जो जमाने भर का रहा है हमेशा से उसकी जाति, जिसकी तृप्ति को आदत हो चुकी है। तृप्ति उन दोनों की उपेक्षा को उपेक्षित करके बच्चों के संग ख़ुद को व्यस्त रखती। जितनी देर वो बच्चों के साथ रहती थी, उतनी देर उसके मन की बेचैनी कुछ कम रहती थी। स्कूल से निकलते ही उसका मन स्याह अतीत के भँवर में डूबने लगता।

2 बरस हो गए उस घटना को। समय बहुत आगे बढ़ चुका है लेकिन तृप्ति वहीं अटकी हुई है। अंशुल अब पहले की तरह नहीं रहा, जिम्मेदार हो गया है। मम्मी अब एकदम चुप हो गई हैं। दिन भर छत या आसमान ताका करती हैं। कभी-कभी अपनी गीली आँखें पोंछ लेती हैं। सीमा ने महेश से तलाक भले ही नहीं लिया था लेकिन उससे ख़ुद को अलग कर ही लिया था। उसका पार्लर बढ़िया चल रहा था और साथ में पढ़ाई भी। उसका ग्रेजुएशन पूरा हो गया था। अब वह आगे और पढ़ने के बारे में भी सोच रही थी। जिस पढ़ाई से कभी मुँह चुराया करती थी, उसी पढ़ाई में इन दिनों उसका मन लग रहा था। सुधांशु का तो सिलेक्शन नहीं हुआ और उसने अब तैयारी भी करनी छोड़ दी और गौरव जीजू के बिजनेस को ज्वाइन करने की योजना बना रहा है। कनिका ने अभी हार नहीं मानी है, वो एग्जाम दे रही है।

पापा की आत्महत्या के बाद तृप्ति ने किसी से भी मिलना बात करना बन्द कर दिया था। उसके ऋषिकेश छोड़ने के बाद अनुभव की छोटी-छोटी कोशिशें भी वहीं छूट गईं। सिर्फ़ कनिका से ही तृप्ति की बात होती थी। वो

भी कभी-कभार। कनिका ने ही उसे बताया था कि अनुभव का पी.सी.एस. में सिलेक्शन हो गया है और अब उसके घरवाले उस पर शादी का दबाव बना रहे हैं। अनुभव और रश्मि की शादी की बात जोर-शोर से चलने की ख़बर तृप्ति तक पहुँच चुकी थी।

बेआवाज़-सा कोई दुख तृप्ति पर लगातार टूटता रहता। हाँ, उसे अनुभव की याद बहुत आती थी, जिस याद को लेकर वो अक्सर पिंडर नदी के किनारे बैठा करती थी। ऋषिकेश की गंगा की तरह यहाँ पिंडर नदी उसकी सहेली बन गई थी। तृप्ति पिंडर नदी को गंगा और उसकी दोस्ती के किस्से सुनाते-सुनाते अक्सर रो पड़ती थी। उन किस्सों की याद में आरल और एरिन की याद भी शामिल होती। अब तृप्ति जब अनुभव को याद करती तो उस याद के साथ में रश्मि भी आती। कोई प्रेम काफी नहीं होता उम्र भर के लिए सोचते-सोचते तृप्ति की सिसकी अन्दर ही घुटकर रह जाती।

उस रोज़ आसमान एकदम उजला था, जैसे किसी ने मँजने से माँज-माँज कर चमकाया हो। स्कूल में सांस्कृतिक कार्यक्रम होने थे क्योंकि नये जिला शिक्षा अधिकारी स्कूल में आनेवालो थे। उनके स्वागत में प्रिंसिपल मैडम ने बच्चों से दो डांस तैयार कराए थे। स्वागत की तैयारी में प्रिंसिपल मैडम और अरुण सर ने चापलूसी के सारे मौके हथिया लिए थे। तृप्ति को इस सारे तमाशे में सिर्फ़ शामिल होना था। वो स्कूल पहुँची तो बच्चियाँ सजी-सँवरी फूल माला लिए तैयार थीं। जाने कब तक स्वागत के लिए लड़कियों को शो-पीस बनाकर पेश किया जाता रहेगा, तृप्ति ने मन-ही-मन सोचा और ठंडी उदासी से भर उठी।

ठीक समय पर नये नियुक्त हुए जिला शिक्षा अधिकारी महोदय कार से उतरे। प्रिंसिपल मैडम ने लपककर कार का दरवाजा खोला। श्री अनुभव मिश्रा गाड़ी से उतरे और साथ में उतरी उनकी पत्नी रश्मि मिश्रा। बच्चे उनके पैर छूने को लपक लिए।

तृप्ति अनुभव को इस तरह देखकर चौंकी तो नहीं लेकिन एक गाढ़ी ठंडी उदासी ने उसे जकड़ ज़रूर लिया। अपनी आँखों को नम होने की इज़ाज़त दिए बगैर वो सारे काम ठीक से निपटाती रही।

अनुभव सारे समय काले चश्मे के भीतर अपनी आँखें छुपाए रहा। स्वागत कार्यक्रम का तमाशा निपटते-निपटते काफी देर हो गई। कार्यक्रम के अन्त में चलते-चलते अनुभव ने तृप्ति से पूछा, 'कैसी हो?'

यह इतना-सा सवाल तृप्ति के भीतर धँस गया। देर से रुका हुआ रोना फफक के बाहर आने को हुआ, तो तृप्ति पर्स उठाकर स्कूल से निकल गई। पिंडर नदी के किनारे बैठकर उस रोज़ तृप्ति जोर-जोर से रो रही थी। उसके इस रोने में न जाने किस-किस बात का रोना शामिल था, जाने कितनी सदियों का रोना, जाने कितने अपमान और दुखों का रोना। उसके रोने में चीख शामिल थी। उसके गले की नसें फटकर बाहर आने को थीं।

पिंडर नदी का पानी बढ़ा हुआ था उस रोज़।

ख़ूब रो चुकने के बाद जब तृप्ति लौटने लगी तो उसे अपने अन्दर कुछ बदलता हुआ महसूस हुआ। दुख की इन्तिहा को पार करने के बाद उसे हल्का महसूस हो रहा था। ढलते सूरज की किरनें उसके सर पर झिलमिल कर रही थीं। रास्ते में खिले आड़ू के गुलाबी फूलों में से एक फूल शाख से उतरकर तृप्ति के काँधे पर सवार होकर उसके साथ चल दिया।

घर आकर उसने पढ़ने की मेज को करीने से जमाया और बक्से में बन्द किताबों को मेज पर सजा दिया। उसने मन-ही-मन तय कर लिया था कि अपनी पढ़ाई से जिस लड़ाई को लड़ने का फैसला उसने किया था, उसे वो किसी भी हाल में बीच में नहीं छोड़ सकती।

आसमान हल्की बदलियों से घिरने लगा था। तृप्ति ने चाय का पानी चढ़ा दिया था।

दिल ना-उमीद तो नहीं नाकाम ही तो है
लम्बी है ग़म की शाम मगर शाम ही तो है।

(फ़ैज़ अहमद फ़ैज़)